समर-सिरीज़ 2

AF654807

कश्मीर में अस्सी के दशक के उत्तरार्ध से शुरू हुए आतंकवादी घटनाओं में, आधिकारिक पुष्टि के अनुसार अभी तक लगभग पैंतालीस हज़ार लोग मारे जा चुके हैं। उपलब्ध सूचनानुसार इन मारे गये लोगों में छब्बीस हज़ार आतंकवादी, चौदह हज़ार असैनिक और लगभग पाँच हज़ार विभिन्न सुरक्षाबलों के नुमाइंदे हैं।

विगत साढ़े तीन दशकों से भारतीय सेना द्वारा इस आतंकवाद के ख़िलाफ़ चलाये जा रहे अनगिनत ऑपरेशन्स में, स्थानीय लोगों की भी प्रमुख भूमिका रही है। यह भूमिका कई बार आतंकवादियों के छुपे हुए ठिकानों या उनकी आवाजाही संबंधित सूचनाओं या ख़बरों को सेना की विभिन्न बटालियन्स तक पहुँचाने के तौर पर सक्रिय रहती है। ऐसी ख़बर पहुँचाने वाले स्थानीय लोगों की पहचान पूरी तरह से गुप्त रखी जाती है और सुरक्षाबल आपसी बातचीत में इन्हें 'ख़बरी', 'सोर्स' अथवा 'इन्फ़ॉर्मर' कहकर बुलाते हैं।

यह कहानी कश्मीर के एक ऐसे ही 'इन्फ़ॉर्मर' की हो सकती है।

युवान
बुक्स
अनबाउंड स्क्रिप्ट का उपक्रम

इन्फ़ॉर्मर : कर्नल गौतम राजऋषि

प्रथम संस्करण : दिसंबर, 2025

ISBN : 978-93-47125-13-3

प्रकाशक : अनबाउंड स्क्रिप्ट
2/41, अंसारी रोड,
दरियागंज, दिल्ली - 110002
वेबसाइट : www.unboundscript.com
ई-मेल : books@unboundscript.com
फोन : 011-35807601

INFORMER
Written *by* Colonel Gautam Rajrishi
Illustrated *by* Nisha Rawat

मुद्रक : एच.टी. मीडिया लि., ग्रेटर नोएडा, उ.प्र.

मूल्य : ₹ 299/-

कर्नल गौतम राजऋषि

इन्फ़ॉर्मर

युवान
बुक्स

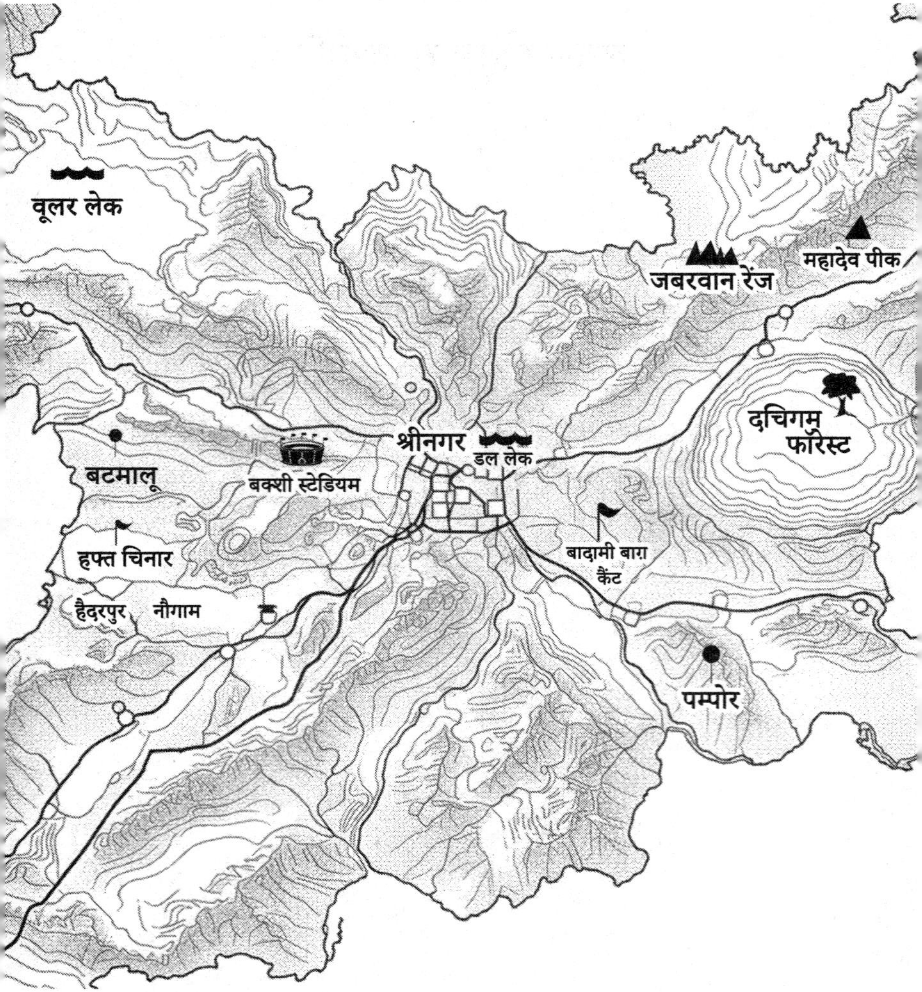

यह मैप इस कहानी के एक किरदार के घर से मिला था।

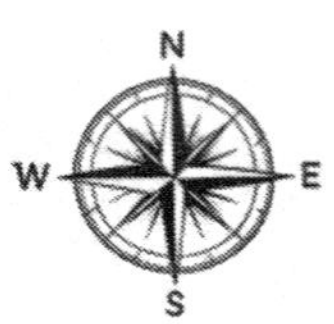

शाज़िया और रेहाना के लिए

दुआ के साथ कि

आप जहाँ भी हों, सलामत हों

एक जख़्म है अफ़साना एक जख़्म है पीर
इक क़िस्सा है जन्नत तो इक क़िस्सा कश्मीर

धड़धड़धड़...

...वह कमरा एकदम अचानक एके 47 की गोलियों के शोर से चीत्कार उठा। काले और कसैले धुएँ का जैसे बादल ही उमड़ पड़ा था वहाँ।

उसी क्षण कैप्टन समर प्रताप सिंह ने आलमारी के बंद दरवाज़े के पीछे से "अल्लाह-ओ-अकबर" चिल्लाते हुए एक-के-बाद-एक दो लम्बे-चौड़े जिस्मों को पठानी कुर्ते और बड़ी-बड़ी दाढ़ियों में बाहर की ओर उछलकर आते देखा। दोनों आतंकवादी चारों ओर अपनी राइफ़ल घुमाते हुए अंधाधुंध गोलियाँ बरसा रहे थे। सब कुछ जैसे एक पल से भी कम समय में हो रहा था। तभी अचानक ही समर साब को अपने शरीर के मध्य हिस्से में ज़ोर का झटका महसूस हुआ। कुछ तेज़ से चुभा उनको बाएँ हाथ में, पेट में और दाहिनी जाँघ में। अगले ही पल वो लुढ़कते हुए पीछे की दीवार से जा टकराए।

चारों ओर या तो धुआँ-धुआँ था या थीं गोलियों की बौछारों की आवाज़ें।

फ़र्श पर घिसटते हुए उन्होंने ख़ुद को कमरे के दरवाज़े की ओट में किया और स्थिति का जायज़ा लेने लगे।

पूरा दृश्य बस धुँधला-धुँधला था। बगल वाले कमरे से लगातार 'नारा-ए-तकबीर, अल्लाह-ओ-अकबर' की आवाज़ें आ रही थीं। इस धुआँ, धुंध और धमाकों के बीच भी समर साब का दिमाग़ तीव्र गति से दौड़ रहा था।

तभी उनका ध्यान अपने हाथ की तरफ़ गया। बाएँ हाथ से टप-टप गिरती लाल ख़ून की धार कमरे की भूरी लकड़ी वाले फ़र्श को अलग ही रंगत

दे रही थी। राइफ़ल पर उनके बाएँ हाथ की पकड़ ढीली पड़ती जा रही थी। उन्हें बुलेट-प्रूफ़ जैकेट के नीचे अपने पेट में दर्द-सा महसूस हुआ और साथ ही महसूस हुआ उनको अपने पूरे जिस्म पर वर्दी का चिपचिपापन।

उधर बगल के कमरे से दोनों आतंकवादी रुक-रुककर इस कमरे की तरफ़ लगातार गोलियाँ बरसा रहे थे। समर साब का बायाँ हाथ सुन्न पड़ता जा रहा था। फ़िलहाल समर साब को लग रहा था कि वो कोई बुरा स्वप्न देख रहे हैं और अभी आँखें खोलेंगे तो अपने बिस्तर पर सोये हुए होंगे वो।

पहली मंज़िल का वो कमरा बारूद की गंध में डूबता जा रहा था और साथ ही डूबती जा रही थी समर साब के बाएँ हाथ और दाहिने पैर की अनुभूति। बगल वाले कमरे से दोनों आतंकवादी लगातार गालियों के साथ गोलियों की बौछार भी किए जा रहे थे। हालात ये हो गए थे कि अब समर साब बस अपने दाएँ हाथ से दीवार की ओट से अपने राइफ़ल की नली निकाल कर उनकी गोलियों का जवाब दे पा रहे थे। बाएँ हाथ से लगातार टपकता ख़ून कमरे के फ़र्श को लाल किए जा रहा था और वहीं बुलेट-प्रूफ़ जैकेट के अंदर उनकी वर्दी में भी बहते ख़ून की चिपचिपाहट बढ़ती जा रही थी।

लगभग आधा घंटा होने जा रहा था, इस मुठभेड़ को जारी हुए। दोपहर का सूरज एकदम सर पे चढ़ आया था। समर साब को धीरे-धीरे अपने पूरे वजूद में कमज़ोरी का अनुभव हो रहा था।

उन्हें लगने लगा था कि उनकी मौत निश्चित है। कुछ सोचकर निर्णय लिया उन्होंने कि मरना तो है ही...क्यों न इन हरामज़ादों को मारकर मरें। वो अपने आपको तैयार करने लगे...गोलियों से भरी हुई नयी मैगज़ीन को अपने टैवोर पर चढ़ाते हुए।

उनकी आँखें मूँदी जा रही थीं। माँ का चेहरा एकदम से याद आया और लगा जैसे उनकी छोटी बहन मुनमुन उन्हें दूर से "माय हीरो ब्रो" कहकर आवाज़ दे रही है।

ऋतिका की हँसी याद आयी और जाने क्यों साथ-साथ शगुन की स्मृतियाँ भी सर उठाये चली आयी थीं। अगले ही पल शाज़िया और रेहाना भी जैसे मुस्कुराती हुई सामने आ खड़ी हुईं।

ये सब अलग-अलग ही चेहरे थे या शगुन ही थी जो नये-नये चेहरे लगाकर उनसे मिलती रही है अब तक...!!!

समर प्रताप सिंह की गुम होती अनुभूति जाने कैसे-कैसे ख़यालों से उनका वास्ता करवा रही थी!

तभी जैसे एकदम से समर साब को कुछ याद आया। अपने बुलेट-प्रूफ़ जैकेट के पाउच से उन्होंने अपना मोबाइल निकाला और सेटिंग में जाकर मोबाइल के 'फ़ैक्टरी रिसेट' को क्लिक किया। मोबाइल के स्क्रीन पर लाल रंग का एक चेतावनी सन्देश चमक उठा था-

दिस विल इरेज़ ऑल योर डाटा!

समर साब ने 'ओके' पर क्लिक किया और मोबाइल को वापस अपने बुलेट-प्रूफ़ जैकेट के पाउच के हवाले कर दिया।

सर पे खड़ी मौत के उन क्षणों में भी समर साब की सोच जाने कहाँ-कहाँ भटक रही थी।

अब वो तैयार थे। कोई जुनून-सा वो जुनून था, जब "हर हर महादेव" की चीत्कार के साथ वो सामने वाले कमरे की ओर दौड़ पड़े थे।

अगले एक से डेढ़ मिनट दोनों तरफ़ से चलती अलग-अलग राइफ़ल्स के गोलियों की गूँज में भी "नारा-ए-तकबीर" की दो चीख़ों से ऊपर "हर हर महादेव" की बुलंद आवाज़ स्पष्ट सुनी जा सकती थी।

उसके बाद सब कुछ धुँधला-धुँधला-सा हो गया उनके आस-पास। निढाल से अपने लहू-लुहान जिस्म के साथ वो वहीं बैठ गए फ़र्श पर दीवार से पीठ टिकाये।

उन्हें लग रहा था जैसे वो कब से नहीं सोये हैं।

वो बस आँखें बंद कर अभी सो जाना चाहते थे- एक लम्बी नींद... बहुत-बहुत लम्बी नींद।

कैप्टन समर प्रताप सिंह की बंद होती आँखों में विगत के कुछ दृश्य प्रकाश की गति से भी तेज़ रफ़्तार में चमक रहे थे...

लुप्त हो गई वादी की परंपरा प्राचीन
समर शेष है वही लिखेगा कोई कथा नवीन

"जय हिन्द सर!"

कमांडिंग ऑफ़िसर के चैंबर में घुसते ही- एड़ियाँ बजाते हुए लेफ़्टिनेंट समर प्रताप सिंह ने एक कड़क सैल्यूट मारा।

बटालियन में पहला दिन। इंडियन मिलिट्री एकेडमी से पास-आउट होने, इक्कीस दिन की छुट्टी काटने के बाद और फिर आगरा में चार महीने के बदन-तोड़ू पैरा-कमांडो प्रोबेशन को सफलतापूर्वक संपन्न करने के बाद समर साब ने आज सुबह ही श्रीनगर हवाई-अड्डे पर लैंड किया था, इंडियन एयरलाइन्स की फ़्लाईट से।

कहाँ तो उनके मन में था कि वो आज दिनभर श्रीनगर घूमेंगे, डल झील में बोटिंग करेंगे... और कहाँ सुबह-सुबह ही बटालियन से आई बख़्तरबंद जोंगा में उन्हें बिठाकर हवाई-अड्डे से आधे घन्टे की दूरी पर बसे छोटे-से कैंटोनमेंट, जिसका नाम "हफ़्त चिनार" था, में लिवा लाया गया।

रास्ते में सड़क के दोनों किनारे चीड़-देवदार और चिनार के पेड़ों को निहारते हुए समर साब का मन जाने कैसा तो हो आया था। उन्हें पटना की याद बेतरह सताने लगी थी। एकेडमी से पास-आउट होने के बाद तीन हफ़्ते की छुट्टी भी मानसिक रूप से कैसी तो थका देने वाली थी। लाल साड़ी में कार की पिछली सीट पर अपने पति के साथ चिपकर कर बैठी शगुन की छवि सीने में संगीन की तरह बार-बार खच्च-खच्च करती उतरती थी। हाँ, इतना ज़रूर हुआ था कि छुट्टी के आख़िरी वाले डेढ़-दो हफ़्ते ऋतिका की बदौलत उतने सुकून से तो नहीं, लेकिन गुज़र गए।

ऋतिका का ये नया अवतार चौंकाने वाला था, जिसे समर प्रताप सिंह अभी तक अपने दिलो-दिमाग के 'हार्ड-ड्राइव' में ठीक से 'प्रोसेस' नहीं कर पाए थे। वक़्त ही कहाँ मिल पाया था उनको। उसके तुरंत बाद ही तो आगरा जाना पड़ा था उन्हें प्रोबेशन के लिए। फिर अगले चार महीने प्रोबेशन में तो उनके अपने दाएँ हाथ को बाएँ हाथ की सुध नहीं थी तो और कुछ क्या ही सोच पाते वो!

हफ़्त चिनार की छोटी-सी परिधि में बसा हुआ ये छोटा-सा कैंटोनमेंट, कुछ अन्य महकमों के साथ-साथ भारतीय सेना की नयी-नयी स्थापित हुई एक सौ एक पैरा कमांडो रेजीमेंट को भी समाये हुई थी।

...और वहाँ पहुँचते ही समर साब का बटालियन के कमांडिंग ऑफ़िसर (सीओ) कर्नल रंजन सहाय के साथ साक्षात्कार था।

शीशम की लकड़ियों और हल्के भूरे रंग के प्लाय से सुसज्जित सीओ साब का चैंबर... बाहर की ठिठुराती सर्दी से अलग-थलग सुकून वाली तपिश दे रहा था।

दोनों एड़ियाँ जुड़ी हुईं और पंजे पैंतालीस डिग्री के कोण पर खुले हुए, दोनों हाथों की बँधी हुईं मुट्ठियाँ जिस्म के साथ चिपकी हुईं... लेफ़्टिनेंट समर प्रताप सिंह लोहे की सीधी 'रॉड' की तरह सावधान खड़े हुए थे।

"वेलकम! वेलकम टू वन ओ वन पैरा लेफ़्टिनेंट समर प्रताप सिंह! आओ बैठो!" भारी-भरकम-से कर्नल रंजन सहाय की रौबदार आवाज़ पूरे चैंबर में गूँज रही थी।

"थैंक यू सर!" महोगनी की लकड़ी के बने सीओ साब के विशालकाय टेबल के सामने लगी हुई दो कुर्सियों में एक पर संभलकर बैठते हुए समर साब ने कहा।

"तो कैसा रहा प्रोबेशन समर?"

"माइंड ब्लोइंग सर!"

"हहहाहा... वेल आय कैन इमेजिन! कुछ भी नहीं बदला है न आगरे के उस सूखे सपाट खुरदुरे ट्रेनिंग एरिया में? अभी छ: महीने पहले गया था मैं एक लेक्चर लेने। सब कुछ वैसा ही है जैसा सोलह साल पहले था जब मेरा प्रोबेशन हुआ था। बाय द वे, आई हैव रिसीव्ड गुड फ़ीड-बैक अबाउट यू फ़्रॉम देयर। वेल डन!"

"थैंक यू सर! हम तो सर बस पूरे प्रोबेशन से किसी जॉम्बी की तरह गुज़रते चले गए। कई बार लगा कि अब नहीं हो पायेगा, लेकिन ख़ुद-ब-ख़ुद होता चला गया सर।" समर साब के होठों पर हल्की मुस्कान फैल गई अपनी हथेलियों में पड़े छालों को निहारते हुए।

"वी ऑल हैव गॉन थ्रू द सेम वे। ये चार महीने कभी नहीं भूलोगे तुम। एक कोई एक्ट या ऐसा मोमेंट बताओ पूरे प्रोबेशन का, जब तुम्हें लगा हो कि बस बहुत हुआ। एक कोई भी गिव-अप मोमेंट तुम्हारे प्रोबेशन में?" कर्नल रंजन सहाय बोलते हुए अपने टेबल पर दोनों कोहनियों को टिकाते हुए सामने की तरफ़ झुक आए थे।

"वैसे सच पूछिए तो सर...ऐसे एक नहीं, हज़ारों मोमेंट्स थे प्रोबेशन के इन बीते चार महीनों में जब मन किया था कि भाग जाएँ हम छोड़ के। एक रात लेकिन ऐसी थी सर कि हमारे प्रोबेशनर्स का लगभग पूरा बैच ही म्यूटिनी करने वाला था।"

"हाहाहा इज़ इट? हुआ क्या था ऐसा?"

"प्रोबेशन का दूसरा ही महीना था सर... फ़रवरी महीने का वो दिन। ठीक एक दिन पहले बालाकोट एयर स्ट्राइक हुआ था। हम लोग रात को सेलेब्रेट कर रहे थे देर तक। अगले दिन सुबह पाँच बजे से पहले तो हमें घंटों एक कीचड़ भरे नाले में लिटाया गया और देर तक क्राउलिंग करवाई गई। फिर सर पंद्रह मिनट के ब्रेक में नहाना भी और ब्रेकफ़ास्ट भी। उसके तुरंत बाद ही वो पीछे वाली पहाड़ी की चोटी तक ऊपर-नीचे की पचीसों बार की दौड़। उसके बाद बिना ब्रेक के वो नेविगेशन एक्सरसाइज़ शुरू हो गया था सर। दो सैंडविच वाला

लंच का पैकेट थमा दिया गया था। शाम के सात बजे नेविगेशन ख़त्म कर के वापस लौटे तो हम सबको लगा कि आज का दिन तो निकल गया। लेकिन नहीं सर... अभी नहा के हम सब बैरक में घुसे ही थे कि हूटर बज उठा। फ़ुल बैटल-लोड में चालीस किलोमीटर वाले रूट-मार्च का आदेश आ गया।"

"हहहाहा...ये तो टिपिकल नार्मल प्रोबेशन वाला दिन ही था। इसमें ऐसा क्या हो गया यंग मैन?"

"नो सर...ब्रेकिंग पॉइंट अभी आया नहीं है दिन का। रात के आठ बजे रूट-मार्च शुरू हुआ सर। वी ऑल वेयर सिंगिंग अवे टू द ग्लोरी इन द इनटायर रूट। जस्ट टू शो ऑफ़ आवर इंस्ट्रक्टर्स। रात के या कहिए कि अगले दिन सुबह के दो-ढाई बजे रूट-मार्च ख़त्म हुआ। अपने-अपने बैटल लोड उतार कर अब हम सब अपने बैरक में जाने ही वाले थे कि हम सबको ऑडिटोरियम में बैठने का हुक्म मिला। उधर चेयर पर सबके लिए एक क्लिप-बोर्ड में सफ़ेद ख़ाली काग़ज़ लगा था और सबके लिए एक-एक पेन्सिल रखी हुई थी। आदेश मिला कि किसी का मर्डर करने के एक हज़ार एक तरीक़े लिखने हैं।" बोलते हुए लेफ़्टिनेंट समर प्रताप सिंह के चेहरे पर की झुँझलाहट देखने लायक थी।

"माय गुडनेस...दिस इज हिलेरियस! हहहाहा!" सीओ साब के ठहाके निकल रहे थे।

"दैट्स नॉट ऑल सर। रूट-मार्च के दौरान जो भी उलटे-सीधे गाने हम चीख़-चीख़ कर गा रहे थे, उसे पूरा रिकार्ड कर लिया गया था... और... और अब वही रिकॉर्डिंग पूरे ऑडिटोरियम में फ़ुल वॉल्यूम पर बजाई जा रही थी।"

"व्हाटsss! सच में? क्या ज़बरदस्त आइडिया था यार। इसे नोट करके रख लेता हूँ। फ़्यूचर में जब कभी मुझे प्रोबेशन का इंचार्ज बनाया जाएगा तो मैं भी यह करवाऊँगा। हाहाहा!" कर्नल रंजन अपनी ही रौ में हँसे जा रहे थे।

लेफ़्टिनेंट समर प्रताप सिंह की चौड़ी होती आँखों के नीचे सिकुड़ी हुई ज़ुबान ने लगभग फुसफुसाते हुए कहा...

“सर मर्डर करने के एक हज़ार एक तरीके लिखते हुए हम सब सीरियसली सोच रहे थे कि इन तरीक़ों में से कौन-सा तरीक़ा अपने क्रूर इंस्ट्रक्टर्स पर आजमाया जाए।”

“हहाह्ह्हा! ब्लडी चैप... आर यू इन एनी वे गिविंग मी सम काईंड ऑफ़ वार्निंग?”

“नो नो सर। हम तो बस आपको उस ब्रेकिंग-पॉइंट के बारे में बता रहे हैं।” समर साब ने मुस्कुराते हुए कहा।

“आई टेल यू नथिंग हैज चेंज्ड इन पैरा प्रोबेशन। मैं नोस्टैलजिक होने लगा थोड़ा-सा तुम्हारी कहानी सुनकर।”

“सर...यस सर!”

“ओके समर, अब मैं तुम्हें कुछ बताने जा रहा हूँ...वो ध्यान से सुनना और हमेशा अपने दिमाग़ में रखना। हमारी बटालियन नयी-नयी खड़ी हुई है। अपनी इस वन ओ वन पैराशूट बटालियन को एस्टैब्लिश हुए बस दो साल ही हुए हैं और हमने अभी तक बहुत अच्छा काम किया है यहाँ कश्मीर में। पिछले सवा साल में जब से हम लोग यहाँ डिप्लॉय हैं, बहुत सारे टेरेरिस्ट्स का सफ़ाया किया है हमने। नौ-दस महीने और बचे हैं यहाँ के टेन्योर के। दिस इज़ अ गोल्डेन ऑपरचुनिटी फ़ॉर यू कि तुम्हारे करियर की शुरुआत यहाँ से हो रही है। एक्चुअली ये जो कश्मीर है ना... ये तुम्हारे सोल्जर होने का अल्टीमेट टेस्ट लेता है समर। तुम्हारी सारी ट्रेनिंग, तुम्हारा सारा एन्ड्योरेन्स, तुम्हारी पेशेंस, तुम्हारी विल, तुम्हारी फ़ाइट, तुम्हारा सर्वाइवल, तुम्हारा कम्पैशन... एवरीथिंग गेट्स टेस्टेड हियर इन दिस ब्यूटीफुल वैली। होगा ये जन्नत बाक़ी दुनिया के लिए, मेरे और तुम्हारे लिए दिस इज अ डैम ब्लडी बैटल ग्राउंड। इट्स एन एवरीडे वार हियर फ़ॉर ऑल ऑफ़ अस एंड एज एन इंडियन आर्मी सोल्जर, वी विन व्हेयर वी फ़ाइट। तुम समझ रहे हो ना मैं क्या कह रहा हूँ समर?”

“यस सर!”

"गुड! मैंने तुम्हारा प्रोफ़ाइल देखा है। यू हैव डन वेल समर...उधर एकेडमी में भी और फिर प्रोबेशन में भी। लेकिन वो सब बीती बात हो गई। यू हैव टू प्रूव योर मेटल हियर। बटालियन के जवान अगर कहेंगे कि समर प्रताप सिंह साहब अच्छा ऑफ़िसर है तो तुम अच्छे ऑफ़िसर हो! पहले तीन महीने तुम उधर जवानों की लाइन में ही रहोगे और उनका रूटीन फ़ॉलो करोगे। रब योर शोल्डर्स विद देम और दिखाओ उनको कि कितना दम है तुम में।"

"सर... यस सर!" समर साब ने तनकर बैठते हुए जवाब दिया।

"दूसरी सबसे महत्त्वपूर्ण बात... कश्मीर को समझो। यहाँ के सारे इक्वेशंस...सारे इफ़्स एंड बट्स को अच्छे से जानो। कश्मीर की हिस्ट्री को डिटेल में पढ़ो और आत्मसात करो। बटालियन के सीनियर ऑफ़िसर्स और जवानों से सीखो यहाँ की पॉलिटिक्स। मुझे तुमसे बहुत उम्मीदें हैं समर। बचे हुए नौ-दस महीने में तुम एक बेहतरीन सोल्जर बनकर निकलोगे यहाँ से।" कर्नल रंजन की पैनी आँखें समर प्रताप सिंह के चेहरे पर टिकी हुई थीं।

"आय विल डू माय बेस्ट, सर!" पहले से तनकर बैठे हुए समर साब के जिस्म में थोड़ा और खिंचाव आ गया था।

"गौतम सर का कॉल आया था आज सुबह। कर्नल गौतम राजऋषि सर का। बहुत तारीफ़ कर रहे थे तुम्हारी। कह रहे थे कि तुमको किसी स्पेशल टास्क पर लगाऊँ मैं। कर्नल राजऋषी सर अगर तुम्हारी तारीफ़ कर रहे हैं तो तुम्हारे अंदर कुछ तो बात होगी ही।"

"थैंक यू सर। वो गुरु हैं हमारे। माय मेंटोर!"

"हाँ, तो उन्हीं के 'रिकमन्डेशन' पर मैंने तुम्हारे लिए कुछ टास्क सोच रखा है। अच्छी हाईट है तुम्हारी। कितनी है?" कर्नल रंजन ने कुछ देर सोचते हुए पूछा।

"फ़ाइव फ़ीट इलेवन इंच, सर!" यह कहते हुए समर साब को अपने छः फ़ीट दो इंच लम्बे पिता का उन पर बार-बार किया जाने वाला तंज़ याद आ गया...

"बेटे समर, दुनिया जो छः दो से दिखाई देती है ना, वो पाँच ग्यारह से नहीं दिखाई देती।"

उधर कर्नल रंजन सहाय बोले जा रहे थे...

"बढ़िया। तुम्हारी लम्बाई, तुम्हारा गोरा रंग... और ये जो हल्की भूरी–भूरी आँखें हैं तुम्हारी... ये ऐसेट्स हैं। आय हैव सम प्लान्स फ़ॉर यू। सबसे पहले तो स्टॉप शेविंग फ़्रॉम टुडे ऑन्वार्ड्स। दाढ़ी बढ़ाओ। अपने यूनिफ़ॉर्म पर जो ये समर प्रताप सिंह का नेमटैब लगा रखा है, उसे हटाओ। नया नेमटैब बनवाओ आज ही। शमशेर ख़ान का। आज से तुम यहाँ बटालियन में लेफ़्टिनेंट शमशेर ख़ान के नाम से पुकारे जाओगे। लर्न सम उर्दू एंड कश्मीरी। इस्लाम के बारे में जानकारी इकट्ठा करो। कुरान पढ़ना शुरू करो और नमाज़ कैसे देते हैं, वो सीखो।"

"विल्को, सर!"

"देयर इज अ वुमेन कॉल्ड शाज़िया... शाज़िया लोन। उसका शौहर एक टेररिस्ट था, जो उसे छोड़कर कुछ साल पहले पीओके फ़रार हो गया है। शी इज़ अ पोटेंशियल इन्फ़ॉर्मर। आय वांट यू टू हैंडल हर। कुछ दिनों बाद से बात करना शुरू करो उससे और दोस्ती बढ़ाओ। उससे ख़बरें निकालो अपने बटालियन के आस-पास के एरिया की और टेररिस्ट्स की। मुझे वीकली प्रोग्रेस रिपोर्ट देते रहना। जाकर टू-आई-सी से मिलो। ही विल गिव यू मोर डिटेल्स अबाउट हर।"

"विल्को सर!"

"आय विश यू ऑल द बेस्ट समर। कैरी ऑन नाऊ!"

"थैंक यू सर। जय हिन्द!"

...और सैल्यूट मारकर समर साब कमांडिंग ऑफ़िसर के चैंबर से बाहर आ गए।

एक नये जोश और नये इरादे से भर गया था समर साब का वजूद। उन्हें लग रहा था कि जैसे वो अपने दो हाथों से आसमान को झुका सकते हैं अभी।

बटालियन में पैर रखते ही कमांडिंग ऑफ़िसर ने उन पर भरोसा किया और इतने महत्त्वपूर्ण काम के लिए उन्हें चुना...सोच-सोचकर ही समर साब लबालब भरे पुलक से छलके जा रहे थे।

कमांडिंग ऑफ़िसर के चैंबर की सुकूनदेह गर्माहट से बाहर निकलते ही थोड़ी-सी सर्द हवा के झोंको ने समर प्रताप सिंह के जिस्म में सिहरन भर दी। वो खड़े इधर-उधर देखते हुए सोच ही रहे थे कि किधर जाना है कि तभी एक जवान दौड़ता हुआ उनके पास आया-

"जय हिन्द साब! बटालियन में आपका स्वागत है!"

"जय हिन्द! क्या नाम है तुम्हारा भाई?"

"पैराट्रूपर राकेश कुमार साब। मैं आपका बड्डी डिटेल हुआ हूँ साब और आपको टू-आई-सी साब ने बुलाया है अपने ऑफ़िस में।"

"हाँ...किधर है उनका ऑफ़िस?"

"आइए साब मैं लेके चलता हूँ आपको!"

...और दो मिनट बाद ही लेफ़्टिनेंट समर प्रताप सिंह अपने नये-नवेले बड्डी पैराट्रूपर राकेश कुमार के साथ सेकेंड-इन-कमान्ड के ऑफ़िस के सामने खड़े थे।

ऑफ़िस के बाहर हल्के हरे रंग का नेम-प्लेट टंगा हुआ था, जिस पर पीतल के चमचमाते अक्षरों से 'लेफ़्टिनेंट कर्नल प्रतीक सिन्हा, शौर्य चक्र, सेना मेडल, सेकेंड-इन-कमान्ड, 101 स्पेशल फ़ोर्सेज़' उकेरा हुआ था और उसके ठीक नीचे पैराशूट रेजीमेंट का एक बड़ा-सा प्रतीक चिह्न बना हुआ था।

"मे आय कम इन सर?" समर साब की आवाज़ में थोड़ी-सी घबराहट थी। वो पैराशूट रेजीमेंट के एक लेजेंड के सामने जा रहे थे, जिनकी बहादुरी की कहानियाँ पूरे प्रोबेशन के दौरान सुनते आए थे।

"कम इन!" अंदर से एक खरखराती-सी आवाज़ आयी।

"लेफ़्टिनेंट समर प्रताप सिंह रिपोर्टिंग ऑन ड्यूटी सर!" ऑफ़िस में घुसते ही समर साब ने कड़क सैल्यूट मारा।

कमांडिंग ऑफ़िसर के चैंबर के ठीक उलट यह वाला चैम्बर तनिक सर्द और बिल्कुल ही ख़ाली-ख़ाली सा लग रहा था। दरवाज़े के ठीक सामने वाली दीवार से लगी एक बड़ी-सी लकड़ी की टेबल थी, जिसके पीछे बेतरतीब-सी बढ़ी हुई दाढ़ी में एक मझोले क़द-काठी का पतला-दुबला-सा शख़्स बैठा हुआ था। उसके ठीक पीछे दीवार पर गहरे लाल रंग के फ्रेम के भीतर मरून रंग का बैरेट पहनी हुई इंसानी खोपड़ी की तस्वीर थी, जिसके दांतों तले चमचमाती हुई संगीन दबी हुई थी।

"आओ बैठो समर! वेलकम!" दाहिने हाथ में आधी सुलगी हुई गोल्ड फ़्लेक की राख़ टेबल पर रखी हुई टूटी हैंडल वाले एक कॉफ़ी मग में झाड़ते हुए लेफ़्टिनेंट कर्नल प्रतीक ने कहा।

लम्बे बाल, बिखरी हुई दाढ़ी, घनी मूँछ, मिचमिचाती-सी छोटी-छोटी आँखें और गोल-सा चेहरा... कुल मिलाकर समर प्रताप सिंह ने लेफ़्टिनेंट कर्नल प्रतीक सिन्हा के बारे में जितनी हैरतअंगेज़ कहानियाँ सुन रखी थीं और उनसे जो एक छवि बनी हुई थे उनके ज़ेहन में, सामने बैठा हुआ शख़्स उस छवि के कहीं भी नज़दीक नहीं था।

"थैंक यू सर!" टेबल के सामने हत्थे वाली प्लास्टिक की कुर्सी पर बैठते हुए समर साब ने कहा।

"चाय पियोगे? या कॉफ़ी?"

"चाय सर! आपके बारे में बहुत सुने हैं सर!" समर साब की घबराहट थोड़ी कम हुई थी।

"सब बुरा-बुरा ही सुने हो कि कुछ अच्छा-अच्छा भी?" टेबल पर रखी हुई घंटी को दबाते हुए लेफ़्टिनेंट कर्नल प्रतीक सिन्हा ने हँसते हुए पूछा।

"सब... सब बस अच्छा ही सर। यू आर अ लेजेंड सर!"

"अच्छाsss! ये तो मुझे पता ही नहीं था समर।" अपनी मिचमिचाती आँखों को थोड़ा जानबूझकर फैलाते हुए कहा लेफ़्टिनेंट कर्नल प्रतीक ने।

तभी घंटी की आवाज़ पर एक जवान ने अंदर आकर सैल्यूट मारा।

"लेफ़्टिनेंट साब के लिए चाय ले आओ और मेरे लिए वही मेरी वाली ब्लैक कॉफ़ी!"

अंदर आए जवान के चले जाने के बाद, आधी से कम रह गई सिगरेट को टूटी हैंडल वाले कॉफ़ी मग में थोड़ी देर तक रगड़ते हुए लेफ़्टिनेंट कर्नल प्रतीक वापस समर साब की तरफ़ मुख़ातिब हुए...

"तो समर? समर प्रताप सिंह, पैरा कमांडो ही बनना क्यों चुना तुमने?"

"मरून बैरे पहनना था सर यूनीफ़ॉर्म में!"

"अय शाब्बास! अभी तुम जवाब में कुछ देशभक्ति टाइप का उत्तर देते ना तो भगा देता मैं तुमको अपने ऑफ़िस से बाहर।" लेफ़्टिनेंट कर्नल प्रतीक ने समर साब को घूरते हुए कहा।

"और ज़्यादा कुछ सोचा ही नहीं सर एकेडमी में। मरून बैरे का जुनून चढ़ गया बस।" समर साब उनके घूरने से थोड़े असहज होकर नज़रें नीची किये हुए बोले।

"प्रोबेशन में फटी कि नहीं? जम्प कैसा रहा? कितने जम्प करवाए तुम्हारे बैच से?"

"बहुत फटी सर। टफ़ वर्ड तो अंडरस्टेटमेंट है सर इस पैरा प्रोबेशन के लिए। टोटल थर्टीन जम्प सर... बस!"

"बस? हाहाहा...आई लाइक्ड इट! चिंता मत करो प्यारे। अभी तो जर्नी शुरू हुई है। बहुत मौक़े मिलेंगे जम्प के। तो पहला जम्प कैसा लगा... वो बताओ मुझे?"

"सर आपके ही शब्दों में... बहुत फटी हुई थी। जब ऊपर प्लेन का दरवाज़ा खुला और ज़ोर की हवा भीतर आई, लगा क्यों ही आ गए हैं हम

यहाँ। फिर जब हमारा नंबर आया, पैर काँप रहे थे सर। कूदने के डर से एक अलग ही डर था कि पैरों की थरथरी कोई देख न ले।"

"हहाहाहा! यू आर एन ऑनेस्ट ब्वॉय समर। मुझे लगता है... आय एम गोइंग टू लाइक यू।"

"थैंक यू सर... थैंक यू सो सो मच!"

"ओके... कुछ अपने बारे में बताओ। अपनी फ़ैमिली के बारे में। तुम्हारा बायोडाटा देख रहा था मैं, पटना से हो न तुम?"

"यस सर...पटना से हैं हम। उधर ही सारा बचपन बीता।"

"कौन-कौन हैं घर में? आर्मी में और कोई है फ़ैमिली से?"

"नहीं सर, आर्मी में तो और कोई नहीं है पूरे ख़ानदान से। दो बड़ी बहनें हैं और एक छोटी बहन। दोनों बड़ी बहनों की शादी हो चुकी है। छोटी वाली... मुनमुन, अभी कॉलेज में है। मम्मी-पापा हैं... बस।"

"पापा क्या करते हैं? और मम्मी?"

"मम्मी पटना में ही एक मिडिल स्कूल में प्रिंसिपल हैं और पापा...वो... पापा घर में ही रहते हैं।" जाने क्यों समर साब झिझकते हुए चुप हो गए इतना बोलकर।

"पापा का कुछ बिजनेस-विजनेस है क्या?" लेफ़्टिनेंट कर्नल प्रतीक सिन्हा की छोटी-छोटी आँखें थोड़ी और सिकुड़ कर घूरने लगी थीं समर प्रताप सिंह की इस अपरिभाषित-सी झिझक को भाँपकर।

"नहीं सर! बिजनेस तो कोई नहीं है। वो...दरअसल...वो...पापा...वो... पॉलिटिक्स में हैं सर।" समर प्रताप सिंह एकदम ही असहज हो गए थे यह बताते हुए।

"अबेsss! पॉलिटिक्स...रियली??? तो तुम क्यों फ़ौज में आ गए? नाम क्या है तुम्हारे पापा का?" लेफ़्टिनेंट कर्नल प्रतीक सिन्हा की हँसी छूट पड़ी थी।

"ठाकुर सुदर्शन प्रताप सिंह।" समर साब ने नज़रें नीची किये हुए ही जवाब दिया।

"व्हाटsss? दी ठाकुर सुदर्शन प्रताप सिंह? तुम उनके बेटे हो?"

"यस सर!"

"अबेsss समर! वो तो बड़े ही कद्दावर नेता हैं यार और अगर मैं ग़लत नहीं हूँ तो बिहार के पिछले तीन-चार इलेक्शन से लगातार वो बीजेपी के चीफ़ मिनिस्टेरियल कैंडिडेट रह चुके हैं। एम आय राइट?" लेफ़्टिनेंट कर्नल प्रतीक सिन्हा की हैरानी सारी सरहदें पार कर रही थी।

"यस सर...यू आर एब्सोल्यूटली राइट!" समर प्रताप सिंह ने धीमे-से जवाब दिया।

"ब्लडी हेल! बिहार तो पॉलिटिक्स का गढ़ है। यार समर तुम फ़ौज में काहे आ गए फिर?"

"इट्स अ लॉन्ग स्टोरी सर।" समर साब इस मुद्दे पर पूरी दुनिया में किसी से बात नहीं करना चाहते थे कभी कि वो फ़ौज में क्यों आए।

एकदम भक्क से शगुन का चेहरा कौंधा था उनके दिलो-दिमाग़ में।

"बॉय, आय हैव गॉट ऑल दी टाइम...टेल मी!" लेकिन लेफ़्टिनेंट कर्नल प्रतीक सिन्हा को भी जैसे ज़िद आन पड़ी थी जानने की।

"सर, आय डोंट वांट टू टॉक अबाउट इट। इफ़ यू डोंट माइंड सर... प्लीज़, हम कम्फ़र्टबल नहीं महसूस करते हैं इस बारे में बात करते हुए।" सर झुकाए हुए, लेकिन पूरी दृढ़ता से जवाब दिया लेफ़्टिनेंट समर प्रताप सिंह ने।

"ओकेsss! आय रेस्पेक्ट दैट! लेकिन आज नहीं तो कल तुम्हें इस बारे में तो बात करनी ही होगी समर। हम पैरा कमांडोज़ हैं और हम एक-दूसरे से कुछ नहीं छुपाते हैं यहाँ। क्यों...यह बात तुम्हें ख़ुद ही समझ में आ जाएगी आने वाले दिनों में। ख़ैर..!" बात अधूरी छोड़कर लेफ़्टिनेंट कर्नल प्रतीक सिन्हा एक सिगरेट सुलगाने लगे।

शायद समर प्रताप सिंह का जवाब उन्हें अच्छा नहीं लगा था।

एक भारी-भरकम-सी चुप्पी हिलोर मारने लगी थी सेकेंड-इन-कमांड के उस छोटे-से ऑफ़िस में।

तभी ट्रे में दो बोरोसिल के ग्लास लिए वही जवान अंदर आया। उसने ब्लैक कॉफ़ी वाली ग्लास टेबल पर बेतरतीब-सी बढ़ी हुई दाढ़ी वाले लेफ़्टिनेंट कर्नल साब के सामने रख दी और चाय वाली ग्लास नये लेफ़्टिनेंट साब के सामने।

"डू यू स्मोक?" अपनी सिगरेट का पहला कश लेते हुए लेफ़्टिनेंट कर्नल प्रतीक सिन्हा ने ख़ुद ही उस चुप्पी को तितर-बितर किया।

"यस सर।"

"ये लो...हैव अ पफ़!" अपनी गोल्ड फ़्लेक की डिब्बी समर साब की तरफ़ बढ़ाते हुए कहा उन्होंने।

"थैंक यू सर... हम अपना वाला ब्रांड पीते हैं।" कहकर समर प्रताप सिंह ने जेब से क्लासिक माइल्ड का पैकेट निकाल लिया।

डिब्बी से एक सिगरेट निकालकर डिब्बी को जेब के अंदर रखा और वो सिगरेट की डंडी उनकी उँगलियों में नृत्य करने लगी।

"मैंने भी एक बार ट्राय किया था ये वाला क्लासिक। लेकिन साली बहुत लंबी है यार ये। दिन में बीस से तीस सिगरेट वैसे ही हो जाती है, तो मैं वापस अपनी छोटी वाली गोल्ड फ़्लेक पे आ गया।" लेफ़्टिनेंट कर्नल प्रतीक सिन्हा ने एक गहरा कश लेते हुए कहा।

"तीस सर? ये तो बहुत ज़्यादा है।"

"अब जो है सो है। तुम कमांडिंग ऑफ़िसर से मिल लिए हो। कुछ बताया होगा उन्होंने?"

"यस सर। ही टोल्ड मी अबाउट अ टास्क, जो हमको ज़्यादा समझ में नहीं आया। उन्होंने ये भी कहा कि बाक़ी सारा डिटेल्स आप समझाओगे।"

"हाँ! दिस इज़ डैम इम्पोर्टेन्ट समर। एक्चुअली अपनी बटालियन को इधर डेढ़ साल हो चुका है। कैंट का लोकेशन तुम देख ही रहे हो... फ़किंग बैंग इन दी मिडिल ऑफ़ श्रीनगर टाउन। एक तो हमारी बटालियन एकदम नयी है और दूसरा ये कि, सारे ऑफ़िसर्स जो आये हैं इस बटालियन में वो बाक़ी पैराशूट रेजीमेंट की बटालियनों से सेलेक्ट होकर आए हैं। लगभग-लगभग सबका ही नाम और चेहरा जाना-पहचाना हो चुका है आस-पास के इलाक़े में। तुम पहले ऑफ़िसर हो जो अपनी 101 पैराशूट बटालियन में डायरेक्ट एकेडमी से कमीशन होने के बाद आया है। तुम्हारा चेहरा एकदम फ्रेश है। कोई नहीं जानता तुमको इधर। यह फ़ैक्ट है और हमलोग इस फ़ैक्ट को अब एनकैश करना चाहते हैं। आर यू गेटिंग मी?" एक लंबे से संवाद के बाद सिगरेट का कश लेने के लिए लेफ़्टिनेंट कर्नल प्रतीक रुके।

"सर...यस सर!" समर साब का मूड यह सब सुनकर अब एकदम बदल चुका था।

"ओके गुड! अपनी बटालियन जब रेज़िंग के बाद इधर आयी तो शुरू-शुरू में हम लोगों को कुछ सक्सेस मिला। दो से तीन अच्छे ऑपरेशंस किए हमलोगों ने, जिसमें टोटल नौ टेररिस्ट ठोंके। लेकिन इसके बाद फिर मामला ड्राई पड़ गया है। इंटेलिजेंस, आईबी, इधर की लोकल पुलिस और अपने सारे पुराने इन्फ़ॉर्मर्स...सब साले बेकार हो गए हैं। कहीं से कोई नई ख़बर नहीं आ रही है। अब बटालियन को चाहिए एक नया ख़बरी। फ़ैक्ट ऑफ़ दी मैटर इज़ कि ये इन्फ़ॉर्मर बनाने का काम एक ऑफ़िसर ही कर सकता है। जवानों की अपनी लिमिटेशंस हैं, जो तुम धीरे-धीरे समझ जाओगे। वी नीडेड अ फ्रेश फ़ेस एंड आर्मी हेडक्वार्टर हैज गिवेन अस अ फ्रेश फ़ेस। तुम! तो समर प्यारे काम पर लग जाओ। पूरी बटालियन आज पहले दिन से ही तुम्हें तौल रही है कि नया लेफ़्टिनेंट साब कैसा है, क्या करेगा आकर, कितनी क़ाबिलियत है उसमें। समझ रहे हो तुम?"

"यस सर...मेरा मतलब, कुछ-कुछ तो समझ में आ रहा है सर। लेकिन पूरी बात नहीं। ये जो इन्फ़ॉर्मर्स होते हैं...वो हमारा काम थोड़ी ना होता है। हम

तो टेररिस्ट मारने के लिए बने हैं। उनकी ख़बर देने का काम तो अपनी मिलिट्री इंटेलिजेंस या इंटेलिजेंस ब्यूरो वगैरह का होना चाहिए ना सर? हम क्यों?"

"हहहहाहहहा!" चेहरे को ऊपर करके एक बहुत ही ज़ोर का ठहाका लगाया लेफ़्टिनेंट कर्नल प्रतीक सिन्हा ने।

लगभग ख़त्म हो चुकी सिगरेट को उसी टूटे हैंडल वाले कॉफ़ी मग में रगड़ते हुए बोरोसिल ग्लास में आई ब्लैक कॉफ़ी का लंबा घूँट भरा लेफ़्टिनेंट कर्नल प्रतीक सिन्हा ने और अपनी दूसरी सिगरेट सुलगाने लगे। समर साब ने अभी तक अपनी क्लासिक माइल्ड को सुलगाया नहीं था। वो डिब्बी से निकलने के बाद से उनकी उँगलियों में ही अठखेलियाँ कर रही थी। पल भर बाद ही वो भी अपना नृत्य करना छोड़कर अब सुलग रही थी एक सिरे से।

"मेरे भोले बलम... मेरे प्यारे बलम, कश्मीर में सब कुछ हमलोग ही करते हैं मेरी जान। इंटेलिजेंस वालों के एक-दो इन्फ़ॉर्मेशंस को अगर अपवाद में गिन लो, तो कश्मीर में डिप्लॉय हर बटालियन... चाहे वो कोई इन्फ़ेंट्री बटालियन हो या राष्ट्रीय राइफ़ल्स की बटालियन हो या फिर अपनी जैसे पैराशूट रेजीमेंट की कोई बटालियन हो... हम सब अपना इंटेलिजेंस नेटवर्क ख़ुद डेवेलप करते हैं और फिर ख़ुद ही एक्शन लेते हैं।" लेफ़्टिनेंट कर्नल प्रतीक की बातों में एक तंज़-सा उभर आया था।

"अंडरस्टुड सर!"

"ओके गुड! वेल, नाऊ सिंस यू हैव अंडरस्टुड दिस... तो अब मुद्दे की बात पर आता हूँ। एक औरत है शाज़िया। इधर पास की ही एक कॉलोनी है बटमालू, वहीं की रहने वाली है। शाज़िया लोन... प्रेस-रिपोर्टर है। अच्छी पढ़ी-लिखी मालूम पड़ती है, जैसा कि उसके आर्टिकल्स को पढ़कर लगता है। अन्य कश्मीरियों के उलट उसकी इंग्लिश बहुत बेहतर है। इन दिनों ग्रेटर कश्मीर न्यूज़ पेपर के साथ है और उसका वीकली कॉलम आता है हर सन्डे को... "बिटर ट्रुथ" करके। मैं एक बार मिला हूँ उससे किसी पुलिस वालों की डिनर-पार्टी में। शी इज़ ब्यूटीफुल, चार्मिंग एंड गुड टू टॉक टू। अब सुनो राज़ की बात। उसका हसबैंड टेररिस्ट है- क़ादिर अहमद लोन। आईबी की हिट-

लिस्ट में भी है। लेकिन वो लगभग बारह साल पहले भागकर उस पार चला गया है। राष्ट्रीय राइफ़ल्स की किसी बटालियन के साथ एक एनकाउन्टर में फँस गया था। पैर में गोली भी लगी थी, लेकिन बच गया। डर से भागकर पीओके चला गया है। लेटेस्ट इन्फ़ॉर्मेशंस के अनुसार वो उधर पीओके में जिहादियों का एक लॉन्च-पैड हैंडल करता है और नये रिक्रुट्स जिहादियों को इस पार भेजता है।" साँस लेने के लिए थोड़ी देर को रुके लेफ़्टिनेंट कर्नल प्रतीक ने सिगरेट का एक गहरा कश लिया।

"सर इस पर तो बॉलीवुड की फ़िल्म बन सकती है।" समर साब ने थोड़ा मुस्कुराते हुए कहा।

"बेटे समर, फ़िल्म तो तब बनेगी जब हीरो की एँट्री होगी ना। वही हीरो का काम तुम्हें करना है प्यारे। आईबी की नज़र शाज़िया पर ऑलरेडी है। इनफ़ैक्ट पुलिस वाले भी पीछे पड़े हैं उसके। लेकिन वो किसी के हाथ नहीं आती। शी इज़ वेरी-वेरी स्मार्ट दैट वे। वो यही स्टांस मेंटेन कर रही है कि उसका अब अपने हसबैंड से कोई रिलेशनशिप नहीं है और न ही उसे उसके बारे में कोई बात करनी है। लेकिन मेरी गट फ़ीलिंग है कि वो अभी भी क़ादिर से टच में है। शाज़िया की लगभग ग्यारह साल की बेटी है। यानी कि क़ादिर जब यहाँ से भागा था, शाज़िया ठीक उसी वक़्त प्रेग्नेंट रही होगी। तो मैं उसकी इस बात पर नहीं बिलीव करता हूँ कि वो अपनी बेटी के बाप से टच में नहीं है।"

"हाँ सर ये पॉइंट तो है।"

"उसमें सारे पोटेंशियल हैं एक बढ़िया ख़बरी की। वी जस्ट हैव टू ब्रेक हर, समर। आईबी और पुलिस ने सारे हथकंडे अब तक अपना लिए होंगे। एक ही रास्ता जो मुझे नज़र आ रहा है, वो है ह्यूमेन अप्रोच का। दिस इज़ व्हेयर यू कम इन टू प्ले माय डियर ब्वॉय! मैं चाहता हूँ कि तुम उस से धीरे-धीरे दोस्ती बढ़ाओ। यहाँ कश्मीर में दोस्ती के लिए रिलिजन प्ले एन इम्पोर्टेन्ट रोल। सो आई वांट यू टू डेवेलप योरसेल्फ़ इन अ मुस्लिम ब्वॉय। आज से ही नमाज़ पढ़ना सीखना शुरू करो। शेविंग नहीं करनी है तुम्हें आज से। उर्दू और कश्मीरी

लैंगुएज की भी थोड़ी-बहुत जानकारी लो। थोड़ी शेरो-शायरी करो। शाज़िया के लिखे सारे कॉलम्स पढ़ो कि तुम्हें उसकी आईडियोलॉजी पता चले।"

"विल्को सर!"

"आल्सो, कश्मीर की हिस्ट्री पढ़ो। अपनी आर्मी के सारे मेजर ऑपरेशंस के बारे में जानकारी बढ़ाओ। यहाँ की लोकल पुलिस, यहाँ के कस्टम्स और रिचुअल्स को समझो। लेकिन टाइम कम है हमारे पास। एक महीने का वक़्त दे रहा हूँ तुमको। प्रीपेयर योरसेल्फ़ और अपने लिए एक बढ़िया-सा मुस्लिम नाम चुनो।"

"सर नाम तो सीओ ने ऑलरेडी बता दिया है।"

"क्या?"

"शमशेर ख़ान!"

"ओके देन, लेफ़्टिनेंट शमशेर ख़ान गेट ऑन विद इट!"

"सर...यस सर!"

"ओके यू मे गो नाऊ। अपने बड्डी से मिलो...वो तुम्हें दिखा देगा कि अभी कहाँ रहना है तुमको। पहले तीन महीने तुम्हें जवानों के साथ उनके ही बैरक में रहना होगा। उनका रूटीन फ़ॉलो करना होगा। अर्न देयर रेस्पेक्ट। प्रूव योर मेटल टू देम। बताओ नहीं, दिखाओ उनको कि उनकी बटालियन में तगड़ा लेफ़्टिनेंट साब आया है। जाओ!" समर साब को जाने का कहकर लेफ़्टिनेंट कर्नल प्रतीक सिन्हा अपनी नयी सिगरेट सुलगाने लगे थे।

"विल्को सर। जय हिन्द सर!"

लेफ़्टिनेंट समर प्रताप सिंह खड़े हुए और एक कड़क सैल्यूट मारकर सेकेंड-इन-कमांड के ऑफ़िस से बाहर निकलने लगे कि तभी लेफ़्टिनेंट कर्नल प्रतीक सिन्हा की पुकार आई-

"और सुनो समर, मीट मुस्तफ़ा। उसके साथ बैठो, बहुत कुछ सीखने को मिलेगा।"

"मुस्तफ़ा?" समर साब ने चेहरे पर बड़ा-सा प्रश्नवाचक चिह्न लटकाए अपने टू-आई-सी की तरफ़ देखा।

"मेजर मुकेश नरवाल।" लेफ़्टिनेंट कर्नल प्रतीक सिन्हा ने सिगरेट का कश लेते हुए ऊपर छत की तरफ निहारते हुए कहा।

"रॉजर सर!"

समर प्रताप सिंह बाहर निकल आए थे।

डल पड़ी चुपचाप-सी वूलर है ख़ामोश
गुम हुआ जाने कहाँ झेलम का सब जोश

हफ़्त चिनार कैन्टोन्मेंट... शहर के एकदम मध्य में बसा हुआ था। उत्तर में विख्यात जामा मस्जिद, पूरब में डल झील, दक्षिण में नौगाम व हैदरपुरा नाम की बस्तियाँ और पश्चिम में बडगाम। वहीं से सटा हुआ था बख़्शी स्टेडियम और जिससे थोड़ी दूर और आगे जाने के बाद कुख़्यात लाल चौक, जो किसी ज़माने में मिनी पाकिस्तान के नाम से मशहूर था। फिर उसी लाल चौक से थोड़ी दूर आगे जाकर आती थी एक कॉलोनी- बटमालू के नाम से... वहीं की रहने वाली थी शाज़िया।

हफ़्त चिनार से बटमालू और फिर उस बटमालू में रहने वाली शाज़िया लोन तक पहुँचने की राह अभी धुँधली-धुँधली-सी थी, लेकिन कमांडिंग ऑफ़िसर द्वारा समर साब को दिया गया नया नाम 'शमशेर' उसी धुँधली राह को रौशन करने के काम आने वाला था निकट भविष्य में।

लेफ़्टिनेंट समर प्रताप सिंह की नयी ट्रेनिंग शुरू हो गई थी। उर्दू और कश्मीरी भाषा की भर-भरकर तालीम दी जा रही थी उन्हें और साथ में बाक़ायदा वुज़ू करना और नमाज़ पढ़ने का शऊर भी सिखाया जा रहा था।

जवानों के बैरक में रहते हुए वो तीसरा दिन ही तो था, जब वो लंगर में बैठे आलू छील रहे थे कि मुनमुन का कॉल आया था...

"हैलो मुनमुनिया!"

"अरे यार कैसे भाई हो तुम? जब से पहुँचे हो एक कॉल करने की फ़ुर्सत नहीं तुम्हें?"

"यहाँ बैठ के आलू छील रहे हैं हम और तुम फ़ुर्सत की बात कर रही हो।" समर साब ने कुछ ऐसे अंदाज़ में ये बात कही कि लंगर में बैठे सारे जवान ठहाका लगा के हँस पड़े।

"कहाँ हो तुम? इतने लोगों का शोर है आसपास।" मुनमुन ने चिढ़ते हुए कहा।

"एक मिनट रुको...बाहर आके बात करता हूँ।" कहते हुए समर साब उठकर लंगर से बाहर आ गए, "हाँ रे अब बोलो!"

"क्या बोलूँ? जब से कश्मीर गए हो एक कॉल नहीं किए हो तुम। मम्मी परेशान हो रही थी। कल रात तो पापा भी पूछ रहे थे तुम्हारे बारे में?"

"अबे चार दिन तो हुए हैं आए हुए हमको। और ये क्या कह रही हो? पापा पूछ रहे थे हमारे बारे में?? ये चमत्कार कैसे हो गया यार? हैंsss!" समर प्रताप सिंह ने थोड़े-से बनावटी 'हैं' को लंबा खींचते हुए कहा।

"ऐसे मत बोलो ब्रो। पूछते रहते हैं तुम्हारे बारे में। समर ठीक है? बात हुई तुम्हारी? बराबर पूछते हैं यार।"

"चलो तुम ज़िद करती हो तो मान लेते हैं हम। वैसे कैसे हैं हमारे नेताजी?"

"ठीक हैं। मज़े में हैं एकदम लेकिन बहुत ही ज़्यादा बिजी। रियूमर लगभग अब कन्फ़र्म ही है ब्रो। पापा को लोकसभा इलेक्शन का टिकट मिल जाएगा इस बार। तो दिन-रात उसी की स्ट्रेटेजी चलती रहती है घर में और ऑफ़िस में।" मुनमुन की आवाज़ में थोड़ी-सी चिढ़ झलक रही थी।

"हाँ यार अब ये तो होना ही था ना। सरकार बहादुर की इतने सालों से सेवा किये जा रहे हैं, फल तो मिलना ही था। मुख्यमंत्री की गद्दी तो आनी है ही नहीं अपने बिहार में इस पार्टी को। तो पिताश्री अब कैबिनेट में ही बैठें तो उनको भी चैन मिलेगा। इसी बहाने कम-से-कम मम्मी को तो आज़ादी की साँस मिलेगी थोड़ी सी।"

"हाँ! लेकिन वो सब तो बाद की बात है। छोड़ो ना...अपने बारे में बताओ ना...कैसे क्या सब होता है? तुम कमांडो बन गए हो ना अब? पैराशूट से कूदे तुम? कैसा लगा? सुनी हूँ कि ये कमांडो बनने से पहले वाला जो

प्रोबेशन होता है वो बहुत टार्चरस होता है। उसी के लिए तुम आगरा में थे ना लास्ट थ्री-फ़ोर मंथ्स से?" मुनमुन ने सवालों की झड़ी ही लगा दी थी।

"हाँ बन गया है तुम्हारा भाई अब पैरा कमांडो। बैंड बज गई इस कमांडो बनने के चक्कर में, वो कभी सुनाएँगे फ़ुर्सत में जब पटना आएँगे। आगरा उसी प्रोबेशन को क्लियर करने के लिए गए थे हम। बहुत ही ज़्यादा टफ़ होता है प्रोबेशन। क्या-क्या करवाते हैं, तुम इमेजिन भी नहीं कर सकती हो मून। बेसिकली इस प्रोबेशन में हमारे विल पावर का टेस्ट होता है। दे ट्राय टू ब्रेक अस फ़िज़िकली एंड मेंटली...हमें जैसे-तैसे करके सर्वाइव करना पड़ता है। जो क्विट नहीं करते हैं, बस... बन जाते हैं वो कमांडो। दर्जन भर जम्प मारे हमने ऊपर आसमान में उड़ते हुए जहाज़ से। सही-सलामत आ गए नीचे। कहीं से भी टूटा-फूटा नहीं है तुम्हारा भाई।"

"हीरो हो तुम मेरे ब्रो। कभी सोच भी नहीं सकती थी मैं कि मेरा छुई-मुई-सा भाई एक दिन ऐसा टफ़ कमांडो बनेगा।"

"हाहाहा! और तुम्हारा क्या चल रहा है उधर?"

मुनमुन कुछ बोलती कि तभी लंगर के अंदर से ज़ोर की आवाज़ आयी...

"फ़ोन पर ही लगे रहोगे तो आलू कब छीलोगे लेफ़्टिनेंट साब? कड़ाही चढ़नी है चूल्हे पर!"

...जिसके साथ आयी जवानों के मिलेजुले ठहाकों की गूँज।

"चल मुनमुनिया, बाद में कॉल करेंगे हम। लंगर से बुलावा आ रहा।"

"अरे हद है। तुम तो ऑफ़िसर बन गए हो ना तो ये लंगर में आलू क्यों छील रहे हो?" मुनमुन का सवाल मासूम-सा था।

"ट्रेडिशन है बहनिया आर्मी का। कोई भी नया ऑफ़िसर जब आता है बटालियन में तो उसे पहले तीन महीने जवानों के साथ रहना पड़ता है और उनका रूटीन फ़ॉलो करना पड़ता है। अभी जाने दो यार... बाद में सुनाएँगे सब कहानी। चल बाय!"

"बाय ब्रो। ठीक से रहना!"

कॉल कटते ही तीर की तरह वापस शामिल हुए समर साब आलू छीलने वाले अभियान में।

"लेफ़्टिनेंट साब, जवानों के खाने में देर नहीं हो सकती...ये बात आप अच्छी तरह से गाँठ बाँध लो। सबकी अपनी-अपनी ड्यूटी लगी हुई है और सब कुछ एकदम घड़ी की सुईयों के हिसाब से चलता है इधर फ़ौज में। लंच में देरी हो गई और अगर सीओ साब को रिपोर्ट लग गई तो आपकी क्या गत बनेगी, आप जानो...लेकिन हमलोगों का भूत बना देंगे सीओ साब।" हवलदार जोगा सिंह ने हँसते हुए कहा।

"हाँ! हाँ! समझ गए हम। बहन का कॉल आ गया था यार! जब से आए हैं घर बात नहीं कर पाए थे।" समर साब ने झेंपते हुए जवाब दिया।

"हाँ घर टाइम से बात कर लिया करो साब जी। यहाँ का कुछ भरोसा नहीं रहता कि कब किस ऑपरेशन पर निकल जाएँगे दूर पहाड़ों पर। उधर फिर हफ़्ते-दस दिन तक मोबाइल का सिग्नल ही नहीं मिलेगा।"

"हम कब ऑपरेशन में शामिल होंगे जोगा? हमारा नंबर कब आएगा?"

"अभी तो आप जी अपने टास्क पर ध्यान दो जिसके लिए सीओ साब और टू-आई-सी साब ने बताया है। आप इस टास्क को निकाल लो तो एक से एक ऑपरेशन मिलेंगे बटालियन को।"

"हाँ लगे तो हुए हैं हम। मेजर मुकेश साब से कब मुलाक़ात होगी हमारी, जोगा?"

"मुस्तफ़ा! साब का असली नाम नहीं लेना है। सीओ साब का हुकुम है। जैसे आप शमशेर साब हैं अब से, मुकेश साब मुस्तफ़ा साब हैं। वो बारामुला टीम के कमांडर हैं। कहीं अंडरग्राउंड हैं अभी, आ जाएँगे दो-तीन दिन में।"

"अंडरग्राउंड?" समर साब की पतली-पतली भवें प्रश्नवाचक चिह्न बनाए हुए ऊपर उठ खड़ी हो गई थीं।

"मुस्तफ़ा साब पुराने खिलाड़ी हैं। आप जब मिलोगे तो उनसे ही सुनना ये सब बात डिटेल में।"

आलू छीलन अभियान पूरा हो गया था और बड़ी-सी कड़ाही के उबलते हुए पानी में सारे छीले हुए आलू अब छोटे-छोटे टुकड़ों में कटकर पकने लगे थे। आटे की बड़ी-सी परात अब समर साब के जानिब खिसक आई थी, जिसमें उन्हें दो और जवानों के साथ मिलकर मशक़्क़त करनी थी। गीले आटे को गूँथते हुए समर साब को एकदम से पटना के कंकड़ बाग़ कॉलोनी के उस ख़ूबसूरत "कुमकुम सदन" की याद हो आई और साथ ही माँ का चेहरा भक्क करके आँखों के सामने आ गया।

माँ इतनी स्वाद वाली रोटियाँ और पराठे बनाती थी... कभी ख़याल तक नहीं आया कि इतनी मेहनत लगती होगी उस स्वाद को लाने में।

हज़ारों साल पहले कौशल राज्य के राजुकमार सिद्धार्थ को दिव्य ज्ञान की प्राप्ति हुई थी किसी पीपल के पेड़ तले और वो बुद्धत्व को प्राप्त हुए थे। आज एक सौ एक पैराशूट रेजीमेंट बटालियन के एक लंगर में लेफ़्टिनेंट समर प्रताप सिंह को ज्ञान प्राप्ति हुई थी आटा गूँथते हुए।

अब वो कौन-सी गति को प्राप्त होते हैं, ये तो आने वाला वक़्त ही बतायेगा!

फ़िरनों पर हैं ख़ून के छींटे वादी लहूलुहान
कारस्तानी किसकी है कौन हुआ बदनाम

उधर देश में आम चुनाव होना तय था और हुआ भी। पटना के कंकड़बाग़ कॉलोनी के 'कुमकुम सदन' में जश्न का माहौल अपने उफ़ान पर था। ठाकुर सुदर्शन प्रताप सिंह को पहली बार लोकसभा का टिकट मिला था और लगातार पिछली चार विधान-सभाओं में उनकी स्पष्ट जीत के बाद इस लोकसभा चुनाव में भी विजयश्री का सेहरा उनके सर पर बँधना ही बँधना था। तो जश्न का माहौल अपने उफ़ान की नयी परिभाषा रच रहा था।

इधर पौने दो महीने में लेफ़्टिनेंट समर प्रताप सिंह की अच्छी-ख़ासी दाढ़ी आ चुकी थी। अपनी चुस्त वर्दी की दाईं वाली जेब के ऊपर 'शमशेर ख़ान' का नेमटैब लगाए लम्बे, गोरे, हल्की भूरी आँखों वाले समर साब क़रीने से कटी नयी दाढ़ी के साथ जब उस दिन जवानों के बैरक से बाहर निकले तो मेजर मुकेश नरवाल का उछलता-सा जुमला आया था...

"ओय कमीने, संभल के ओय! यहाँ आतंकवादियों को मारने आया है तू बे, कश्मीरी लड़कियों को नहीं।"

"आप ही के शागिर्द हैं मुस्तफ़ा सर!" समर साब ने ठहाका लगाते हुए जवाब दिया।

"कमीने, तेरे रंग-ढंग देख के लग रहा मुझे कि तू मेरा भी गुरु निकलेगा। चल मेस में तुझे बियर पिलाता हूँ।"

"सर!!! ऑफ़िसर्स मेस में एंट्री अलाउड हो गई हमारी क्या? हूsss याsss!" समर प्रताप सिंह ख़ुशी से चित्कार कर उठे थे।

"चुप बे! उसमें अभी टाइम है। अभी एक महीना और रहेगा तू लाइन में। वो तो आज तू पक्का वाला शमशेर बन गया है तो तुझे ट्रीट देने ले जा रहा हूँ। चल आजा!"

"मुस्तफ़ा सर ज़िंदाबाद!"

थोड़ी देर बाद ही दोनों बटालियन के आफ़िसर्स मेस के हरे-भरे लॉन में झाग उगलते बीयर के ग्लास थामे बैठे थे। दोनों की तीसरी ही मुलाक़ात थी और इन तीन मुलाकातों में ही दोनों आपस में एकदम घुल-मिल गए थे। मेजर मुकेश नरवाल समर साब से दस साल सीनियर थे और अभी दो साल पहले ही कैप्टन से मेजर बने थे।

"चीयर्स टू योर न्यू आइडेंटिटी लेफ़्टिनेंट शमशेर ख़ान!" मेजर मुकेश नरवाल ने बियर के बड़े से ग्लास को हवा में ऊपर उठाते हुए कहा।

"चियर्स मेजर मुस्तफ़ा सर!" प्रत्युत्तर में लेफ़्टिनेंट समर प्रताप ने अपने ग्लास को मुस्तफ़ा के ऊपर उठे ग्लास से टकराते हुए कहा।

"सो? व्हाट्स अप? क्या न्यूज़ बिहार से?" मेजर मुकेश ने बियर की बड़ी-सी चुस्की भरते हुए पूछा।

"सब बढ़िया सर, कुछ ख़ास नहीं।"

"अबे ख़ास नहीं का क्या मतलब? उधर तो पार्टी चल रही होगी ना! पहली बार लोकसभा की सीट से लड़े हैं ना तेरे फ़ादर?"

"हाँ सर, इस बार टिकट मिला था। वैसे ऑफ़र तो उनको कई सालों से था, लेकिन वो ही मना करते रहते थे।"

"हाँ मिलना ही था। उधर तेरे फ़ादर का कोई फ़्यूचर था भी नहीं। लगातार ही तो जीतते आ रहे हैं वो बिहार में। एवरी इलेक्शन, है ना?"

"हाँ सर पाँच बार से तो जीत ही रहे हैं।"

"रूतबा होगा यार तेरे घरवालों का उधर। क्यों? कैसा लगता है बे एक पावरफुल पॉलिटिकल फ़ैमिली का मेम्बर होना? सारे काम तुम लोगों के तो एकदम चुटकी बजाने से हो जाते होंगे ना?"

"ऐसा भी कुछ नहीं सर। ठीक है मतलब। इट्स ओके। कॉलेज में तो हमको उन्हीं के चक्कर में बहुत कुछ सुनना भी पड़ता था।" समर साब ने सिर हिलाते हुए कहा।

“हहाहहह्हा... हाँ ये तो मैं अंदाज़ा लगा सकता हूँ। लेट्स सी...क्या मिलता है उनको पोर्टफ़ोलियो इस बार के नये कैबिनेट में!”

“जो भी मिले सर...हमको क्या करना है?”

“अबे...मान ले डिफ़ेंस मिल गया तो? साले तेरे तो वारे-न्यारे हो जाएँगे बे!”

“कम ऑन सर!”

“क्या कम ऑन सर। तुझे कोई मतलब नहीं तो मेरी कम-से-कम अगली पोस्टिंग ही करवा देना किसी ढंग की जगह पर। तंग आ गया हूँ अब मैं कश्मीर से।”

“आप तो हीरो हो सर।”

“अबे काहे के हीरो। काम है अपना तो करते हैं हमलोग। चल सिगरेट पिला तू यार!”

लेफ़्टिनेंट समर प्रताप सिंह ने अपने यूनिफ़ॉर्म के ट्राउजर की जेब से क्लासिक माइल्ड का पैकेट निकाला और एक सिगरेट को हल्का-सा बाहर खींचते ही डिब्बी को मेजर मुकेश की तरफ़ बढाया। मेजर मुकेश ने सिगरेट को आहिस्ता से बाहर निकलाते हुए अपने होंठो के बीच दबाया, जिसके तुरंत बाद ही समर प्रताप ने भी एक सिगरेट अपने दोनों होंठो के बीच दबाते हुए डिब्बी से बाहर खींच ली। पहले मेजर मुकेश की सिगरेट और फिर अपनी सिगरेट सुलगाते हुए समर साब ने पूछा-

“सर, अब हमारा प्लान ऑफ़ एक्शन क्या होगा?”

“लगभग दो महीने से जो अलिफ़ बे ते से पढ़े जा रहे हो और नमाज़ पे नमाज़ अदा किये जा रहे हो हर रोज़, अब उसका इस्तेमाल करने का समय आ गया है, वत्स। टार्गेट को अप्रोच करो अब! दोस्ती बढ़ाओ। बातें निकालो।”

“वही तो समझ में नहीं आ रहा सर कि कैसे शुरुआत करें हम?”

“सीधा फ़ोन करो उसको। मोबाइल नंबर पर नहीं। पहला कॉल उसके न्यूज़ पेपर के ऑफ़िस में करो... वहाँ के लैंड लाइन नंबर पर।”

"सर मोबाइल नंबर भी मिल गया है शाज़िया का।"

"हाँ मेरे परम आदरणीय लेफ़्टिनेंट शमशेर ख़ान साहब... मैंने ही आपकी आदरणीया शाज़िया देवी का मोबाइल नंबर निकलवाया था और टू-आई-सी को दिया था, जहाँ से जहाँपनाह आपको मिला है ये नंबर। तो मुझे मत बताइये ना ये बात।" मेजर मुकेश नरवाल ने सिगरेट का बड़ा-सा कश लेकर समर साब के मुँह पर ख़ूब सारा धुआँ उगलते हुए मज़ाक के लहजे में कहा।

"सॉरी सर! समझ गए हम।"

"गुड ब्वॉय! तो जैसा मैंने कहा वैसा करो। न्यूज़ पेपर के दफ़्तर शाम को खुलते हैं और देर रात तक चलते हैं। आज रात को अपने कमरे से ग्रेटर कश्मीर के दफ़्तर में फ़ोन लगाओ और शाज़िया लोन के बारे में पूछो। उसको फ़ोन पर बुलवाओ। बातें करो उससे। उसके लिखे सारे आर्टिकल्स पढ़ ही रखे हैं तुमने, उस पर बात करो। उन आर्टिकल्स की तारीफ़ करो। जेनेरेट अ डिस्कशन। बातचीत के बाद अगर लगे तुम्हें कि ठीक-ठाक बात हुई है तब उसी से उसका मोबाइल नंबर माँगना। नहीं ठीक लगे तो, पहली बातचीत में मत माँगना। दो-तीन दिन बाद फिर उसके दफ़्तर में फ़ोन लगाना।"

"विल्को सर!"

"और सुनो, डोंट हरी इट अप! आराम से बात करना। पूरा गेम यहाँ पर पेशेंस का है।"

"रॉजर सर...गॉट इट!"

"गुड! एक-दो ढंग की ग़ालिब-वालिब की शाइरी वगैरह रट्टा मार ले। उस से बात करते समय मौक़ा देख कर मारना।"

"हाँ...वो तो बहुत सारे याद हैं हमको सर!"

"हाँ, क्यों नहीं! भूल ही गया था मैं तो कि तू तो कर्नल गौतम राजऋषि सर का चेला है।"

"हाहाहा, सर यस सर!"

"चल अब फूट ले इधर से। जा अपने बैरक में और ड्यूटी दे उधर।"

"सर एक और बियर प्लीज़!"

"अबे...भाग। सीओ ने देख लिया ना कि तुझे इधर बिठा कर बियर पिला रहा हूँ मैं तो बैंड बजा देंगे मेरी। एक पी लिया ना...अब खिसक इधर से।"

"सर... यस सर एंड थैंक यू सो मच सर!"

बियर के हलके से सुरूर में लेफ्टिनेंट समर प्रताप सिंह उर्फ़ शमशेर ख़ान लम्बे-लम्बे डग भरते हुए बैरक में वापस आ गए।

शाम का अँधेरा हफ़्त चिनार कैंटोनमेंट की दीवारों पर उतर आया था। रात की ड्यूटी देने के लिए जवानों की बाँट हो गई थी। लेफ़्टिनेंट समर प्रताप सिंह की ड्यूटी तीन अन्य जवानों के साथ आज कैंट की चारदीवारी के साथ चारों तरफ़ लगे ऊँचे-ऊँचे टावरनुमा पोस्ट्स में से एक पर लगी थी।

ठंडी हवा के झोंके उस टावर पोस्ट को चारों ओर से सिहरा रहे थे।

बहुत देर सोचते रहने के बाद और ख़ुद से ख़ुद की हिम्मत बढ़ाने के बाद, समर साब ने अपने कंधे से टंगा टैवोर राइफ़ल नीचे उतारा और जेब से अपना मोबाइल निकाला। कॉन्टैक्ट लिस्ट से ग्रेटर कश्मीर ऑफ़िस का नंबर स्क्रोल करते हुए उन्होंने धाड़-धाड़ बजते दिल को संभालते हुए नंबर डायल कर दिया।

उधर से किसी महिला की मधुर-सी आवाज़ आयी-

"हैलो गुड इवनिंग! दिस इज ग्रेटर कश्मीर ऑफ़िस, हाउ मे आय हेल्प यू?"

"हैलो गुड इवनिंग मैम, कैन आय स्पीक टू शाज़िया लोन, प्लीज़?" समर साब ने अपनी आवाज़ में ज़माने भर की विनम्रता लाते हुए कहा।

"यस, काइंडली होल्ड ऑन प्लीज़!"

थोड़ी देर तक एक मशीनी धुन बजती रही उधर से और फिर एक दूसरी आवाज़ उभरी, जो पहली वाली आवाज़ से अलग थी, लेकिन उससे कहीं ज़्यादा आकर्षक-

"हैलो!"

"हैलो... सलाम वालेकुम, आप शाज़िया लोन बोल रही हैं?" समर साब की झिझक में एकदम से कई गुना बढ़ोतरी हो गई थी।

"वालेकुम सलाम। हाँ मैं शाज़िया बोल रही हूँ। जी कहिये... आप कौन!" फ़ोन के उस तरफ से आने वाली आवाज़ बड़ी ही नफ़ासत और कशिश भरी थी।

"जी हम लेफ़्टिनेंट शमशेर ख़ान बोल रहे हैं यहीं आपके पड़ोस में हफ़्त चिनार कैंट से। दरअसल आपकी लिखी रिपोर्ट पढ़ रहे थे हम अभी-अभी। वो ग्रेटर कश्मीर में जो आई है आज... पार्लियामेंट में नए वाले पॉसिबल कैबिनेट मिनिस्ट्री पर।"

"अरे वाह... माशाल्लाह, फ़ौजी ऑफ़िसर भी पढ़ते हैं हमारा न्यूज़ पेपर।" थोड़ी-सी खिलखिलाहट थी उस तरफ़ फ़ोन के।

"हाँ, हाँ क्यों नहीं पढ़ेंगे हमलोग। बिलकुल पढ़ते हैं। कम-से-कम हम तो पढ़ते ही हैं रोज़ के रोज़ ग्रेटर कश्मीर और ख़ास तौर पर आपका कॉलम बिटर ट्रुथ।"

"जी, बहुत-बहुत शुक्रिया आपका लेफ़्टिनेंट साब! तो कब से हैं आप इधर कश्मीर में और इधर का नंबर कैसे मिला आपको?"

"बस अभी लगभग दो महीने पहले ही हुई हैं हम पोस्टिंग। हमारे कमांडिंग ऑफ़िसर साब ने हमसे आपके डेली कॉलम की तारीफ़ की थी एक दिन तो हम आप के रेगुलर रीडर बन गए। फिर नंबर ढूँढ़ना तो कोई मुश्किल काम नहीं था। रिपोर्ट अच्छी लगी। रिपोर्ट के नीचे लिखा नाम अच्छा लगा तो ग्रेटर कश्मीर के दफ़्तर को कॉल लगा लिया।" समर साब की हाज़िर-जवाबी ख़ुद समर साब को भी हैरान कर रही थी।

"रिपोर्ट ज़्यादा अच्छी लगी कि रिपोर्टर का नाम?" उधर से आए जवाब में शामिल हल्की-सी खिलखिलाहट समर साब के सीने में कैसी तो गुदगुदी करने लगी थी।

"हहाहाहा...नाम से एक शेर याद आया-

अपनी रुस्वाई तेरे नाम का चर्चा देखूँ।
इक ज़रा-सा शेर कहूँ और मैं क्या-क्या देखूँ।"

समर प्रताप सिंह ने ख़ामोशी से अपनी पीठ ख़ुद ही थपथपाई- एकदम से याद आए इस शेर के लिए।

"क्या बात! क्या बात! आर्मी ऑफ़िसर्स शेरो-शाइरी भी करते हैं, मुझे नहीं पता थी ये बात लेफ़्टिनेंट साब। आप तो सरप्राइज़ पे सरप्राइज़ दे रहे हैं मुझे।"

"अरे नहीं नहीं, हमारा लिखा नहीं है ये शेर। पाकिस्तान की मशहूर शायरा रही हैं-परवीन शाकिर, उनका लिखा हुआ है। आपने नाम की बात की तो एकदम से ये याद आ गया।"

"माशाल्लाह! एक तो शाइरी और वो भी दुश्मन देश की शायरा का लिखा। बड़े ही दिलचस्प इंसान हैं आप लेफ़्टिनेंट साब।"

"जी आपकी दोनों बातें सही हैं।"

"दोनों बातें? कौन-सी दोनों बातें?"

"दिलचस्प हैं हम और इंसान तो हैं ही ना!"

"हाहा...हाहा...हाहा...हाहा! वल्लाह...वल्लाह, लेफ़्टिनेंट साब कमाल की बातें करते हैं आप। हाहा...हाहा...हाहा!" शाज़िया की हँसी जैसे थम ही नहीं रही थी।

...और समर साब एकदम से उस हँसी की खिलखिल में डूबे जा रहे थे।

"आपकी हँसी... उफ़!" बस इतना ही कह पाए वो।

"क्या? ताड़का जैसी तो नहीं है ना?"

"बहुत ही ख़ूबसूरत हँसी। जैसे दरिया में पत्थर फेंको तो उठे छप्प से... वैसी ही।"

"ओहो, फ़्लर्ट कर रहे हैं अब आप लेफ़्टिनेंट साब...हैं? कब की पैदाइश है आपकी? बड़ी ही होऊँगी मैं आपसे उम्र में शर्तिया।"

"जी नाइंटी फ़ाइव बॉर्न हैं हम। चौबीस साल के हो जाएँगे हम चार महीने बाद इस अक्टूबर में।"

"कहा ना मैं बड़ी होऊँगी आपसे! मैं एटी नाइन में पैदा हुई थी। यानी छ: साल बड़ी हूँ आपसे।"

"ग़ज़ब... कश्मीर की लड़कियाँ अपनी उम्र बिलकुल नहीं छुपाती हैं क्या?"

"कश्मीर की लड़कियाँ जाने क्या-क्या छुपाती आ रही हैं गुज़रे तीस-पैंतीस सालों से, उम्र छुपा के भी क्या ही हासिल कर लेंगी लेफ़्टिनेंट साब?" शाज़िया की आवाज़ में एक कैसी तो उदासी तिर आयी थी।

"जी समझते हैं हम मैम।"

"ना... नहीं समझते आप लोग। बिलकुल नहीं समझ सकते!"

"जी तो समझना चाहेंगे हम, अगर आप इजाज़त दें तो।"

"बात करेंगे फिर कभी लेफ़्टिनेंट साब। अभी तो काम है हमें बहुत। पीक आवर है हमारे ऑफ़िस का।"

"जी, फिर कब कॉल कर सकते हैं हम? आपका पर्सनल नंबर मिल सकता है?"

"आप अपना नंबर बता दीजिये। मैं मैसेज करती हूँ बाद में।"

"जी नोट कर लीजिए। नाइन-ट्रिपल फाइव-एट-फाइव-अइट-सिक्स-सेवन-वन।"

"ओके ठीक है। थैंक यू... विल गेट बैक लैटर!"

"थैंक यू मैम... थैंक यू सो सो मच!"

...और कॉल कट गया उस तरफ़ से।

एक नयी दोस्ती की शुरुआत हुई थी उसी दिन से।

कहाँ पता था समर साब को कि आने वाला वक़्त कैसी उलझनें पैदा करने वाला था उनके साथ शाज़िया को लेकर।

~~~

मई का महीना अपनी आख़िरी साँसे ले रहा था। सत्रहवीं लोकसभा चुनाव के अभूतपूर्व परिणाम के बाद प्रधानमंत्री दूसरी बार फिर से शपथ ग्रहण कर रहे थे। कुल चौबीस केन्द्रीय मंत्रियों और तेईस राज्य मंत्रियों की फ़ेहरिस्त में ठाकुर सुदर्शन प्रताप सिंह का नाम भी शामिल था। रक्षा राज्यमंत्री का प्रभार मिला था उन्हें।

उनके शपथ-ग्रहण का छोटा-सा वीडियो जब मुनमुन ने व्हाट्सएप पर समर साब को भेजा तो साथ में फ़रमान जारी करता हुआ संदेशा भी था-

"यू मस्ट कॉल हिम ब्रो!"

समर प्रताप सिंह बड़ी देर तक उधेड़बुन में रहे। दिन पूरा बीत गया था। धुँधली-सी शाम उतरने को बेताब थी हफ़्त चिनार की चारदीवारी पर फैले हुए कंटीले तारों के बीच। मोबाइल बड़ी देर तक हाथ में थामे हुए आख़िरकार उन्होंने नंबर डायल कर ही दिया।

"हैलो, कैसे हैं समर बेटा जी!" उधर से आई आवाज़ शर्मा जी की थी... जितेन्द्र शर्मा। ठाकुर साब के विश्वसनीय सलाहकार और विगत चार दशकों से ठाकुर सुरेन्द्र प्रताप सिंह की राजनीतिक यात्रा और उसके लगातार उत्थान के सहयोगी।

"नमस्ते अंकल आप कैसे हैं? बधाई हो आपको और पापा को।"

"आपको भी बहुत-बहुत बधाई बेटा जी। उधर सब कैसा है? बर्फ़ होगी कश्मीर में? आप ठीक से हैं ना? खाना अच्छे से खाते हैं ना? हम सब लोग बहुत याद करते हैं आपको?" बातूनी शर्मा जी के सवालों से हमेशा चिढ़ मची रहती थी समर साब को।

"हाँ सब ठीक है अंकल। पापा कैसे हैं? हमारी तरफ़ से बधाई दे दीजिएगा उनको।"
~~~

"अरे हम बात करवाते हैं ना। एक मिनट होल्ड कीजिए आप।"

थोड़ी देर में ही उधर से उभरने वाली आवाज़ का रौब मोबाइल स्क्रीन से बाहर भी छलक रहा था।

"कैसे हो समर? सेटल हो गए? छुट्टी लेके आओ अब। तुम्हारा मुँह देखने का मन कर रहा है।"

"जी हम ठीक हैं पापा। आप कैसे हैं? बहुत बड़ा दिन है आज तो हम सबके लिए। बहुत-बहुत बधाई हो आपको।" समर साब की छाती के भीतर... बहुत भीतर कुछ पसीज-सा गया ठाकुर साब के आख़िरी वाक्य को सुनकर।

"हाहाहा... हाँ। राज्य रक्षा प्रभार दिए हैं प्रधान जी। मैंने तो सोचा भी नहीं था कि पहली बार में इतना महत्त्वपूर्ण विभाग मिलेगा। अन्दरूनी बात ये है कि तुम फ़ौज में हो इसलिए भी मेरे नाम पर विचार किया गया। पार्टी को माइलेज मिलेगा। यहाँ सब लोग पूछ रहे थे तुम्हारे बारे में। छाती ठोक के बोलता हूँ मैं कि बेटा पैरा कमांडो है। मुझे दिल्ली में ही रहना पड़ेगा अब। सोच रहा हूँ तुम्हारी माँ को भी बुला लें।"

"लेकिन मम्मी का स्कूल भी तो है और फिर मुनमुन भी तो है। वो अकेली कैसे रहेगी पटना में पापा?" समर प्रताप सिंह का प्रतिरोध दर्शनीय था।

"अरे और कितना प्रिंसपली करेगी तुम्हारी माँ? शौक़ था... हो गया अब। मुनमुन का ही है। देखते हैं, सोच विचार करते हैं थोड़ा और।"

"जी पापा।"

"चलो ठीक है। मैं अभी थोड़ा बिजी हूँ। बाद में बात करेंगे। तुम अच्छे से रहना और छुट्टी लेकर पहले मेरे पास आना।"

...और फ़ोन कट गया था।

कैसी तो उदासी उतर आई थी समर साब के पूरे वजूद पर।

पिता-पुत्र का रिश्ता भी कैसा अजीब-सा होता है ना कई बार। एक के स्वभाव की गरज दूजे के शांत और कोमल तंतुओं को अनजाने में ही तार-तार कर देने में सक्षम। एक का कठोर व्यवहार दूजे को अपना ही अभ्यारण्य बनाने पर विवश करता हुआ। फिर भी कोई अदृश्य-सा ताना-बाना दोनों को आपस में गूँथे हुए।

समर साब को याद आया कि जब वो छोटे थे और पापा बेवजह का बरसते रहते थे माँ पर, तो पापा के चले जाने के बाद वो दुबक जाते थे माँ की गोद में और कहा करते थे-

"जब हम बड़े हो जाएँगे ना मम्मी तो तुम्हारे लिए बहुत दूर पहाड़ों पर घर बनाएँगे, जहाँ पापा कभी नहीं पहुँच पाएँगे।"

...जिसे सुनकर माँ उनको कसकर भर पांज पकड़ लेती थी।

एकदम से माँ की ऐसी हूक-सी उठाती याद आयी कि आँखें भीग गईं समर साब की।

अभी वो माँ को कॉल लगाने ही वाले थे कि व्हाट्सएप पर संदेशा चमका "हैलो" का।

शाज़िया थी।

वो कूदकर "हैलो शाज़िया" लिखने ही वाले थे कि ऐन वक़्त पर याद आ गया उनको।

क़ायदे से तो अभी उनके पास शाज़िया का मोबाइल नंबर है ही नहीं।

उन्होंने संभलकर बस इतना ही लिखा...

"हैलो, हू इज दिस?"

जवाब में, पहले तो थोड़ी देर व्हाट्सएप के स्क्रीन पर "टाइपिंग... टाइपिंग" आता रहा और फिर एक सन्नाटा पसर गया।

लेकिन थोड़ी देर बाद ही मोबाइल बज उठा। मोबाइल के स्क्रीन पर शाज़िया लोन का नाम बड़े-बड़े अक्षरों में कौंध रहा था। समर साब ने जान-

बूझकर थोड़ी देर तक रिंग को बजने दिया। वैसे मन तो उनका कर रहा था फ़ौरन से पेश्तर कॉल उठाने का।

"हैलो!"

बस इतना भर बोल कर वो अपनी साँसों पर काबू पाते हुए उधर से आने वाली आवाज़ की प्रतीक्षा करने लगे।

...और उधर से आने वाली आवाज़ तीन दिन पहले ही सुनी हुई आवाज़ का परिचय लिए हुई थी।

"कैसे हैं लेफ़्टिनेंट साब? मैं शाज़िया बोल रही हूँ। कॉलर-ट्यून तो बहुत ही ख़ूबसूरत-सी लगा रखी है आपने... होश वालों को ख़बर क्या ज़िंदगी क्या चीज़ है।"

"अरे... अरे शाज़िया मैम! हैलो... कैसी हैं आप? हमें तो लगने लगा था कि आप हमारा नंबर लेकर कभी कॉल करेंगी भी कि नहीं! हम सोच ही रहे थे कि आज-कल में दुबारा आपके ऑफ़िस की घन्टी बजाएं।" समर प्रताप सिंह को अपने ही अभिनय पर हैरानी हो रही थी।

"तो कर लेते ना कॉल! मैं थोड़ा ऑफ़िस और थोड़ा घर में उलझी हुई थी। आज कैबिनेट की ओथ-सेरेमनी देख रही थी, तो आपका ख़याल आया। आपने मेरी उस प्रोबेबल कैबिनेट मिनिस्ट्री वाली रिपोर्ट पढ़कर ही तो कॉल किया था मुझे।" शाज़िया ने थोड़ा खिलखिलाते हुए कहा।

"जी। आपका नब्बे प्रतिशत प्रेडिक्शन तो सही ही निकला। लेकिन आपने अमित शाह को डिफ़ेंस के लिए प्रेडिक्ट किया था और राजनाथ के लिए होम। दोनों उलट-पुलट हो गए।"

"हाँ... मेरी रीडिंग थी कि अमित शाह जी को डिफ़ेंस मिलेगा और राजनाथ जी कंटीन्यू करेंगे होम मिनिस्ट्री। लेकिन आपके प्रधानमंत्री जी का थॉट-प्रोसेस तो एकदम ही अन-प्रेडिक्टेबल है।"

"आपके प्रधानमंत्री? क्यों वो आपके प्रधानमंत्री नहीं हैं क्या मैम?"

"हाँ... हाँ, क्यों नहीं हैं? बिलकुल हैं। अच्छा छोड़िये...आपने कॉल इतनी देर में उठाया और तब तक हम आपका कॉलर-ट्यून सुनते रहे। मुझे भी जगजीत सिंह की ये ग़ज़ल बहुत पसंद है।"

समर प्रताप सिंह को आभास हो गया था कि प्रधानमन्त्री वाली बात पर शाज़िया थोड़ा-सा हड़बड़ा गई थी और इसलिए विषय बदल दिया था।

"जी, बहुत ही प्यारी ग़ज़ल है। निदा फाज़ली की लिखी हुई है।"

"अरे वाह, ये तो पता ही नहीं था मुझे। बड़े मशहूर शायर हैं वो तो।"

"जी। हम लबों से कह न पाए उनसे हाले-दिल कभी और वो समझे नहीं ये ख़ामोशी क्या चीज़ है... एक-से-एक दिलकश शेर हैं इस ग़ज़ल में और सोनाली बेंद्रे कितनी ख़ूबसूरत लगती है इस फ़िल्म में ना?"

"हाय! सच में। तो आप फ़िल्मों के भी शौक़ीन हैं?" शाज़िया ने खिलखिलाते हुए पूछा।

"जी, बहुत ही ज़्यादा पसंद है हमें फ़िल्में देखना। आप देखती हैं फ़िल्में?"

"हाँ मुझे भी पसंद है फ़िल्म देखना। लेकिन वक़्त कम ही मिलता है। घर को संभालना और फिर इस ब्रेकिंग-न्यूज़ के ज़माने में अख़बार की नौकरी तो ऐसी होती है कि कभी भी बुलावा आ जाता है ऑफ़िस से।"

"हाँ समझ सकते हैं हम। तो कौन-कौन हैं घर में मैम?" समर साब ने मौक़े का फ़ायदा उठाते हुए बातचीत का रुख़ शाज़िया की तरफ़ मोड़ दिया।

"घर में मेरे अब्बू हैं और मेरी छोटी बहन है...रेहाना और मेरी बेटी। सब एक ही दिन में जान जाएँगे क्या, लेफ़्टिनेंट साब? आइए हमारे घर कभी। अब्बू की बेकरी है। बढ़िया केक बनाते हैं मेरे अब्बू। आपको खिलाते हैं। पास में ही है आपके हफ़्त चिनार कैंट से मेरा घर। बटमालू नाम की कॉलोनी है। आपके यहाँ से बमुश्किल बीस मिनट का रास्ता है।"

"जी ज़रूर। लेकिन हमारे आने से कोई प्रॉब्लम नहीं होगी उधर? किसी आर्मी ऑफ़िसर का घर आना...आपके अड़ोस-पड़ोस वाले जाने क्या सोचेंगे।"

"अरे कोई प्रॉब्लम नहीं होगी। आप आइए तो सही।"

"जी ठीक है मैम। हम तो ख़ुद ही बहुत आना चाहते हैं। बस सोच रहे थे कि कहीं आपको कोई मुश्किल ना हो मेरी वजह से।" समर प्रताप सिंह ने जल्दी से बात सँभाली।

"तो आइए किसी दिन। मैं अपने घर की लोकेशन भेज दूँगी व्हाट्सएप पर। दरअसल मुझे आपसे एक हेल्प की भी दरकार है। इसलिए भी आपको कॉल किया था।"

"अरे हाँ, कहिए ना। जो कुछ भी है, समझिये कि डन है।"

"अच्छा! बग़ैर सुने ही? आप आइए किसी दिन फिर बताते हैं आपको। बस एक छोटा-सा रिकमेन्डेशन चाहिए अपनी बहन के लिए।"

"हाँ... हाँ! हो जाएगा। सब हो जाएगा। कहाँ के लिए चाहिए रिकमन्डेशन?"

"वो आपके बादामी बाग़ कैंट में एक आर्मी पब्लिक स्कूल है ना। वहाँ की तीन-चार वेकेंसी निकली है एड-हॉक टीचर के लिए। रेहाना ने अप्लाइ किया हुआ है।"

"हो जाएगा मैम। आप बेफ़िक्र रहिये। हम अपने कमांडिंग ऑफ़िसर से बात करेंगे और सब करवा देंगे।" समर प्रताप सिंह की आवाज़ में झलकता हुआ अतिरिक्त जोश छुपाये न छुप रहा था।

"आप लोगों की तरफ़ से सिफ़ारिश चली जाएगी तो हो जाएगा रेहाना का उधर। वो ख़ुद ही क़ाबिल है यूँ तो। लेकिन आजकल तो सिफ़ारिशों का ज़माना है ना।"

"एकदम बेफ़िक्र रहिये आप।"

"थैंक यू लेफ़्टिनेंट साब। आप आइए ना घर कभी, अच्छा लगेगा।"

"जी ज़रूर। हम आते हैं जल्द ही।"

"ठीक है फिर। अभी रखती हूँ।"

"जी ओके...आप हमको रेहाना का डिटेल्स व्हाट्सएप कर दीजिएगा। हम बात करते हैं।"

"ठीक है, बाय। करती हूँ।"

"बाय मैम!"

कॉल कटते ही लगभग उड़ते हुए-से गए समर साब मेजर मुकेश नरवाल के कमरे में थे। ख़ुशी की उत्तेजना इस क़दर थी कि वो हाँफने लगे थे।

"अबे क्या हुआ? कौन मर गया बे जो ऐसे हाँफ रहे हो तुम?" मेजर मुकेश अपने लैपटॉप पर कुछ कर रहे थे, जब समर साब उनके पास पहुँचे।

"सर... सर! गुड न्यूज़... गुड न्यूज़ है सर।" अपनी साँसों पर काबू पाते हुए समर साब ने कहा।

"हाँ आगे तो बोलो।"

"सर वो शाज़िया का कॉल आया था। उसे एक हेल्प चाहिए हम लोगों से और उसने अपने घर भी आने का इन्विटेशन दिया है हमको।"

"अय शाबास बेटा। वेरी फ़ास्ट। तुम तो सुपरमैन का वो फ़ास्टर देन द स्पीडिंग बुलेट वाला निकले बे। हेल्प क्या चाहिए उसको?"

"सर उसकी बहन है रेहाना। उसने अपने बादामी बाग़ कैंट वाले आर्मी पब्लिक स्कूल में टीचर के लिए अप्लाई किया हुआ है। उसी के लिए उसे रिकमन्डेशन चाहिए।"

"अबे ग़ज़ब। ये तो अपने सीओ करवा देंगे इजीली।"

"हाँ सर! ये हो जाए तो मज़ा ही आ जाएगा। फिर शाज़िया से ख़बर निकालना और आसान होगा सर।"

"हाँ अब मुझे मत बताओ तुम कि क्या आसान होगा क्या नहीं। उसकी बहन के डिटेल्स भेजो मुझे। मैं बात करता हूँ सीओ से।"

"रॉजर सर!"

"चल अब फूट ले! काम करने दे मुझे अपना।"

"यस सर... जय हिन्द सर!"

मेजर मुकेश नरवाल के कमरे से समर प्रताप सिंह लहराते से आए वापस लाइन्स में... धीरे-धीरे हवा में उड़ते से।

कहाँ तो सोच-सोचकर परेशान हो रहे थे वो कि कमांडिंग ऑफ़िसर के दिए हुए काम को कैसे अंजाम देंगे...

...और कहाँ काम ने इतनी आसानी से अपने लिए रास्ता खोल लिया था।

है कहानी खुली हुई छुपे हुए किरदार
क़िस्सा-ए-कश्मीर का कैसा है फ़नकार

श्रीनगर का बादामी बाग़ कैंटोनमेंट शहर के दक्षिणी किनारे पर झेलम नदी से सटा हुआ है। वहाँ अवस्थित फ़िफ्टीन कोर के हेडक्वार्टर्स में बात करके कर्नल रंजन सहाय ने शाज़िया की बहन रेहाना के लिए आर्मी पब्लिक स्कूल में जगह पक्की करवा दी थी। अन्य उम्मीदवारों के साथ रेहाना का चयन के लिए साक्षात्कार होना बस अब एक औपचारिकता मात्र था।

इसी बात की सूचना देने के लिए लेफ़्टिनेंट समर प्रताप सिंह ने तमाम उहापोह के बाद शाज़िया के घर जाने का निर्णय लिया।

कमांडिंग ऑफ़िसर की अनुमति मिल चुकी थी।

जून की कोई थोड़ी गर्म-सी दोपहर थी वो।

गर्म-सी लेकिन बहुत ही ख़ुशगवार-सी दोपहर कि इंग्लैण्ड में चल रहे क्रिकेट के बारहवें विश्व कप टूर्नामेंट में भारत ने पाकिस्तान पर नवासी रनों की शानदार विजय प्राप्त की थी। रोहित शर्मा के अद्भुत 140 रनों की पारी के साथ तमाम विश्व कप में पाकिस्तान के ख़िलाफ़ अविजित रहने का रिकॉर्ड बरक़रार रहा था।

लेफ़्टिनेंट समर प्रताप सिंह बहुत ख़ुश थे और थोड़े-से नर्वस भी।

झक्क सफ़ेद रंग की सेना की चमचमाती जिप्सी जब बटमालू में घुसी तो सड़क पर कई जोड़ी आँखों की जिज्ञासा का केंद्र-बिन्दु बनी हुई थी। बताये हुए पते पर जिप्सी रुकी तो दरवाज़ा खोल कर बाहर निकलते हुए "नॉट सो टॉल" और "नॉट सो डार्क" लेकिन निश्चित रूप से "वेरी वेरी हैंडसम" लेफ़्टिनेंट ने अनायास ही सबका ध्यान आकर्षित किया था।

जिप्सी का दरवाज़ा खोलकर उतरते हुए समर साब ने अपने हाथों में थमी हुई टैवोर 21 राइफ़ल को अपने बड्डी राकेश को थमाते हुए कहा-

"तुम लोग यहीं वेट करो और चौकन्ने रहना।"

चुस्त कॉम्बैट यूनीफ़ॉर्म। आँखों पर रे-बैन का काला चश्मा। सिर के ऊपर क़रीने से दाहिने तरफ़ झुका हुआ मरून रंग का बैरेट, जिस पर पैराशूट रेजीमेंट का बैज। कन्धों पर लेफ़्टिनेंट रैंक के दो-दो सितारे। सलीके से ट्रिम की हुई दाढ़ी। दाहिनी जेब के ऊपर काले रंग का नेम-टैब जो शमशेर ख़ान के नाम की घोषणा कर रहा था। उन्तीस की पतली कमर पर यूनीफ़ॉर्म वाली चौड़ी-सी हरे रंग की बेल्ट। दाहिनी जाँघ पर चमड़े का काले रंग का होल्स्टर, जिसमें ग्लौक 17 पिस्टल फँसा हुआ था।

लेफ़्टिनेंट समर प्रताप सिंह ठीक उस लम्हे में हमेशा-हमेशा के लिए सहेज कर रखे जाने वाला दृश्य उत्पन्न कर रहे थे।

दरवाज़ा शाज़िया ने ही खोला।

उम्र में समर साब से छः साल बड़ी और वजन में लगभग डेढ़ गुनी... शाज़िया के चेहरे की ख़ूबसूरती का एक अपरिभाषित-सा रौब था। एक ग्यारह साल की बेटी की माँ, शाज़िया अपने अब्बू और छोटी बहन रेहाना के साथ रहती थी बटमालू की उस कॉलोनी के एक कोने में छोटे-से मकान में। माँ का देहांत अभी छः साल पहले ही हुआ था। घर के ख़र्चे के लिए अब्बू की बेकरी और शाज़िया की अख़बार वाली नौकरी थी। दो भाई भी हुआ करते थे यूँ तो बारह साल पहले तक...जो मारे गये थे किसी राष्ट्रीय राइफ़ल्स बटालियन द्वारा किए गये एक ऑपरेशन में। नाम बताया तो था मेजर मुकेश ने समर साब को...लेकिन ठीक से याद नहीं रहा था उन्हें। शायद शौकत और जलाल थे दोनों भाईयों के नाम।

वैसे भी मेजर मुकेश की बातों पर गौर किया जाए तो ऑपरेशन में मारे जाने के बाद ये सरफिरे नाम वाले कहाँ रह जाते हैं। ये तो नम्बर में तब्दील हो जाते हैं गिनती रखने के लिए।

...और शाज़िया ने जिससे मुहब्बत की, वो भी निकाह रचाकर और निशानी के रूप में एक फूल-सी बेटी देकर उस पार चला गया था लगभग बारह साल पहले।

घर में घुसते ही सामने दीवार पर मक्का में अवस्थित मस्जिद-अल-हरम की बड़ी-सी तस्वीर टँगी हुई थी। उसके ठीक बगल में दाईं तरफ़ श्रीनगर के जामा मस्ज़िद की तस्वीर और बाईं तरफ हाथों से बनी पेंटिंग, जिस पर उर्दू में "ला इलाही इल्लल्लाह मोहम्मद उर रसूलअल्लाह" बड़े-बड़े सजावटी अक्षरों में लिखा हुआ था। विगत ढाई महीने से चल रही सिखाई थी कि समर साब अब आराम से उर्दू में लिखा कुछ भी पढ़ सकते थे।

दरवाज़े के दाहिनी तरफ़ वाली दीवार पर एक बुज़ुर्ग औरत और उसके दाएँ-बाएँ दो युवा लड़कों की तस्वीरें टँगी थीं। उसके ठीक नीचे कालीन बिछे फ़र्श पर एक छोटा-सा दीवान रखा हुआ था, जो ज़मीन से बमुश्किल तीन इंच ऊपर होगा।

चौखट के बाहर अपने भारी-भरकम फ़ौजी बूट को उतारकर रखते हुए समर प्रताप सिंह अब उसी दीवान पर पालथी मार कर विराजमान थे, जब शाज़िया ट्रे में पानी लेकर आई।

"ख़ुशामदीद लेफ़्टिनेंट शमशेर साब! तो कैसा लग रहा है आपको इधर आकर?" दीवान के बगल में ही कालीन पर बैठते हुए शाज़िया ने पूछा।

"ज़िंदगी में पहली बार देख रहे हैं हम कोई कश्मीरी घर। कितना सुन्दर है सब कुछ।" समर साब ने हल्की-सी मुस्कान के साथ जवाब दिया।

"हाहा... अभी तो शुरुआत है आपकी फ़ौज में। जाने कितने कश्मीरी घरों से राबता होगा आपका आने वाले दिनों में।"

"देखते हैं। अब्बू किधर हैं?"

"वो और रेहाना बेकरी में हैं। आते ही होंगे। अस्र की नमाज़ के बाद आते हैं रोज़। वैसे चार बज गए हैं, आने ही वाले होंगे अब।"

“अच्छा ओके। कश्मीर में कितनी ज़्यादा बेकरी है... वल्लाह। आते हुए क़दम-क़दम पर बेकरी दिख रही थी हमको।”

“हाहाहा... जी सही कहा। यहाँ के सारे घरों में रोटी-ब्रेड-वगैरह बेकरी वाले ही खाते हैं हम। अरे कितनी पागल हूँ मैं। आपको चाय के लिए पूछा ही नहीं? रुकिए आपके लिए चाय लेकर आती हूँ तुरंत।” यह कहते हुए शाज़िया वहाँ से उठकर पीछे रसोई में चली गई।

समर प्रताप सिंह दीवान से उठते हुए दीवार पर टँगी तस्वीरें देखने लगे थे, जब शाज़िया वापस ट्रे में दो कप और एक तश्तरी में कुछ गोल-गोल सी मोटी रोटी जैसा कुछ लेकर आ गई थी।

“लीजिए लेफ़्टिनेंट साब, चाय के साथ अब्बू का बेक किया हुआ गिर्दा खाइए।”

“अरे वाह...थैंक यू मैम!”

“ये क्या मैम-मैम लगाये रहते हैं आप शमशेर साब? ये अपनी आर्मी में रखिए। मेरा नाम शाज़िया... शाज़िया लोन।”

“ओहो, लेकिन आप तो बड़ी हैं ना हमसे। ऐसे कैसे नाम लेकर बुलाएँ?”

“बड़ी हूँ तो ऐसे कह रहे हैं आप जैसे दादी अम्मा हूँ।”

...और तभी चाय का पहला घूँट लेते ही समर प्रताप सिंह एकदम से चौंक गए।

“क्या हुआ?” शाज़िया ने परवाह की आवाज़ में पूछा।

“नहीं... वो चाय में चीनी की जगह आपने शायद कुछ और डाल दिया है। नमकीन लग रही है स्वाद में।”

“हहहाहा... हहहाहा!”

देर तक खिलखिला के हँसती रही शाज़िया यह सुनकर और समर साब उसे हँसते हुए मानो मंत्रमुग्ध-सा देखते रहे।

जैसे डल झील की मद्धिम-मद्धिम लहरों पर हौले-हौले डोलता शिकारा आहिस्ते से छप-छप की आवाज़ करता अपनी ही धुन में बहे जा रहा हो... कुछ वैसी ही हँसी थी वो।

"सॉरी सॉरी! वो आपने जो कहा कि चाय नमकीन लग रही तो... हाहाहा...सॉरी अगेन, ये नोन चाय ही है लेफ़्टिनेंट साब। कश्मीर में मीठी चाय नहीं होती। मैं भूल गई थी कि आप तो बिहार से हैं और उधर बस मीठी चाय ही पीते हैं।" शाज़िया की हँसी अभी भी थम नहीं रही थी।

"ओह, ओके ओके। हाँ सुने तो थे हम, लेकिन एक्चुअली चाय का सिप लेते हुए मेंटली तैयार नहीं थे ना... इसलिए झटका-सा लगा।" समर साब ने थोड़ा झेंपते हुए कहा।

"मैं समझ सकती हूँ। ग़लती मेरी है। मुझे बताना चाहिए था। आप गिर्दा साथ में खाइए। दोनों का मिला-जुला स्वाद अच्छा लगेगा आपको।"

"हाँ... अच्छा लग रहा अब!" समर साब ने उस रोटीनुमा गिर्दा को चाय में डुबो कर खाते हुए कहा।

"धीरे-धीरे आपको आदत हो जाएगी यहाँ कश्मीर में इस नमकीन चाय की।"

"जी। ऊपर दीवार पर जो तस्वीरें हैं, वो...?" समर साब ने झिझकते हुए सवाल अधूरा ही छोड़ दिया।

"अम्मी हैं मेरी बीच में। साथ में अगल-बगल मेरे दो भाई। तीनों अब इस दुनिया में नहीं हैं।"

"ओह... आय एम सॉरी!"

"इट्स ओके। पुरानी बात हो गई अब तो। अम्मी ने छः साल पहले रुख़सती ली। कैंसर था उन्हें।"

"ओहो, और भाई दोनों?"

"दोनों बड़े थे मुझसे से। जवानी की दहलीज़ पर क़दम रखते ही दोनों को जेहाद का शौक चर्राया था। सरहद पार से होकर आए कॉलोनी के कुछ सरफिरों के साथ उठना-बैठना हो गया था दोनों का और फिर नशा चढ़ गया हाथ में एके 47 लिए घूमने का। मारे गए एक ऑपरेशन में आपकी ही आर्मी के जवानों की गोली से।"

"ओह! क्या नाम था उनका? कब हुआ ये?"

"बड़े भाई शौकत जो अम्मी के बाएँ हैं और जलाल- जो दाईं वाली तस्वीर है। बारह साल हो गये अब तो। मार्च का महीना था... दो हज़ार सात की बात है।" शाज़िया ने सर झुकाए हुए कालीन को अपने पैरों के अँगूठे से कुरेदते हुए कहा।

"सो सॉरी टू हियर दैट!" समर साब बस इतना ही कह पाए जवाब में।

"ना ना। सॉरी किस बात की! दोनों ने अपना रास्ता ख़ुद ही इख़्तियार किया था। मुझे कोई मुग़ालता नहीं शमशेर साब। जब से होश संभाला है, यही सब देखते आ रही हूँ। सरहद के उस पार से ट्रेनिंग करके आने के बाद वादी में एक जेहादी की औसत उम्र छ: महीने से ज़ियादा की नहीं रहती। सरहद पार से आ जाने के बाद ज़ियादा से ज़ियादा छ: महीने के अंदर वो या तो आर्मी के हाथों या फिर पुलिस वालों के हाथों मारा जाता है।" शाज़िया की बड़ी-बड़ी गहरी काली आँखों में जैसे पूरी की पूरी झेलम नदी सैलाब बनकर उमड़ आना चाहती थी, लेकिन उन आँखों पर झुकी पलकों ने उस सैलाब को बहुत ही ख़ूबसूरती से रोक रखा था।

समर साब देर तक देखते रह गये थे उन बड़ी-बड़ी गहरी काली आँखों में।

एकदम से मन किया उनको कि वो झेलम के उस उमड़ते सैलाब में कूद कर डुबकी लगा दें।

तभी बाहर किसी बस के रुकने की आवाज़ आयी।

"मेरी बेटी आ गई स्कूल से, एक मिनट में आती हूँ।" कहकर शाज़िया बाहर चली गई।

थोड़ी देर बाद ही वो वापस लौटी तो साथ में सफ़ेद और नीले स्कूल-ड्रेस में बहुत प्यारी-सी एक छोटी-सी लड़की थी।

"ये शमशेर अंकल हैं नूर! अंकल को आदाब करो!" शाज़िया ने छोटी-सी लड़की से कहा।

"आदाब अंकल!" जैसे चिनार का कोई पत्ता हौले से शाख़ से लहराता हुआ समर प्रताप सिंह की गोद में आ गिरा।

"कितनी प्यारी। एकदम डॉल-सी। नाम क्या है इस प्यारी-सी गुड़िया का?"

"माय नेम इज महनूर अंकल!" छुटकी ने पट्ट से जवाब दिया।

"अरे वाह... जितनी सुन्दर ये डॉल है उतना ही सुन्दर नाम। आपको अपने नाम का मतलब पता है महनूर?"

"यस अंकल! इट मीन्स मून लाइट।" जैसे सचमुच में कोई नूर कौंध रहा था उस कमरे में।

"वाओ...यू आर सच अ ब्राईट गर्ल।"

"थैंक यू अंकल!"

"चलो चलो नूर। ड्रेस चेंज करो अब। मैं कुछ खाने को देती हूँ।"

"कितनी प्यारी बेटी है आपकी। गप्प से खा जाए कोई इसको।" समर प्रताप सिंह हँसते हुए कहा।

"हाहाहा... एक नंबर की शैतान है। मैं आयी अभी बस इसको कुछ खाने का देकर।"

सूरज पीछे छोटी-सी पहाड़ी के ऊपर चला आया था। एक घंटे से ऊपर होने को आए थे समर प्रताप सिंह को शाज़िया के घर आए हुए। वो अब थोड़े बेचैन से हो रहे थे वापस कैंट में लौटने के लिए। कमांडिंग ऑफ़िसर ने कहा भी था कि आज पहला दिन है तो ज़्यादा वक़्त मत लगाना। लेकिन काम की कोई बात हो ही नहीं पाई थी अभी तक शाज़िया से। वो अभी इसी उधेड़-बुन में थे कि क्या करें क्या ना करें, तभी शाज़िया आ गई वापस।

"सॉरी...आप बोर तो नहीं हो गए?"

"ना ना! महनूर बहुत ही प्यारी है मैम... बहुत ही प्यारी। इसके वालिद कहाँ हैं और क्या करते हैं वो?" एकदम अनजान बनते हुए अपने काम का सवाल किया समर साब ने।

"महनूर के वालिद हमलोगों के साथ नहीं रहते हैं।"

"ओहो! लेकिन क्यों? इफ़ यू डोंट माइंड मैम!"

"अरे माइंड करने वाली क्या बात है इसमें? जो हकीक़त है सो है। हम कश्मीरी औरतों के नसीब में मर्दों का टिकना शामिल नहीं है लेफ़्टिनेंट शमशेर साब। कुछ मर्द एके 47 से इश्क़ कर बैठते हैं तो कुछ मर्दों को आप लोग इस दुनिया से रुख़सत कर देते हैं। क़ादिर...महनूर के वालिद, हम सब को छोड़कर चले गए उस पार। शौकत और जलाल भाई का जब ऑपरेशन हुआ तो, राष्ट्रीय राइफ़ल्स का शिकंजा उन पर भी कसने लगा था। किसी तरह से वो चंगुल से बच गए और पीओके निकल गए।"

"तो अब आपकी बात नहीं होती उनसे?" समर साब ने अपने सीने में धम्म-धम्म बजते दिल की धड़कनों को जैसे-तैसे संभाला देते हुए पूछा।

"नहीं!" जिस एक झटके में और तनिक नज़र फेरते हुए शाज़िया ने जवाब दिया, वो जवाब कुछ और कहानी कह रहा था।

थोड़ी देर के लिए एक असहनीय-सी ख़ामोशी फ़ैली रही उस कमरे में। समर प्रताप सिंह को बहुत ज़ोर की तलब उठ रही थी सिगरेट की। मुँह में कैसा तो कसैला-कसैला सा पानी आ रहा था। जेब में रखी हुई क्लासिक माइल्ड की डिब्बी जैसे बार-बार ठक-ठक करके अपनी उपस्थिति का इज़हार कर रही थी। बेचैनी इस क़दर तारी हो रही थी समर साब के ऊपर कि वो एकदम से उठकर बाहर निकल जाना चाहते थे।

सारी मेहनत... सारी क़वायद तो इस एक सवाल के जवाब के लिए की जा रही थी। अब उन्हें बिलकुल समझ में नहीं आ रहा था कि किस तरह से इस इकलौते 'नहीं' लफ़्ज़ के पार जाया जाए।

उन्हें मुस्तफ़ा की याद आयी। वो होते तो शायद अच्छे से निबटते इस परिस्थिति से।

अभी वो इसी उधेड़बुन में थे कि बातचीत का सिरा कैसे वापस थामा जाए कि बाहर से किसी के आने की आहट-सी आयी।

"अब्बू और रेहाना आ गए, लगता है।" शाज़िया ये कहते हुए उठ खड़ी हुई और दरवाज़े की तरफ़ बढ़ गई।

थोड़ी ही देर में एक सत्तर से पचहत्तर साल की उम्र वाले वृद्ध अंदर दाखिल हुए। झक्क-सी सफ़ेद दाढ़ी और कुर्ते-पजामे वाले शख़्स शाज़िया के पिता अशरफ़ लोन थे। उनके पीछे-पीछे गुलाबी सलवार-कुर्ते में एक पतली-दुबली-सी लड़की थी, जो कि निश्चित रूप से रेहाना थी।

"अब्बू, ये ही लेफ़्टिनेंट शमशेर ख़ान हैं... जिनका ज़िक्र कर रही थी मैं।" शाज़िया ने समर साब की तरफ़ इशारा करते हुए कहा।

"आदाब!" समर प्रताप सिंह ने थोड़ा-सा झुकते हुए सलाम किया।

"आदाब लेफ़्टिनेंट साब। ख़ुशामदीद! कैसे हैं आप? शाज़िया बहुत तारीफ़ कर रही थी आपकी?"

"जी ठीक हैं हम। शाज़िया मैम ख़ुद बेहतरीन इंसान हैं और हमारी ख़ुशनसीबी कि कश्मीर में पहुँचते ही इनसे राब्ता हुआ।" समर साब ने अपने होठों पर ब्रह्माण्ड की सबसे मनमोहिनी मुस्कान लाते हुए कहा।

"बेहतर। तो कहाँ के रहने वाले हैं आप लेफ़्टिनेंट साब?"

"बिहार से हैं हम अब्बू... पटना।"

"बेहतर! तो उधर वाले वहाबी तआक़ुब करते हैं कि देवबंद?" अशरफ़ लोन की निगाहें जैसे समर प्रताप सिंह को चीरती-सी उतर रही थी अंदर तक।

"वहाबी!" समर साब तैयार थे अपने जवाब के साथ।

"बेहतर। कहवा-शहवा पिलाया शाज़िया ने आपको कि नहीं?"

"जी जी, बस आपके आने से पहले अभी-अभी पी हमने।"

"ये रेहाना है लेफ़्टिनेंट साब, मेरी छोटी बहन।" शाज़िया ने कहा।

"आदाब!" जैसे बाँसुरी की कोई मद्धिम-सी धुन कमरे में तैर गई थी।

समर प्रताप सिंह की नज़रें उस जानिब उठीं और जैसे पलकें अपना झपकना एकदम से भूल गईं।

पतली-दुबली-सी लड़की गुलाबी सलवार कुरते में, पीले रंग का दुपट्टा सर के उपर से होते हुए गले में लिपटा हुआ। छोटा-सा गोल चेहरा और टुकुर-टुकुर देखतीं गहरी-गहरी आँखें।

उफ़! बला की ख़ूबसूरत वाला जुमला समर प्रताप सिंह के जेहन में किसी ज्वालामुखी की तरह ख़ामोशी से फूटने लगा था।

"आदाब और मुबारक हो आपको!" समर साब ने हलके-से झुककर सलाम कहते हुए कहा।

"जी किस बात की?" बाँसुरी हौले-से चिहुंकी बस।

"जी आपका आर्मी पब्लिक स्कूल में टीचर के लिए तय हो गया है।"

"अरे सच्च!!! आपने इतनी देर से बताया क्यों नहीं था मुझे?" ये शाज़िया थी।

"थैंक यू सो मच, सर!" बाँसुरी फिर कुहकी हौले से।

"बेहतर... बहुत बेहतर। बहुत शुक्रिया लेफ़्टिनेंट साब!" बुजुर्गवार का ये बेहतर-बेहतर वाला तकिया-कलाम बदस्तूर जारी था।

"जी हमने कुछ नहीं किया है। हम तो बहुत छोटे हैं अभी। हमारी बटालियन के कमांडिंग ऑफ़िसर साब की मेहरबानी से हुआ है। रेहाना आपको बस वहाँ जाकर इन्टरव्यू की फ़ॉर्मेलिटीज़ पूरी करनी होगी, जिस दिन के लिए भी आपको उधर से कॉल आए।"

"थैंक यू सर!"

“प्लीज़ नॉट एट ऑल! हमको अभी इजाज़त दीजिए शाज़िया मैम। बहुत देर हो गई है। फिर किसी दिन आएँगे।”

“खाना खाकर जाते ना हमारे साथ!”

“नहीं, आज नहीं। अगली बार पक्का से!”

“ठीक है।”

जूते पहनकर समर साब अपनी जिप्सी में बैठ गए थे। शाज़िया चौखट से हाथ हिलाकर विदा कर रही थी। उसके पीछे से एक दुबली-सी पतली-सी काया उचककर समर साब को जाते हुए देखने की कोशिश कर रही थी।

जिप्सी के रियर-व्यू मिरर में सड़क की अगली मोड़ तक देखते रहे थे समर प्रताप सिंह शाज़िया लोन की धूमिल होती छाया को।

रियर-व्यू मिरर पर मानो किसी चेतावनी की तरह लिखा हुआ था-

The objects in the mirror are closer than they appear.

वो रात अजब-ग़ज़ब-सी थी समर साब के लिए। जवानों के बैरक में बंक-बेड के ऊपर वाले तल्ले पर लेटे हुए लेफ़्टिनेंट समर प्रताप सिंह करवट पर करवट बदलते रहे।

रात भर वो बंक बेड किसी कश्मीरी घर की बैठकी में रखे हुए दीवान का आभास देता रहा था।

नींद-नींद की बे-क़रारी में ख़्वाब-ख़्वाब की बेशुमारी थी।

वो कभी झेलम नदी की लहरों पे तैर रहे थे तो कभी डल झील में डुबकी लगा रहे थे।

चिनार के हरे-भूरे पत्तों से उनका पूरा वजूद जैसे ढका जा रहा था।

कई सारे चेहरे जैसे गड्ड-मड्ड होकर चिनार के पत्तों पर उभरते जा रहे थे।

कभी शगुन तो कभी शाज़िया और कभी ऋतिका तो कभी रेहाना।

पसीने-पसीने होकर एकदम से घबरा कर उठे थे वो।

सुबह होने को आयी थी और जवानों की हलचल शुरू हो गई थी बैरक में।

नींद खुलते ही मोबाइल उठाकर देखा तो शाज़िया का बड़ा-सा "थैंक यू" कहता हुआ ढेर सारे फूलों के गुच्छे वाले इमोजी के साथ व्हाट्सएप संदेशा चमक रहा था।

साथ ही ऋतिका के देर रात के कुछ संदेशों के साथ-साथ तीन-तीन मिस-कॉल्स भी थे।

ख़्वाबों की कैसी ग़ज़ब ख़ुमारी थी कि उन्हें मोबाइल रिंग सुनाई ही नहीं दी थी रात में।

दो-तीन दिन से बात ही नहीं पाई थी ऋतिका से। समर साब ने कॉल लगाया सुबह की तैयारियाँ निबटाने के बाद...

"याद आ गई तुम्हें मेरी? व्हेयर आर यू सो बिज़ी हीरो?" ऋतिका की आवाज़ में एक दबा-दबा-सा गुस्सा झलक रहा था।

"सॉरी यार! कुछ-कुछ चल रहा इधर। एकदम टाइम नहीं मिल रहा।" समर साब ने थोड़ा-सा झेंपते हुए जवाब दिया।

"मोदी जी भी इतने बिज़ी नहीं रहते होंगे यार। व्हाट्सएप तक देखने का टाइम नहीं मिलता तुमको? हद है!"

"ऐसी बात नहीं है ऋतु। बताये तो थे ना तुमको। भयंकर ट्रेनिंग चल रही है हमारी इधर अभी भी। फिर पेट्रोलिंग, एम्बुश, संतरी ड्यूटी वगैरह और इन सबके बाद ये लगातार बैरक में जवानों के साथ। प्राइवेसी भी बिलकुल नहीं यार!"

"यार कब तक रहना पड़ेगा तुमको जवानों के साथ? ख़ाक ऑफ़िसर बने हो तुम।"

"तीन महीने का है। अभी ढाई महीने ही तो हुए हैं।"

"पटना कब आओगे छुट्टी लेकर? छः महीने तो हो गए तुम्हें ड्यूटी ज्वाइन किये।"

"पता नहीं ऋतु!"

"अपनी आदत डालकर चले गए हो और कहते हो कि पता नहीं!" ऋतिका का ठुनकना जारी था।

"देखते हैं यार कब आना होता है!" समर साब ने टालने के लिए कह दिया।

"मेरी याद नहीं आती?"

"अरे यार, अब ये क्या बात हुई?"

"सवाल के जवाब में सवाल नहीं होता है हीरो। हाँ या ना वाला ही तो सवाल है मेरा।"

"आती है बाबा।"

"हाहाहा... जवाब देना था तो कुछ बोल दिए तुम, है ना?"

"ओहो!"

"वीडियो कॉल करो ना!"

"अरे...बहुत सारे लोग हैं आस-पास!"

"हुँह!"

"सच में!"

"तो अपनी फ़ोटो भेजो। सेल्फ़ी एक...अभी-अभी की।"

"अच्छा ठीक है महारानी जी। भेजते हैं!"

"गुड ब्वॉय!"

तभी समर साब का बड्डी पैराट्रूपर राकेश भागता हुआ आया उनके पास आया और बोला-

"जय हिन्द साब! टू-आई-सी साब बुला रहे हैं आपको अपने ऑफ़िस में।"

"अच्छा ठीक है राकेश। अभी आते हैं हम।"

"अभी रखना पड़ेगा ऋतु। जाना है हमको।"

"रात में करोगे ना?"

"हाँ करेंगे!"

"ठीक है, वेट करूँगी मैं... बाय!"

फ़ोन काटकर समर साब लम्बे-लम्बे डग भरते हुए सेकेंड-इन-कमांड के चैंबर की तरफ बढ़ गए।

"क्या रहा उधर? अपडेट दो! कल मिलने गए थे ना तुम शाज़िया से।" लेफ़्टिनेंट कर्नल प्रतीक सिन्हा ने समर प्रताप सिंह के अंदर आते ही सवाल दागा।

"यस सर! ज़्यादा कुछ नहीं सर। उसकी बहन के आर्मी पब्लिक स्कूल में नौकरी कन्फ़र्म होने की न्यूज़ शेयर की। फ़ैमिली इज़ ओवरव्हेल्मेड सर। हमको लगता है जल्द ही वो और खुलेगी सर।"

"ये तुम्हारा 'जल्द ही' है कि शाज़िया का 'जल्द ही' है?"

"है तो हमारा ही सर। आई एम स्पेकुलेटिंग।"

"स्टॉप स्पेकुलेटिंग लेफ़्टिनेंट समर प्रताप सिंह! यू हैव नॉट येट रीच्ड द पे-ग्रेड, व्हेयर यू कैन स्पेकुलेट राइट नाऊ! गॉट इट?" सेकेंड-इन-कमांड आज थोड़े-से ख़राब मूड में लग रहे थे।

"सर...यस सर!" समर साब घबराते हुए सावधान में खड़े हो गए।

आज बैठने को भी नहीं कहा गया था उन्हें।

"ओके, जो भी करना है जल्दी करो। आने वाले कुछ महीनों में इधर कश्मीर में कुछ बहुत बड़ा होने जा रहा है। तुमको पता ही है कि पिछले साल नवंबर से यहाँ प्रेसिडेंट रूल चल रहा है। क़ायदे से यह प्रेसिडेंट रूल ठीक पंद्रह दिन बाद यानी कि जुलाई में समाप्त हो जाना है। लेकिन कमांडिंग ऑफ़िसर को ऊपर से बताया गया है कि इसे एक्सटेंड किया जाएगा।"

"रॉजर सर!"

"अब इसे क्यों एक्सटेंड किया जा रहा है... वो जानना इंटरस्टिंग है। इन ऑल प्रोबेबिलिटी, इस साल बीजेपी गवर्मेंट आर्टिकल थ्री सेवेंटी को रिमूव करवा के ही दम लेगी। दैट इज़ गोइंग टू चेंज द कम्प्लीट इक्वेशन हेयर। इसी सिलसिले में इधर वैली में सीआरपीएफ और आसाम राइफ़ल्स की एडिशनल फ़ोर्सेज को डिप्लॉय किया जा रहा है। समझ रहे हो मेरी बात तुम?"

"यस सर!"

"सोचना शुरू करो कि आर्टिकल 370 के हटाने के क्या-क्या इम्प्लीकेशंस हो सकते हैं आर्मी के लिए। यहाँ पीडीपी और हुर्रियत वालों को हजम नहीं होगी ये बात। देयर इज़ गोइंग टू बी एन अनरेस्ट इन दी वैली। वी हैव टू रिमेन प्रीपेयर्ड फ़ॉर दैट।"

"विल्को सर!"

"डोंट जस्ट 'विल्को' मी। ट्राय टू फ़ाइंड आउट मोर। स्पीक टू योर फ़ादर। सी, इफ़ यू कैन गेट समथिंग सब्सटैन्शियल।"

"सर...???" समर साब को यक़ीन ही नहीं हुआ जो सुना उन्होंने।

"यस यू हर्ड मी राइट! जब तुम एक पैरा कमांडो बन जाते हो तो हर कोई तुम्हारे लिए इन्फ़ॉर्मर होता है। हर एक आदमी, औरत, बच्चा जो कहीं से भी तुम्हारे काम की कोई ख़बर दे सकता है... उसे यूज़ करो। बी रूथलेस लेफ़्टिनेंट समर प्रताप सिंह। गेनिंग इंटेलिजेंस फ़्रॉम एनीव्हेयर इज़ योर ब्रेड एंड बटर।"

"सर...यस सर!"

"कमांडो बस एक किलिंग मशीन नहीं होता है। वो साथ-साथ बहुत कुछ और भी होता है। अ कमांडो इज़ अ कम्प्लीट पैकेज हू, ऑपरेट्स विद ऑल द पॉसिबल रिसोर्सेज़ अवेलेबल टू हिम। तुम्हारे फ़ादर भी एक ख़बरी हैं तुम्हारे लिए... जैसे शाज़िया है.. जैसे आने वाले फ़्यूचर में कोई और होगा या होगी।"

"यस सर!"

"नाऊ गेट गोइंग। ट्राय टू गेन एज मच इन्फ़ॉर्मेशन फ़्रॉम हिम और उस इन्फ़ॉर्मेशन को शाज़िया पर भी इस्तेमाल करो। वो जर्नलिस्ट है। उसे आर्टिकल 370 के बारे में कोई अंदरूनी ख़बर सबसे पहले मिलेगी तो वो और भरोसा करेगी तुम पर।"

"गॉट इट सर! जय हिन्द सर!!"

सेकेंड-इन-कमांड के ऑफ़िस से आज समर प्रताप सिंह कुछ और सयाने, कुछ और शातिर होकर निकल रहे थे।

कहीं सुलगता केसर है जलता कहीं चिनार
इक कोने में बैठा है गुमसुम शालीमार

“आप बड़े ही ज़हीन हो, लेफ़्टिनेंट शमशेर! हमारी रेहाना से निकाह कर लो!” शाज़िया के इन शब्दों को सुनकर कैसे चौंक गए थे समर साब उस दिन एकदम अचानक से।

वो गुनगुनी धूप वाली अगस्त की कोई दोपहर थी। हफ़्ते भर पहले ही सरकार ने अद्भुत बहुमत के साथ कश्मीर में विगत आठ दशकों से चले आ रहे राज्य के विशेष दर्जे को खारिज़ कर दिया था। आर्टिकल 370 और 35A अब कश्मीर से हट चुके थे। कुछ चुने हुए कश्मीरी नेताओं को उनके घर में ही नज़रबंद कर दिया गया था। विगत कुछ दिनों से घाटी में मोबाइल कम्यूनिकेशन, इंटरनेट वगैरह सब ठप्प थे।

पूरी की पूरी कश्मीर घाटी जैसे एकदम से ठिठकी खड़ी थी-

चुप!

स्तब्ध!!

हैरान!!!

लेफ़्टिनेंट समर प्रताप सिंह उर्फ़ शमशेर ख़ान मुल्क के एक बहुत ही बड़े ऐतिहासिक निर्णय के प्रत्यक्षदर्शी बने हुए, उसमें अपने छोटे से योगदान के लिए प्रयासरत थे।

चंद एक बादल के टुकड़ों से घिरा आसमान अपने पूरे नील के साथ चमक रहा था। झेलम की लहरों में जैसे किसी नशे की सी उछाल थी। डल झील के पानी में हिलकोरें जैसे थप-थप करती हुईं मृदंग की बंदिशें सुना रही थीं।

जुम्मे का दिन था वो।

ज़ुहर की नमाज़ के बाद निकले थे समर साब हफ़्त चिनार कैंट से। डल झील से लिपटकर चलने वाली बुलेवर्ड रोड पर बना एक छोटा-सा कैफ़ेटेरिया शाज़िया ने ही सुझाया था मिलने के लिए समर साब को।

विगत डेढ़ महीने से दोनों में घंटों बातें होती रहती थीं मोबाइल पर। पिछले हफ़्ते भर से मोबाइल सर्विसेज़ पर लगी पाबंदी के बावजूद यह घंटों का बतियाना थमा नहीं था। बस मोबाइल की जगह अब लैंड-लाइन ने ले लिया था।

ऋतिका की लगभग रोज़ की शिकायत रहने लगी थी समर साब से। वही 'तुम्हारा मोबाइल आजकल बहुत बिज़ी रहता है' वाली शिकायत।

पहली मुलाक़ात के बाद से इन डेढ़ महीनों में समर साब चार-पाँच बार और जा चुके थे शाज़िया के घर। उन्हें कहीं से ऐसा आभास होने लगा था कि वो शाज़िया के अब्बू को पसंद नहीं थे।

भले ही समर प्रताप सिंह अपनी बटालियन के लिए अब उन्हीं की बेकरी से चीज़ें मँगवाने लगे थे!

भले ही समर प्रताप सिंह की वजह से उनकी छोटी बेटी की नौकरी पक्की हुई थी!

भले ही समर प्रताप सिंह की बदौलत उनके घर की गुरबत में थोड़ी-सी कमी हो रही थी!

...लेकिन इन तमाम "भले ही" के बावजूद समर प्रताप सिंह थे तो उसी संस्था के नुमाइंदे, जिस संस्था ने उनसे उनके दोनों जवान बेटों को छीन लिया था।

जितनी देर तक बैठे रहते थे वो उधर शाज़िया और रेहाना के साथ बात करते हुए, अब्बू की आँखें चीरती-सी उतरती मालूम पड़ती थीं समर साब को अपने वजूद में। शाज़िया के घर कुछ दफ़ा आने-जाने से ही समर साब को यूँ लगने लगा था कि जैसे अब्बू को उनकी असलियत पता है। कहीं ना कहीं से शायद शाज़िया के अब्बू को ये महसूस हो गया था कि लेफ़्टिनेंट समर प्रताप

सिंह असल में शमशेर ख़ान नहीं है। यह बात वैसे तो समर साब यक़ीनी तौर पर नहीं कह सकते थे, लेकिन उन्हें मन-ही-मन ऐसा कुछ महसूस होता था।

इसी वजह से उन्होंने शाज़िया को आज बाहर ही मिलने के लिए बुलाया था।

हालाँकि आज मिलने की ख़ास वजह एक और भी थी।

दरअसल जिस दिन आर्टिकल 370 के हटाये जाने की घोषणा हुई थी, ठीक उसी दिन मेजर नरवाल के एक बहुत ही विश्वस्त ख़बरी फ़िरदौस ने पाँच विदेशी आतंकवादियों के दाचीगाम जंगल की पहाड़ी पर छुपे होने की ख़बर दी थी। ख़बर के अनुसार ये पाँचों पाकिस्तानी मूल के थे और किसी बहुत बड़े कारनामे को अंजाम देने की तैयारी में थे।

दाचीगाम का जंगल एक तो वैसे ही बहुत ही फैला हुआ और घना था, उस पर उसके पीछे वाली पहाड़ी कम-से-कम दस से बारह किलोमीटर के क्षेत्रफल में पसरी हुई थी।

उस पहाड़ी पर उन पाँचों आतंकवादियों को ढूँढ़ना लगभग भूसे में सुई खोजने के बराबर था।

मुस्तफ़ा के पास इस ख़बर के आने के बाद कमांडिंग ऑफ़िसर कर्नल रंजन सहाय ने समर प्रताप सिंह को सख़्त हिदायत दी कि शाज़िया से अब सीधे-सीधे काम लेने का वक़्त आ गया। उन्होंने स्पष्ट निर्देश दिए थे समर साब को कि "बहुत हुआ लल्लो-चप्पो शाज़िया के साथ...जस्ट टेक हर टू द टास्क नाऊ"।

उधर सेकेंड-इन-कमांड लेफ़्टिनेंट कर्नल प्रतीक सिन्हा द्वारा पिछले दिनों दिए गए विशेष ज्ञान के बाद समर साब ने अपने पिता ठाकुर सुदर्शन प्रताप सिंह से फ़ोन पर बात की थी। रक्षा राज्यमंत्री जी ने बेटे को महीने भर पहले ही अगस्त के पहले हफ़्ते में आर्टिकल 370 के नेस्तनाबूद होने की पुष्टि कर दी थी।

समर साब ने इस पुष्टि को अपरोक्ष रूप से शाज़िया के साथ भी साझा किया था। शाज़िया ने कॉलम "बिटर टूथ" में इस बात को अपने विश्वस्त सूत्रों के हवाले से लिखते हुए हंगामा खड़ा कर दिया था और जब बाद में उसके कॉलम का आकलन एकदम सही साबित हुआ तो शाज़िया को बहुत ही वाह-वाही मिल रही थी कश्मीर के स्थानीय अख़बारी सर्किल में।

एक तो रेहाना की नौकरी, दूसरा आए दिन बेकरी को मिलता हुआ "बल्क ऑर्डर" और तीसरा ये आर्टिकल 370 को लेकर किया गया पूर्वानुमान... सबने मिलकर शाज़िया को समर प्रताप सिंह के अहसानों तले लगभग कुचल कर रख दिया था।

फिर ये हर रात की लगातार होती बातचीत के बाद से शाज़िया, समर प्रताप सिंह को अपना बहुत अच्छा दोस्त मानने लगी थी, जिससे वो अपनी हर बात साझा कर सकती थी।

बुलेवर्ड रोड के उस कैफ़ेटेरिया में डल झील की तरफ खुलती खिड़की के साथ बैठे हुए दोनों कहवा पी रहे थे।

उस पहली मुलाक़ात के बाद से समर साब फिर कभी यूनिफ़ॉर्म में मिलने नहीं गए थे शाज़िया से। उसमें ख़तरा था बहुत। पहली बार यूनिफ़ॉर्म में मिलने जाने की वजह बस "फ़र्स्ट इम्प्रेशन" बनाना था।

आज वो पठानी कुरते में आए थे। फ़ौजी जिप्सी को छोड़कर वो अपने बड्डी राकेश के साथ काली स्कॉर्पियो में आए थे। राकेश जींस और टी-शर्ट में था और समर साब काले पठानी कुरते में।

बड़े बालों और सधी कटी हुई दाढ़ी पर रे-बैन का काला चश्मा। शमशेर ख़ान ग़ज़ब के हैंडसम लग रहे थे। कुरते के नीचे पतले-से बेल्ट के साथ कमर पर ग्लोक पिस्टल छुपा हुआ था।

शाज़िया कहवा पीते हुए उन्हें कुछ अजीब-सी नज़रों से घूर रही थी, जिस से समर साब थोड़े असहज से हुए जा रहे थे। हमेशा की तरह आम बातें ही चल रही थीं दोनों के बीच...

...कि अचानक से अपनी बहन रेहाना के लिए इस अनूठे प्रणय-निवेदन से हैरान कर दिया था शाज़िया ने समर प्रताप सिंह को।

"अपने अब्बू के हाथों वाला एक केक तो ले आतीं आप साथ में!" समर साब ने उस अप्रत्याशित प्रणय-निवेदन को टालने की गरज से बातचीत का रूख़ दूसरी तरफ़ मोड़ना चाहा था।

"रेहाना से निकाह रचा लो शमशेर साब। अल्लाह आपको बरकतों से नवाज़ेगा और इंशाल्लाह बहुत ही जल्द आप लेफ़्टिनेंट से जनरल बनोगे। फिर जी भरकर केक खाते रहना। अब्बू की वो पक्की शागिर्द है। ता-उम्र आपको वैसा ही केक खिलाती रहेगी।" शाज़िया की सुई मगर वहीं पे अटकी हुई थी।

समर साब ने अपनी झेंप मिटाने के लिए सिगरेट सुलगा ली। विल्स क्लासिक का धीरे से लिया हुआ कश उनकी झेंप और एकदम से टपक पड़ी असहजता को थोड़ा-सा ठीक कर रहा था।

"कैसे मुसलमान हो आप? सिगरेट पीते हो? लेकिन फिर भी रेहाना के लिए सब मंज़ूर है मुझे।" शाज़िया अपनी बड़ी-बड़ी आँखों से समर साब को सम्मोहित किए जा रही थी।

समर साब मन-ही-मन जेम्स बांड के विख्यात डायलॉग को दुहराते हुए झुंझला से रहे थे...

"थिंग्स आय डू फ़ॉर माय कंट्री!"

"कुछ तो बोलो लेफ़्टिनेंट साब!" शाज़िया उधर ही अटकी हुई थी लगातार।

"लेकिन हमको आप से एक बहुत ज़रूरी काम है।" एकदम अचानक ही समर साब ने, जिस एक ख़ास वजह से आज मिलने आए थे, उसे आख़िरकार अंजाम देने का निर्णय ले लिया।

"आप के लिए तो सब कुछ हाज़िर है। आपके किसी काम आ सकूँ मैं, ख़ुश-क़िस्मती होगी मेरी।"

"काम क्या, दरअसल मदद चाहिए एक और आप बख़ूबी कर सकती हैं।"

"अरे आप बताइये तो सही!"

"वो...हमारे पास...दरअसल...वो...एक ख़बर आई है कि दाचीगाम जंगल में कुछ पाकिस्तानी टेररिस्ट छुपे हुए हैं। ख़बर पक्की है, लेकिन हमें उनका पिन-पॉइंट लोकेशन चाहिए... क्योंकि वक़्त बहुत कम है।" समर साब का दिल सीने में धाड़-धाड़ बजे जा रहा था।

"ओह! लेकिन इसमें मैं कैसे मदद कर सकती हूँ?"

"आप कर सकती हैं। हमको मालूम है कि आपकी बात होती है महनूर के वालिद से।"

"नहीं तो! आपको कैसे मालूम, जो है ही नहीं।" शाज़िया की आवाज़ में हल्का-सा आक्रोश झलकने लगा था।

"नहीं, मालूम जैसा मालूम नहीं है। बस हमको लगता है कि क़ादिर आपको कॉल करता होगा। एक इतनी प्यारी बेटी का बाप, चाहे कितना बड़ा जेहादी काहे ना हो... बेटी की पूछ करेगा ही करेगा।" इतने दिनों से सीने के अंदर दबा बैठा हुआ गुबार समर साब के मुँह से निकल ही गया।

"........."

शाज़िया की तरफ़ से एक अपरिभाषित-सी ख़ामोशी छाई रही और वो एकदम अचानक से गर्दन मोड़कर खिड़की से बाहर डल झील की तरफ़ देखने लगी।

"देखिए शाज़िया, हम आपको कभी नहीं कहते इस मदद के लिए। लेकिन ये पाँचों टेररिस्ट कुछ बहुत बड़ी कार्रवाई करने जा रहे हैं। दाचीगाम की पहाड़ी के इस तरफ़ आप जानती हैं कि कितने सारे स्टेट गेस्ट हाउसेज़ हैं...परीमहल जैसे टूरिस्ट प्लेसेज़ हैं और उस तरफ़ बादामी बाग़ कैंटोनमेंट, जहाँ फ़िफ्टीन कोर का हेडक्वार्टर है। वी आर वेरी-वेरी कंसर्न्ड शाज़िया। स्पेशियली आर्टिकल 370 के रिवूमल के बाद से पाकिस्तान चैन से नहीं बैठने वाला है। वो कोई ना कोई इस तरह की कार्रवाई ज़रूर करवाएगा। इतनी

मुश्किल से तो अब जाकर हालात ठीक होने को आए हैं यहाँ वैली में। आई बैडली वांट योर हेल्प शाज़िया!"

"मैं समझती हूँ लेफ़्टिनेंट साब। क़ादिर जब बारह साल पहले उस पार चले गए, उसके बाद से जाने कितने सालों तक इंटेलिजेंस ब्यूरो और पुलिस वाले मेरे और अब्बू के पीछे पड़े रहे थे। कुछ आर्मी वाले भी। बहुत परेशान किया गया मुझे और अब्बू को। अब कुछेक तीन-चार सालों से सारी पूछताछ बंद हुई है, जब उन्हें लग गया कि मेरा क़ादिर से वाकई कोई राब्ता नहीं है। ... और अब अचानक से आप भी वही सब कुछ कर रहे हैं। मैं आपको और आर्मी वालों से अलग समझती थी। आप बहुत जेन्यूइन से लगे मुझे। जबकि अब्बू ने कई बार कहा भी मुझसे कि आप अंदर से वो नहीं हो जो ऊपर से लगते हो। लेकिन मैंने हर बार उनसे यही कहा कि नहीं, शमशेर साब बाक़ी फ़ौजियों से अलग हैं। लेकिन आप भी आख़िर में वही निकले शमशेर साब। वही आर्मी वाले, जिन्हें हर कश्मीरी में बस एक इन्फ़ॉर्मर दिखता है।" कहते-कहते शाज़िया की बड़ी-बड़ी आँखों में मोटे-मोटे आँसू भर आए थे।

समर प्रताप सिंह को नहीं पता कि डल झील में इससे पहले कभी बाढ़ आई थी कि नहीं, लेकिन ठीक उस वक़्त उन्हें लग रहा था कि डल में बाढ़ आ जाएगी।

उन्हें समझ में नहीं आ रहा था कि अब आगे क्या बोलें वो। शाज़िया के ऐसे जवाब के लिए वो बिल्कुल तैयार नहीं थे।

वो तो यही मान बैठे थे कि इतने सारे अहसानों के बाद शाज़िया तुरंत मान जाएगी।

एकदम अचानक से जाने कैसे तो एक आवेश में आकर टेबल पर रखे शाज़िया के हाथ पर उन्होंने अपना हाथ रख दिया।

शाज़िया ने एक झटके से मुड़कर देखा उनकी तरफ़। वो गहरी बड़ी-बड़ी आँखें, जिनमें पूरा का पूरा डल झील उमड़ रहा था, जैसे उनको डुबोने की ज़िद कर रही थीं।

उन गहरी, बहुत गहरी आँखों में जैसे डूब जाने को उतारू समर साब ने हौले से कहा...

"हम वैसे नहीं हैं शाज़िया, जैसा आप समझ रही हैं। हाँ, सोल्जर हैं तो मुल्क निश्चित रूप से पहले आता है हमारे लिए। सबसे पहले... ख़ुद से भी पहले। लेकिन आपसे दोस्ती होने के बाद आपको और आपकी पूरी फ़ैमिली को दिल से अपना मानने लगे हैं हम। हम आपको इस मदद के लिए कहते भी नहीं। लेकिन सिचुएशन ही ऐसी आ गई है। हमारी इन्फ़ॉर्मेशन के मुताबिक़ महनूर के वालिद, क़ादिर पीओके में एक टेररिस्ट के बहुत बड़े ठिकाने... एक लॉन्च-पैड पर हैं। हमारे लिए इन पाँचों टेररिस्ट्स की लोकेशन जानना बहुत ही ज़रूरी है। लेकिन आपकी बात क़ादिर से नहीं होती तो तब तो कोई सूरत ही नहीं कि आप इस मामले में कोई मदद कर सकें। तो आप बिल्कुल बेफ़िक्र रहें। इन पाँच कमीनों को हम ढूँढ तो निकालेंगे ही आज नहीं तो कल। आपकी बात होती क़ादिर से तो हमारा काम आसान हो जाता। आई एम सॉरी कि हमने आप पर शक किया। ये बातें यहीं छोड़ते हैं और हम दोस्त बन जाते हैं वापस। ठीक? ख़ुश अब?" समर साब जैसे नैसर्गिक से थे इस पूरे डायलॉग के दौरान। इतने विश्वसनीय कि ख़ुद उन्हें ही अपनी बातों पर भरोसा सा हो रहा था कि शाज़िया से दोस्ती किसी और वजह से नहीं बस दोस्ती के लिए ही की थी उन्होंने।

टेबल के उस पार अभी भी ख़ामोशी ही छाई हुई थी। वो गहरी बड़ी-बड़ी आँखें वापस डल झील की जानिब मुड़ गई थीं।

देर बाद... जैसे हज़ार, दस हज़ार साल ही गुज़र गए इतनी देर में...वो आँखें वापस मुड़ीं समर प्रताप सिंह की तरफ़।

"आपका अनुमान सही है शमशेर साब। हाँ, मेरी बात होती है महनूर के वालिद से। यह बात मैं इसलिए आपसे शेयर कर रही हूँ कि मेरे दिल के एक कोने में अब भी आप पर भरोसा क़ायम है कि आप यह बात और किसी को नहीं बताएँगे।" शाज़िया की आवाज़ जैसे बहुत दूर से आ रही थी।

"बिल्कुल। आई वोंट ब्रेक योर हार्ट शाज़िया। अ सोल्जर एंड अ जेंटलमैन प्रॉमिस!" समर साब ने अपने दाएँ हाथ की तर्जनी को माथे से लगाते हुए कहा।

"सोल्जर का तो कुछ नहीं पता, हाँ जेंटलमैन तो हो आप शमशेर साब!" एक हौली-सी मुस्कान फ़ैली थी शाज़िया के होंठों पर अब और समर प्रताप सिंह ने जैसे लाखों-करोड़ों चैन की साँसें पल के सौवें से भी कम हिस्से में अंदर खींच डालीं।

"थैंक यू माय फ़ेयर लेडी!" कुछ ऐसी अदा से कहा समर साब ने कि शाज़िया खिलखिला कर हँस पड़ी।

"जेंटलमैन तो हो आप, लेकिन बहुत बदमाश हो। ठीक है। मैं बात करके देखती हूँ क़ादिर से।"

"हूsss याsss!!!" लेफ़्टिनेंट समर प्रताप सिंह ने ख़ुशी के मारे इतनी ज़ोर से चिल्लाकर कहा कि कैफ़ेटेरिया के वेटर्स चौंक के उनकी तरफ़ देखने लगे।

"शश्शsss!" शाज़िया ने अपने ख़ूबसूरत होठों पर उंगली रखते हुए कुछ ऐसे कहा कि इश्श-सा कुछ उठा समर साब के सीने में कहीं।

"इस सादगी पे कौन-ना मर जाए ऐ ख़ुदा... लड़ते हैं और हाथ में तलवार भी नहीं!" ग़ालिब का शेर और समर साब की ख़ासम-ख़ास अदायगी, शाज़िया फिर से ज़ोर से खिलखिला कर हँस पड़ी।

कुछ देर पहले ही डल झील में आने वाली बाढ़ अब सितार की धुन-सी हिलकोरें ले रही थी।

"कितने शेर याद रहते हैं आपको। माशाल्लाह! आप ख़ुद की शायरी भी तो लिखते होंगे शर्तिया शमशेर साब..है ना?"

"हाँ थोड़ा बहुत!"

"अरे...तो अपनी वाली सुनाइए कोई!"

"ठीक है... टूटे-फूटे शायर की टूटी-फूटी शायरी सुनिए आप।" हँसते हुए समर साब ने एक शेर मारा-

गिरी हैं झील में जो चंद पत्तियाँ चिनार की
सुना रही हैं पानियों को धुन कोई सितार की

"माशाल्लाह ! आप फ़ौज में कहाँ से आ गए शमशेर साब। ये तो ग़ज़ब की शायरी है।"

फिर देर तक बातें होती रहीं। डूबते सूरज की लालिमा सामने डल की लहरों पर उतरने को आयी तो समर साब न चाहते हुए शाज़िया से विदा लेने को मजबूर हो गए। शाज़िया को भी ग्रेटर कश्मीर के दफ़्तर पहुँचना था।

समर प्रताप सिंह जब वापस हफ़्त चिनार पहुँचे तो अँधेरा पूरी तरह छा गया था।

ये रात भी उस पहली मुलाक़ात की रात की तरह अजब-ग़ज़ब सी बीती।

पूरी रात ही वो डल झील में डूबते-उतरते रहे थे।

गुल गुलशन गुलफ़ाम सब हो रक्खे बर्बाद
मासूमों के क़त्ल को देते नाम ज़िहाद

सुबह देर से नींद खुली समर प्रताप सिंह की और खुलते ही भक्क से नींद की ख़ुमारी जाती रही। सुबह के दूसरे या तीसरे पहर का मिसकॉल था शाज़िया का।

"कमबख़्त, सुनाई क्यों नहीं दिया उसे रिंग टोन?"

मन ही मन ख़ुद पर झुँझलाते हुए व्हाट्सएप खोला उन्होंने तो शाज़िया का संदेशा चमक रहा था...

"मोबाइल साइलेंट पर रख कर सोते हैं क्या आप? सुबह उठते ही कॉल करना। बहुत ज़रूरी है।"

बिस्तर पर उछल कर बैठते हुए उन्होंने तुरंत ही कॉल लगाया...

"गुड मॉर्निंग! खुल गई नींद?" उधर से शाज़िया की आवाज़ चिनार के पत्तों पर गिरी शबनम की बूँदों सी ताज़ा थी।

"हाँ... सॉरी! पता नहीं, कैसे पता ही नहीं चला रात को आपका कॉल। बताइए ना क्या ज़रूरी बात थी?" समर साब की अधीरता अनियंत्रित हो रखी थी।

"हाँ, कल रात बात हुई थी उधर। आपके काम की इन्फ़ॉर्मेशन मिली है।"

"क्या? बताइए ना!"

"आप टेलीग्राम एप पर नहीं हो? आपका नंबर नहीं शो कर रहा उधर।"

"नहीं। नहीं हैं उधर हम, बताइये ना!"

"नहीं हैं, तो अभी के अभी एप डाउनलोड कीजिए। वहीं पर फ़ॉरवर्ड करती हूँ।"

"अरे यार बता भी दो आप। जान निकल रही हमारी शाज़िया!"

"अरे सबर कीजिए शमशेर साब। पहले टेलीग्राम इन्स्टॉल कीजिए, फिर बताती हूँ।"

यह कहकर फ़ोन काट दिया था शाज़िया ने।

वो तो ख़ैरियत थी कि सरकार की तरफ़ से कश्मीर वादी के मध्य इलाके में बस तीन दिन के लिए 4जी कनेक्शन खोला गया था। प्ले स्टोर से टेलीग्राम एप डाउनलोड करने में एक से दो मिनट लगे थे समर साब को और अगले दो से तीन मिनट में उनका मोबाइल नंबर टेलीग्राम पर एक्टिवेट हो चुका था।

अगले ही पल शाज़िया की तरफ से एक संदेशा टेलीग्राम के इनबॉक्स में चमक रहा था-

Thuraya +88216 (3104-78542/79235)

समर साब की समझ में कुछ नहीं आया तो उन्होंने जवाब में तीन प्रश्नवाचक चिह्न बना के भेज दिए।

उधर से वापस शाज़िया का कॉल आया...

"ये क्या है? नहीं समझ में आया कुछ हमको।" समर साब की अधीरता उनकी आवाज़ से लड़ रही थी जैसे।

"कल बात हुई थी क़ादिर से। उन्होंने बोला ये डिटेल्स दे देना। दाचीगाम में छुपे जेहादियों के पास ये दो सेटेलाईट फ़ोन हैं। बाक़ी वो ख़ुद समझ जाएँगे कि क्या करना है आगे।" शाज़िया ने बहुत तेज़-तेज़ कहा।

"ओह ओके ओके! ठीक है हम बाद में बात करते हैं आपसे।"

"एक और बात थी... उसने कहा कि पाँच नहीं, पूरे सात हैं और ये भी कहा कि ये लोग पंद्रह अगस्त को ही कुछ करने वाले हैं।"

"ओह ओके। वो तो परसों ही है। ओहो! ठीक है हम कॉल करते आपको।"

"हाँ बताइएगा हमको और प्लीज़ ख़याल रखिएगा अपना!"

"हाँ आप फ़िक्र ना करें। बाय अभी!"

कॉल काटकर समर प्रताप सिंह हाफ़ पैंट और बनियान में ही, जिसे पहने वो सो रहे थे, भागते हुए मुस्तफ़ा के कमरे में चले गए।

मेजर मुकेश नरवाल पेट के बल पड़े खर्राटे ले रहे थे।

"जय हिन्द सर! सर जय हिन्द... सर प्लीज़ वेक अप!" मुस्तफ़ा को झिंझोड़ते हुए कहा समर साब ने।

हड़बड़ाकर जगे मेजर मुकेश।

"व्हाट द फ़क्क समर! क्या है?"

"सर... सर! शाज़िया की तरफ़ से बहुत ही इम्पोर्टेन्ट इन्फ़ॉर्मेशन मिली है अभी-अभी दाचीगाम वाले टेररिस्ट ग्रुप को लेकर।"

"व्हाट? क्या बताया उसने?"

जवाब में समर प्रताप सिंह ने टेलीग्राम का मैसेज बॉक्स खोल कर मुस्तफ़ा को दिखाया।

"सर शाज़िया के अनुसार उसके हसबैंड ने ये सैटेलाईट फ़ोन का नंबर दिया है उसको और कहा है कि इस नंबर वाले दो थुराया सैटेलाईट फ़ोन-सेट्स उन हरामज़ादों के पास हैं। साथ में ये भी कहा कि हमें मालूम चल जाएगा कि हमें क्या करना है।"

"हूsss याsss! कमाल कर दिया तूने तो कमीने!" यह कहते हुए मेजर मुकेश नरवाल ने समर प्रताप सिंह को पकड़कर कस के गले लगा लिया।

"सर इससे क्या होगा...कुछ तो बताओ हमको।"

"समर प्यारे, इसका ये मतलब हुआ कि यदि सैटेलाईट फ़ोन का मेक और नंबर मालूम हो तो यह जिस किसी के भी पास है, उसका टेन फ़िगर ग्रिड रेफ़रेंस अपने मैप पर मिल जाएगा। वी विल कम टू नो व्हेयर एग्जैक्टली दीज़ बास्टर्ड्स आर देयर ऑन द हिल्स ऑफ़ दाचीगाम फ़ॉरेस्ट!"

"सच में सर! वाओ... मज़ा आ गया!" समर साब ने किलकारी मारते हुए कहा।

"यस प्यारे! चल अब तू फ़टाफ़ट रेडी होकर वापस आ। टू-आई-सी के पास चलते हैं ये इन्फ़ो लेकर।"

"आया आया सर!"

मानो सुबह के जिस्म में करंट दौड़ रहा था उस दिन। समर प्रताप सिंह के क़दमों में कैसी तो अजब-ग़ज़ब-सी उछाल थी। कुछ ही देर बाद वो

यूनिफ़ॉर्म पहने मेजर मुकेश नरवाल के साथ सेकेंड-इन-कमांड के कमरे में थे। लेफ़्टिनेंट कर्नल प्रतीक सिन्हा सुबह की चाय पी रहे थे अपने बिस्तर पर अधलेटे से बैठे हुए।

पूरी ख़बर सुनते ही उन्होंने अपनी मिचमिची-सी दाढ़ी को खुजलाते हुए कहा-

"वेल डन शमशेर... वेरी वेल डन! मुस्तफ़ा, फ़टाफ़ट ऑप्स रूम खुलवाओ। मैं सीओ को बताता हूँ और उनको लेकर उधर ही आता हूँ।"

घंटे भर बाद ही 101 पैराशूट रेजीमेंट के ऑप्स रूम में कोई तूफ़ान ख़ामोशी से अपना सर उठा रहा था।

बटालियन के कमांडिंग ऑफ़िसर कर्नल रंजन सहाय अपने सेकेंड-इन कमांड के साथ बैठे हुए थे। मुस्तफ़ा और शमशेर सामने खुले हुए बड़े-से स्क्रीन पर दाचीगाम इलाक़े के सेटेलाइट मैप के सामने खड़े थे।

ऊपर हेडक्वार्टर्स से बात हो चुकी थी कर्नल रंजन की और उन्हें फ़िफ्टीन कोर की ई-डब्ल्यू बटालियन से उन दोनों थुराया सेटेलाइट फ़ोन-नम्बर्स की पिन-पॉइंट लोकेशन हासिल हो चुकी थी।

सामने बड़े स्क्रीन पर वही जगह अब लाल रंग के तिकोने से इंगित था, जो कि एक बहुत ही पुरानी गुफ़ा थी। दाचीगाम जंगल के एक सिरे पर फैले हुए ज़बरवान पहाड़ की शृंखला की सबसे ऊँची चोटी जो महादेव पर्वत के नाम से जानी जाती है, वहीं कहीं पर वो लाल तिकोन अपनी उपस्थिति दर्शा रहा था। जो भी कार्रवाई होनी थी, वो आज रात ही होनी थी, क्योंकि पंद्रह अगस्त बस दो दिन दूर था।

वहाँ देर से चल रहे मंथन के बीच में छाई ख़ामोशी को तोड़ते हुए मेजर मुकेश नरवाल ने कहा-

"सर, यदि ऑपरेशन आज रात ही करना है तो मेरा रिकमेन्डेशन है कि हम ठीक सुबह होने से पहले पैरा ड्रॉप करें इस लोकेशन पर। नीचे बेस से जहाँ तक गाड़ियाँ जा सकती हैं, उसके बाद महादेव रिज तक क्लाइम्ब कम-से-कम साढ़े चार से पाँच घंटे का है। वो तो कोई बात नहीं सर, लेकिन ये टेररिस्ट ग्रुप जाने कब से इधर बैठे हुए हैं। इन लोगों ने सर्टेनली वहाँ पर

अपना ऑबज़र्वेशन वगैरह करने का कुछ बना रखा होगा। अगर हम पैदल जाते हैं तो सरप्राइज़ खो देंगे। दीज़ बास्टर्ड्स विल एस्केप सर।"

"हम्म...यू आर एब्सोल्यूटली राइट मुस्तफ़ा! व्हाट डू यू से प्रतीक?" कमांडिंग ऑफ़िसर ने सर हिलाते हुए कहा।

"बिलकुल सर। मेरा भी यही कहना है। हम दो एएलएच से पैरा ड्रॉप कर सकते हैं अपनी दो टीम। बादामी बाग़ कैंट में एएलएच स्क्वाड्रन से दो हेलिकॉप्टर आ सकते हैं सर। यहाँ हफ़्त चिनार से बादामी बाग़ ढाई घंटे की ड्राइव है। मुस्तफ़ा और शमशेर अपनी आठ-आठ कमांडो की टीम लेकर रात को निकलें बादामी बाग़ के लिए। वहाँ से दाचीगाम तक फ़्लाइंग टाइम दस से पंद्रह मिनट होगा सर, मैक्सिमम। दे कैन टेक ऑफ़ एट अराउंड ज़ीरो टू हंड्रेड आवर्स। सुबह चार बजे तक ये उन बास्टर्ड्स को निबटा के वापस हमारे पास आ जाएँगे सर।" लेफ़्टिनेंट कर्नल प्रतीक सिन्हा ने जिस तरह से आख़िरी वाक्य बोला कि कर्नल रंजन और मुस्तफ़ा दोनों ने एक साथ ठहाका लगाया।

समर साब पूरी ब्रीफ़िंग और प्लानिंग के दौरान मूक दर्शक बने हुए थे। उनकी नसों में ख़ून जैसे आज अलग ही रफ़्तार में दौड़ रहा था।

"ओके ठीक है फिर। ऐसे ही प्लान करो मुस्तफ़ा। आई विल स्पीक टू द कमांडिंग ऑफ़िसर ऑफ़ एएलएच स्क्वाड्रन एंड विल गेट टू चॉपर्स फ़ॉर यू गायज़! प्रतीक, यू सी द फ़ाइनल कॉर्डीनेशन।"

"विल्को सर!" लेफ़्टिनेंट कर्नल प्रतीक सिन्हा ने कमांडिंग ऑफ़िसर को ऑप्स रूम से विदा करते हुए कहा।

कर्नल रंजन के जाते ही सेकेंड-इन-कमांड ने अपनी गोल्ड फ़्लेक सुलगा ली और सामने काले चमड़े के सोफे पर पसर कर बैठते हुए कहा-

"बैठो बे तुम दोनों भी। शमशेर कॉफ़ी मँगवा ले मेरे लिए।"

दोनों सामने की दो कुर्सियों पर बैठ गए। उन दोनों के पीछे बड़े-से स्क्रीन पर लाल तिकोन महादेव चोटी को घेरे हुए दमक रहा था। उन दोनों की सिगरेटें भी सुलग गई थीं।

"तो ऐसा करो मुस्तफ़ा दो अलग-अलग ड्रॉपिंग ज़ोन चुन लो। एक महादेव रिज के नॉर्थ में और एक साऊथ में। नॉर्थ वाले पे तुम अपनी टीम के साथ जम्प करो और साउथ वाले पर शमशेर करेगा। शमशेर, तुम अपनी टीम के साथ प्रोबेबल इस्केप रूट्स पर स्टॉप्स लगाओगे। मुस्तफ़ा यू विद योर टीम गो फ़ॉर किल।"

"विल्को सर।" मुस्तफ़ा ने त्वरित ज़वाब दिया।

"शमशेर, ये तुम्हारा पहला ऑपरेशन है। यू केयरफुली वाच मुस्तफ़ा एंड लर्न।"

"यस सर!" समर साब ने तनकर बैठते हुए जवाब दिया।

"और मुस्तफ़ा हीरोपंती नहीं करना है। जस्ट गो एंड किल दोज़ बास्टर्ड्स। नो स्टंट्स। तुम बहुत सारे ऑपरेशंस कर चुके हो... तो मुझे ज़्यादा बताने की ज़रूरत नहीं तुम्हें। आई डोंट वांट एनी कैजुअलिटी ऑफ़ आवर्स। मेरी तरफ़ से वो भाग जाए तो भाग जाए...अपने जवानों पर एक खरोंच नहीं आनी चाहिए। कोई भी फ़ालतू के रिस्क नहीं लेने हैं। यू आर गेटिंग माय पॉइंट?"

"यस सर... एब्सोल्यूटली!"

"ओके ऑल द बेस्ट बोथ ऑफ़ यू। एंड समर प्रताप सिंह वंस अगेन... वेरी वेल डन! जाओ तैयारी करो रात की।"

दोनों सैल्यूट मारकर बाहर आ गए, ऑप्स रूम से।

दिन अजीब-सी सुस्त रफ़्तार से गुज़र रहा था आज। समर प्रताप सिंह का दिल कर रहा था कि बस ये अभी के अभी बीते और रात का अँधेरा उतरे। सीने में बजते ज़ोर-ज़ोर की धड़कनों के साथ उनके पेट के अंदर एक अजीब-सी गुड़गुड़ भी हो रही थी।

वो बस अब ज़बरवान पहाड़ी शृंखला पर कूद जाना चाहते थे।

परबत-परबत चमक रही नयी-नयी-सी धूप
लौटेगा फिर वादी का वही पुराना रूप

रात का सन्नाटा भारतीय सेना के दो एडवांस लाईट हेलीकॉप्टरों के घूमते पंखों की आवाज़ से तितर-बितर हो रहा था। घूमते पंखों की गति ज्यों ही तीन सौ पंद्रह चक्कर प्रति मिनट पर पहुँची, दोनों पाँच टन वजनी हेलीकॉप्टर पृथ्वी के गुरुत्वाकर्षण को चकमा देते हुए हवा में उठने लगे।

पहले वाले हेलीकॉप्टर में मेजर मुकेश नरवाल उर्फ़ मुस्तफ़ा अपने नौ कमांडोज़ के साथ और दूसरे वाले में लेफ़्टिनेंट समर प्रताप सिंह उर्फ़ शमशेर अपने नौ कमांडोज़ की टीम के साथ थे। सबकी घड़ियाँ सेकेंड तक के हिसाब से एक वक़्त पर मिला ली गई थीं। ठीक बत्तीस मिनट की फ़्लाईट के बाद दोनों टीमों को बीस हज़ार फ़ीट की ऊँचाई से कूदना था।

समर साब को अपने पहले पैरा जम्प की याद आ रही थी। कैसे गला सूखा जा रहा था उस वक़्त उनका। भीतर पेट में यूँ लग रहा था जैसे किसी ने सब कुछ निकालकर ख़ाली कर दिया हो। लेकिन उस पहले जम्प के बाद से तो जैसे आदत-सी हो गई थी। हाँ, किसी वास्तविक ऑपरेशन के दौरान किया जाने वाला ये पहला जम्प था।

पायलेट का उठा हुआ अँगूठा इस बात का निर्देश था कि समय हो चला है। पल भर बाद ही हेलीकॉप्टर के दोनों तरफ वाले दरवाज़े खुले और हुश्श करके ठंडी हवा का एक तेज़ झोंका अंदर घुसा। दूसरे ही पल एक के बाद एक बीस काले साये ज़बरबान पहाड़ी के ऊपर... बहुत ऊपर हवा में तीव्र गति से नीचे आ रहे थे।

बीस हज़ार फ़ीट से गिरते हुए सारे के सारे कमांडो रात के अँधेरे में नीचे आते हुए किसी तीर की तरह लग रहे थे। सबके दोनों हाथ जिस्म से चिपके हुए और पैर जुड़े हुए थे।

नीचे गिरते हुए तेरह हज़ार फ़ीट तक की दूरी बमुश्किल एक मिनट पंद्रह सेकेंड में पूरी कर ली गई थी। ज़मीन से लगभग छः हज़ार फ़ीट की ऊँचाई पर सबके प्रशिक्षित हाथों ने अपने-अपने कंधों पर लगे लीवर को झटका दिया।

अगले ही पल सारी छतरियाँ खुल चुकी थीं। गति एकदम से धीमी हो गई थी। हवा में लहराती हुईं बीसों छतरियाँ काले बादल के टुकड़ों का भ्रम पैदा कर रहीं थीं। ठीक पाँच से छः मिनट बाद सबके सब ज़मीन पर थे।

बिना समय गँवाए, पैराशूट समेटकर वहीं ज़मीन पर रखे जा चुके थे। अलग-अलग दिशा से आते हुए सारे कमांडो मानो यंत्रचालित रोबोट्स की तरह दो पंक्ति बना कर खड़े हो गए।

"ऑल ओके शमशेर?" मुस्तफ़ा ने फुसफुसाते हुए पूछा।

"हू या सर!" समर प्रताप सिंह की फुसफुसाहट में अपरिभाषित-सा जोश था।

"ओके गुड! अपनी टीम को लेकर जाओ तुम और गुफ़ा के दाएँ-बाएँ स्टॉप्स लगाओ। एंड बी केयरफुल।"

"विल्को सर!"

अगले ही पल समर साब अपनी टीम के साथ इंगित गुफ़ा की तरफ निकल पड़े। सारी कार्रवाई बिना बोले ख़ामोशी के साथ संपन्न हो रही थी। समर साब की टीम अपने-अपने बड्डी-पेयर में पहले से निर्धारित जगहों पर तैनात हो गई। गुफ़ा के मुहाने से बस थोड़ी दूर पर समर साब अपने बड्डी पैराटूपर राकेश के साथ ज़मीन पर पेट के बल लेट चुके थे।

मुश्तैदी से पकड़ी हुई टैवोर राइफ़ल दाहिने कंधे से चिपकी हुई थी। बायाँ हाथ राइफ़ल के अगले हिस्से पर कसा हुआ था और दाएँ हाथ की तर्जनी ट्रिगर पर जमी हुई थी। आँखों पर चढ़े नाईट-विजन गॉगल्स से उन्होंने गुफ़ा के मुहाने और आस-पास के इलाक़े का पूरा जायज़ा लिया।

रात का अँधेरा इतना घना था कि आस-पास की कँटीली झाड़ियाँ किन्ही प्रागैतिहासिक जानवरों के होने का आभास दे रही थीं। जैसे कई सारे डायनासोर चुपचाप इधर-उधर बैठे हुए हों।

दो से तीन मिनट के अवलोकन के बाद समर प्रताप सिंह ने अपने दाएँ कान में लगे रेडियो-सेट के छोटे-से इयर-प्लग पर मुस्तफ़ा को फुसफुसाते हुए रिपोर्ट दी-

"शमशेर फ़ॉर मुस्तफ़ा, ओवर!"

"मुस्तफ़ा फ़ॉर शमशेर, रिपोर्ट ओवर!" उधर से मुस्तफ़ा की आवाज़ हवा में जैसे सरसराती हुई समर साब के कानों में गूँजी।

"शमशेर फ़ॉर मुस्तफ़ा... वी आर इन पोजीशन... एप्रोच क्लियर... नो मूवमेंट विजिबल, ओवर!"

"रॉजर... वेट आउट!"

ज़बरबान पहाड़ी पर वापस फिर से सन्नाटे और अँधेरे की जंग शुरू हो गई थी कि किसका रुतबा ज़्यादा है।

गुफ़ा को तीन तरफ़ से घेरे हुए अलग-अलग दूरी पर ज़मीन पर लेटे हुए पाँच जोड़ी साये आहिस्ता-आहिस्ता साँस लेते हुए इंतज़ार में थे। थोड़ी देर बाद ही दाहिनी दिशा से पाँच जोड़ी साये सधे क़दमों से आते नज़र आने लगे।

समर साब ने अपने नाईट-विजन गॉगल्स से देखा-

मुस्तफ़ा अपने बड्डी के साथ सबसे आगे। जिस्म थोड़ा झुका हुआ आगे की तरफ़। दाहिना हाथ आधा मुड़ा हुआ टैवोर राइफ़ल के पिछले हिस्से को संभाले हुए। बायाँ हाथ लंबा सीधा राइफ़ल के अगले हिस्से से चिपका हुआ। दोनों घुटने मुड़े हुए और उसी पर आगे बढ़ती हुई चाल।

बिलकुल 'पिक्चर परफ़ेक्ट स्टांस'।

गुफ़ा के मुहाने के पास पहुँचते ही मुस्तफ़ा ने पीछे मुड़कर समर साब की दिशा में अंदाज़न देखा और हाथों के इशारे से बताया कि वो अंदर प्रवेश कर रहे हैं।

पल भर बाद ही मुस्तफ़ा अपने बड्डी और दो अन्य जोड़ियों के साथ समर प्रताप सिंह की आँखों से ओझल हो गए थे। मुस्तफ़ा की टीम के दो अन्य बड्डीज़ वाली जोड़ी वहीं गुफ़ा के मुहाने के दाएँ-बाएँ ज़मीन पर लेट गई।

सन्नाटा जैसे एकदम से विकराल हो गया था। एक-एक बीतता हुआ पल समर साब की व्याकुलता को दैत्याकार बनाता जा रहा था।

कहीं से कोई आवाज़ नहीं आ रही थी और समर साब को लग रहा था कि उनका धड़कता हुआ कमीना दिल छाती फाड़कर बाहर निकल आएगा।

मुश्किल से एक मिनट भी नहीं बीता था, और समर साब आशंकाओं के सैलाब में बहते हुए बस उठकर दौड़ लगाने ही वाले थे गुफ़ा की तरफ़ कि तभी...

...ज़ोर के एक धमाके के साथ तेज़ रौशनी-सी आई गुफ़ा के अंदर से। शायद फ़्लैश-बैंग ग्रेनेड फेंका गया था अंदर। अगले ही पल गुफ़ा से कई सारे राइफ़ल्स की फ़ायरिंग की आवाज़ पूरे ज़बरबान पहाड़ी को गुंजायमान कर रही थी। राइफ़ल के उन्हीं धमाकों के बीच समर प्रताप सिंह के कान से लगा हुआ रेडियो-सेट बोल पड़ा।

मुस्तफ़ा की आवाज़ थी...

"शमशेर...दो हरामज़ादे बाहर भाग रहे हैं... तेरी तरफ़। गिव अ नाईस वेलकम टू द बास्टर्ड्स...ओवर!"

"हू या सर!"

तभी गुफ़ा के अंदर से दो काले साये अंधाधुंध भागते हुए निकलते नज़र आए।

ज़मीन पर अलग-अलग दिशाओं में लेटी हुई कमांडोज़ की जोड़ियों की राइफ़लें गरज उठीं।

सबसे आगे भागते हुए साये के जिस्म से कई सारी गोलियाँ एक साथ टकराईं। उसका जिस्म जैसे क्षण भर के लिए हवा में स्थिर-सा हो गया था और फिर जैसे बड़ी देर बाद धपाक से ज़मीन पर गिरा।

समर साब जैसे अकबकाये से उस दृश्य के तिलिस्म में उलझे रह गए थे।

दूसरा भागता हुआ काला साया जैसे सीधा समर साब और उनके बड्डी की तरफ़ ही आ रहा था।

पैराट्रूपर राकेश ने समर साब के कंधे पर ज़ोर की थपकी दी और उसकी राइफ़ल गरज उठी।

सामने से दौड़ते हुए आते काले साये की टांग में एक गोली लगी और वो साया लहराता हुआ ठीक समर प्रताप सिंह के सामने औंधे मुँह आ गिरा।

समर साब चिहुँककर एक झटके में उठ खड़े हुए।

अगले ही पल सब कुछ जैसे एकदम से थम-सा गया था। फिर से चारों तरफ़ सन्नाटे का आधिपत्य लौट आया था।

रात वही थी, लेकिन रात के बदन से अब बारूद की कसैली-सी गंध उठ रही थी और रात के सन्नाटे को रह-रहकर चीरती हुई उस औंधे पड़े आतंकवादी की हल्की-हल्की सी कराह थी।

अगले आधे घंटे में दोनों कमांडो-टीम द्वारा पहले तो गुफ़ा के आस-पास के इलाक़े को अच्छी तरह छान डाला गया और फिर गुफ़ा के अंदर से मृत पड़े पाँच आतंकवादियों की लाशों को घसीटकर बाहर लाया गया।

ज़बरबान पहाड़ी पर इस वक़्त गुफ़ा के बाहर ढेर सारे टॉर्च की रौशनी में छः आतंकवादियों की लाशें बिछी हुई थीं और उन लाशों के बगल में एक बड़े-से पत्थर के सहारे अधलेटा पड़ा हुआ था घायल, लेकिन ज़िंदा आतंकवादी। सामने आतंकवादियों से हासिल सात एके 47 राइफ़ल्स, पाँच चाईनीज़ पिस्टल्स, बारह हैंड-ग्रेनेड्स, दो सैटेलाईट फ़ोन्स, कश्मीर के चार अलग-अलग नक़्शे, लगभग दो लाख रुपये की करेंसी, ढेर सारी मैगी और अन्य खाने वाली फ्रोज़ेन चीज़ें और ख़ूब-ख़ूब सारे कारतूस वगैरह एक तरतीब से रखे गए।

सारे कारतूसों को सजाकर बड़े-बड़े अक्षरों में '101' की शक्ल दे दी गई थी।

वहीं निकट ही दोनों टीम के अठारह कमांडोज़ ज़मीन पर बेतरतीब से बैठे थे।

सामने की एक ऊँची चट्टान पर पीठ टिकाये खड़े हुए थे, मेजर मुकेश नरवाल और उसके साथ वाली छोटी-सी चट्टान पर लेफ़्टिनेंट समर प्रताप सिंह अपनी राइफ़ल की नली पर दोनों हाथ टिकाये हुए बैठे थे।

बीस की बीस जोड़ी आँखें उस कराहते हुए आतंकवादी को घूर रही थीं।

"सिगरेट पिला बे शमशेर, फिर इस हरामज़ादे का इलाज करते हैं?" मुस्तफ़ा की आवाज़ गूँजी।

"यस सर!" समर प्रताप सिंह ने जेब से क्लासिक माइल्ड की डिब्बी निकालते हुए कहा।

"तुम सब अपने हथियार और बाक़ी सामान चेक करो। कितने बुलेट्स बर्बाद किए हमने इन हरामज़ादों पर, कोई इसका हिसाब दो। मेरी मैगज़ीन में इक्कीस राउंड पड़े हैं, यानी कि मैंने नौ राउंड फ़ायर किये। काउंट करो रे कोई।" मेजर मुकेश ने दोनों टीम को संबोधित करते हुए कहा।

"कर लिया है काउंट साब। टोटल बहत्तर राउंड फ़ायर हुए हैं साब और आपके नौ... यानी कि इक्यासी।" हवलदार जोगा ने जवाब दिया।

"लेफ़्टिनेंट साब ने कितनी गोली बर्बाद की है?"

"निल बटे सन्नाटा... एकदम कंट्रोल में फ़ायरिंग किये हैं लेफ़्टिनेंट साब!" एक कमांडो ने हँसते हुए कहा।

"क्या बात है शमशेर ख़ान, बड़े कंजूस निकले तुम तो यार?" मुस्तफ़ा ने समर साब को छेड़ते हुए कहा।

"सब तो आपने ही कर दिया सर। हमारे लिए कुछ बचा ही नहीं।" समर साब ने थोड़ा-सा झेंपते हुए जवाब दिया।

"वैसे एक बात तो है यारो। लेफ़्टिनेंट साब का पलटन में आना बड़ा लकी रहा है। उनके आते ही इतनी जल्दी इतना बड़ा ऑपरेशन हो गया और

उनका ये पहला ऑपरेशन ही इतना क्लीन रहा। ऊपर से साला ये एक हरामी ज़िंदा भी पकड़ा गया है...हहहहहह!" मुस्तफ़ा ने कहकर ज़ोर का ठहाका लगाया, जिसका साथ देते हुए सारे कमांडो की हँसी से ज़बरबान पहाड़ी हिल ही उठी थी जैसे।

सुबह के चार बजने जा रहे थे और सारे कमांडोज़ का बदस्तूर हँसी-मज़ाक चल ही रहा था, जब एक हेलीकॉप्टर के शोर से पूरा इलाक़ा थर्रा उठा था। निकट ही एक समतल-सी ज़मीन पर हेलीकॉप्टर उतरा। यह छोटा वाला चीता हेलीकॉप्टर था, जिससे नीचे उतरकर बाहर निकले कर्नल रंजन सहाय।

तेज़ डग भरते हुए जब वो गुफ़ा के नज़दीक आए तो पहले थोड़ी देर तक मृत आतंवादियों की लाशों का मुआयना किया और एक उचटती-सी नज़र बचे हुए आतंकवादी को देखकर, मेजर मुकेश से मुख़ातिब हुए-

"वेल डन मुकेश! वेरी वेल डन!"

"थैंक यू सर। ऑल बॉयज, वेपन्स एंड इक्विपमेंट्स आर गुड सर!" मेजर मुकेश ने सावधान में खड़े होते हुए अपने कमांडिंग ऑफ़िसर को रिपोर्ट दी।

"ओके। हाउ वाज़ इट? कैसा रहा सब कुछ?"

"एवरीथिंग हैप्पेंड एग्जैक्टली ऐज पर प्लान सर। हमने ठीक ज़ीरो वन हंड्रेड आवर पर टेक-ऑफ़ किया सर। एएलएच हमें अपने मैक्सिमम हाईट पर ले गया सर... दैट इज़ ट्वेंटी थाउजेंड फ़ीट। ज़ीरो वन थर्टी टू आवर पर हमने जम्प किया सर। एज डिसाइडेड, वी डिड हालो जम्प। अराउंड सिक्स थाउजेंड फ़ीट पर, हमने अपना शूट खोला। ज़ीरो वन फोर्टी आवर से बस थोड़ा पहले हम ग्राउंड पर थे। शमशेर की टीम ने इधर पाँच स्टॉप्स लगाए थे सर। लगभग ज़ीरो टू थर्टी आवर पर मैंने अपनी टीम के साथ केव में एंट्री की। ऑल दीज बास्टर्ड्स वेयर स्लीपिंग सर। सब कुछ एक केक-वॉक था सर। अंदर घुसते ही हमने इन्हें सोते देखा तो सबसे पहले एक स्टन ग्रेनेड मारा... बस मज़े लेने के लिए। कुछ घबरा के जगे और कुछ फिर भी सोते रहे... हाहाहा! एंड देन वी ओपेंड द माउथ ऑफ़ आवर टैवोर। ये पाँचों तो

उधर ही सोते-सोते मरे। दो कमीने बाहर भागे, जिनको शमशेर की टीम ने निबटाया। एक ये कमीना बच गया है सर। ही हैज गॉट वन बुलेट इन हिज लेग। दैट वाज़ ऑल अबाउट इट सर। वी टुक प्रिसाइज्ली नाइन मिनट्स टू एलिमिनेट ऑल दीज़ बास्टर्ड्स।" मुस्तफ़ा ने गहरी साँस भरते हुए पूरा विवरण सुनाया।

"वेरी नाइस! हाउ अबाउट रिकवरीज़? क्या-क्या मिला उधर से?" कमांडिंग ऑफ़िसर ने वापस पूछा।

"सर सारा कुछ ले-आउट कर रखा है हमने इधर... ये देखिये। दो लाख रुपये भी कैरी कर रहे थे सर ये लोग। देयर आर फ़ोर मैप्स आल्सो। एक श्रीनगर टाउन का भी मैप है सर, जिसमें बादामी बाग़ कैंट एरिया को मार्क कर रखा है। अपना हफ़्त चिनार भी मार्क है सर।" मुस्तफ़ा ने सामने पड़े हुए तमाम असला-बारूद को दिखाते हुए कहा।

"बहुत बढ़िया। एंड शमशेर कम हेयर। कम टू मी ब्वॉय!" कर्नल रंजन ने समर साब की तरफ़ मुड़ते हुए कहा।

समर साब तेज़-तेज़ चलते हुए कमांडिंग ऑफ़िसर के सामने आए और दोनों एडियाँ जोड़ कर एक कड़क सैल्यूट किया।

"जय हिन्द सर!"

"जय हिन्द माय बॉय! वेरी वेल डन।" कहकर कर्नल रंजन सहाय ने समर प्रताप सिंह को गले से लगाते हुए उनकी पीठ थपथपाई।

फिर टीम की तरफ मुड़ते हुए उन्होंने कहा-

"शाबास लड़कों! बहुत अच्छे! वन ओ वन का स्वर्णिम इतिहास जब भी लिखा जाएगा, यह वाला ऑपरेशन उसके सबसे गौरवशाली पन्नों में से एक होगा। बहुत ज़बरदस्त काम किया है आप लोगों ने। शाबाश!"

"जय हिन्द साब!" सारे कमांडो के समवेत स्वर से जैसे आसमान गूँज उठा।

क्षण भर बाद कर्नल रंजन उस घायल कराहते आतंकवादी की तरफ़ बढ़ गए।

एक कमांडो ने तुरत ही फ़ोल्डिंग कैम्प-स्टूल को खोलकर सामने बिछा दिया।

"तो कहाँ के रहने वाले हो तुम?" कैम्प-स्टूल पर बैठते हुए कर्नल रंजन ने उस आतंकवादी से पूछा।

"पानीsss!" कराहते हुए उसने बस इतना ही कहा।

"हरामज़ादे, पहले सीओ साब ने जो पूछा उसका जवाब दे!" मुस्तफ़ा ने गरजते हुए कहा।

"अरे कोई नहीं। पानी पिलाओ इसको!" कर्नल रंजन ने मुड़कर कहा।

एक कमांडो ने आगे बढ़कर उसे पानी की बोतल पकड़ा दी, जिसे वो झपटकर एक साँस में खाली कर गया।

"हाँ, तो अब बताओ... कहाँ के रहने वाले हो तुम?"

"मुरीदके पाकिस्तान।"

"यहाँ कश्मीर में कब घुसे?"

"जनवरी महीने में।"

"सात महीने से हो तुम इधर? कहाँ-कहाँ रहे?"

"कुपवाड़ा में थे हम। जगह पता मत है। उधर ही किधर जंगल में थे। फिर इधर आ गए।"

"इधर कितने दिन पहले आए ?"

"महीना हुआ।"

"क्या प्लान था तुम लोगों का?"

"तुम काफ़िरों को बर्बाद करने का!" वो घायल होते हुए भी दाँत भींच रहा था।

"हहहाहा... तो कैसा रहा प्लान तुम लोगों का? अपने हमसायों को देख लो... देखो उधर कैसे कुत्तों की मौत मरे हैं। यही हश्र होगा तुम सब का जब भी आओगे हमारी ज़मीन पर।"

"अल्लाह कहर बरसायेगा तुम हिन्दुस्तानी फ़ौजियों पर।"

"तुम्हारा अल्लाह तो पहले तुमको बचा ले, यही ग़नीमत है।" कर्नल रंजन सहाय ने कैम्प-स्टूल से उठते हुए एक-एक शब्द को चबा कर बोलते हुए कहा।

"ओके मुस्तफ़ा... टेक ओवर। वाइंड अप करो सारा कुछ। मैं हेडक्वार्टर्स जा रहा हूँ। उधर प्रेस-ब्रीफ़िंग होनी है सात बजे।"

"रॉजर सर! इसका क्या करना है?"

"करना क्या है... रवाना करो इसको अपने साथियों के पास। उनको मिस कर रहा होगा ये। शमशेर को करने दो। तुम बहुत कर चुके... शमशेर को अपना खाता खोलने दो... हाहाहा! आख़िर ये ऑपरेशन है तो इसी की बदौलत।" कर्नल रंजन सहाय ने ज़ोर का ठहाका लगाया और हेलीकॉप्टर की तरफ़ बढ़ गए।

थोड़ी देर बाद ही चीता घरघराता हुआ उड़नछू हो चुका था 101 पैराशूट रेजीमेंट के गौरवान्वित कमांडिंग ऑफ़िसर को लेकर।

"हवलदार जोगा, तैयार करो बकरे को। लेफ़्टिनेंट साब अपनी पहली बली चढ़ाएँगे!" मेजर मुकेश ने आदेश जारी किया।

"जी साब!" हवलदार जोगा जुट गया तैयारी में।

कुछ ही देर बाद उस घायल आतंकवादी को उठाकर उसके साथियों की लाशों के बगल में घुटने पर बिठाया जा चुका था। वो अपने दोनों हाथ उठाये "अल्लाहू रहीम उर रहमान.... " जैसा कुछ लगातार बुदबुदाए जा रहा था।

"शमशेर, गेट रेडी ब्वॉय! सेंड द बास्टर्ड टू द हेल!" मुस्तफ़ा ने समर साब की तरफ़ मुड़ते हुए कहा।

"सर... यस सर!" समर साब ने अपना टैवोर उठाते हुए कहा।

"हाँ तो हरामज़ादे तेरी कोई आख़िरी ख़्वाहिश?" मेजर मुकेश ने लगातार बुदबुदाते हुए उस घायल आतंकवादी को टोकते हुए कहा।

"वैसे तो तुम काफ़िर क्या ही मेरी ख़्वाहिश पूरी करोगे, लेकिन अगर पूरी करना चाहते हो तो बस यही कि तुम मुझे मारो... वो तुम्हारा लेफ़्टिनेंट मुझ पर गोली न चलाये।" अपना बुदबुदाना रोकते हुए उसने कहा।

"काहे बे, ऐसा काहे?"

"वो लेफ़्टिनेंट... ख़ान नाम है... सुना मैं... मेरी कौम का है... मेरी कौम वाला मुझे नहीं मारेगा। तुम काफ़िर है... तुम मारेगा मुझे।" अपनी लम्बी-लम्बी दाढ़ी के पीछे अपना दांत भींचते हुए कहा।

"अबे... ये क्या है बे? तुम्हारी कौम वाला क्यों नहीं मारेगा तुम्हें बे... साला तुम लोगों का दिमाग सही में तुम्हारे पिछवाड़े में ही होता है क्या?"

"मेजर, तुमने मुझसे मेरी ख़्वाहिश पूछी तो मैंने बता दी। अपने कौम वाले के हाथ से मारा जाऊँगा तो दोज़ख जाऊँगा मैं। तुम मारोगे... काफ़िर हिन्दुस्तानी फ़ौजी अफ़सर मारेगा मुझे तो जन्नत नसीब होगी।"

"अबे हरामज़ादे...अबे...हाहाहा...साला अब तो लेफ़्टिनेंट शमशेर ख़ान ही मारेगा तुझे। शमशेर, करो बे अपना काम। निबटाओ, फिर चलें वापस हम। नींद आ रही है अब।"

"आय आय सर... विद प्लेज़र!"

धीमे-धीमे बढ़ते हुए लेफ़्टिनेंट समर प्रताप सिंह ठीक उसके सामने आकर खड़े हो गए। टैवोर को उसके अगले हिस्से से बाएँ हाथ में थामते हुए अपने दाहिने हाथ से राइफ़ल के कॉकिंग-लिवर को उन्होंने एक झटके में पीछे खींचा और छोड़ दिया। राइफ़ल की मैगज़ीन से निकलकर एक गोली राइफ़ल के चैंबर में प्रवेश कर गई।

जैसे कि बिल्कुल धीमी गति से हो रहा हो सब कुछ। बाएँ हाथ के सहारे टैवोर समर साब के दाहिने बाज़ू पर आ चिपका। दाहिने हाथ की तर्जनी

ट्रिगर पर आ बैठी। राइफ़ल की नली सामने घुटने पर बैठे आतंकवादी की तरफ़ तन चुकी थी।

"लेफ़्टिनेंट तुम इन काफ़िरों की फ़ौज में क्या कर रहा है? कमज़र्फ पाकिस्तान जाओ वहाँ तुम्हें जनरल बना के र...." और तभी धड़-धड़ की आवाज़ से ज़बरबान पहाड़ी एक बार फिर गूँज उठी।

आतंकवादी का वाक्य अधूरा ही रह गया था, जब लेफ़्टिनेंट समर प्रताप सिंह के टैवोर से निकली छ: गोलियों की टोली ने उसके चेहरे के चीथड़े उड़ा दिए।

"अबे शाबास... अबके तूने कोई कंजूसी नहीं दिखाई बे...हैं?" मुस्तफ़ा ने ठहाका लगाते हुए कहा।

"हूsss याsss सर!" समर प्रताप सिंह ने अपनी राइफ़ल को हवा में अपने दाहिने हाथ से उठाते हुए एक ज़ोर का हुंकारा लगाया।

उधर दोनों टीम के अठारह के अठारह कमांडो एक साथ चीत्कार कर उठे-

"हर हर महादेव!"

"कालिका माता की जय!"

"101 पैराशूट बटालियन की जय!

"भारत माता की जय!"

ज़बरबान पहाड़ी पर गूँजता हुआ वो जयकारा दूर आसमान में निकलते हुए सूरज की लालिमा में थोड़े और लाल रंग मिला रहा था।

दिन है उजड़ा उजड़ा-सा रातें हैं मायूस
ज़र्रा-ज़र्रा वादी का यही करे महसूस

लेफ़्टिनेंट समर प्रताप सिंह न सिर्फ़ अपनी बटालियन 101 पैराशूट रेजीमेंट के ही नहीं, बल्कि पूरी भारतीय सेना के नये हीरो बन चुके थे। कर्नल रंजन सहाय की प्रेस-ब्रीफ़िंग उस दिन सारे न्यूज़ चैनल्स की हेड-लाइन्स बनी हुई थी। ख़ास तौर पर आर्टिकल 370 के अभी-अभी हटने के तुरंत बाद सात विदेशी आतंकवादियों का सेना के साथ मुठभेड़ में मारा जाना एक अलग ही सनसनी फैला रहा था। सातों आतंकवादियों के पास से बरामद हुए अन्य सामग्रियों के अलावा उनके पहचान-पत्र उनके पाकिस्तान से होने की पुख़्तगी कर चुके थे।

तमाम न्यूज़ चैनल्स को अगले हफ़्ते भर के लिए नयी ख़ुराक मिल चुकी थी। अपनी-अपनी टीआरपी भुनाने के लिए सब के सब तड़का मार-मारकर उस ख़ुराक को एक से एक ज़ायक़े में प्रस्तुत कर रहे थे।

सुरक्षा के कतिपय कारणों से मेजर मुकेश नरवाल और लेफ़्टिनेंट समर प्रताप सिंह का नाम प्रेस-ब्रीफ़िंग में ज़ाहिर नहीं किया गया था। लेकिन सेना के तमाम हेड-क्वार्टर्स में एक नये लेफ़्टिनेंट द्वारा अपने इन्फ़ॉर्मर से इन विदेशी आतंकवादियों की हासिल की गई ख़बर चर्चा का विषय बनी हुई थी।

ख़बर हासिल करने से ज़्यादा, ख़बर हासिल करने के तौर-तरीक़े पर बातें हो रही थीं। बात यह भी हो रही थी कि इस पूरे ऑपरेशन को एक केस-स्टडी के रूप में सेना की विभिन्न ट्रेनिंग एकेडमीज़ के सिलेबस में शामिल किया जाए।

बात वही थी। एक पुरानी कहावत भारतीय सेना की...

"दुश्मन के ठिकाने पर जाकर तो उन्हें मार कोई भी सैनिक देगा। क्योंकि सैनिक मारने के लिए ही प्रशिक्षित है... लेकिन दुश्मन का वो ठिकाना है किधर, यह मालूम करना हर सैनिक के बस की बात नहीं।"

तो इन सब बातों को सुन-सुनकर 101 पैराशूट रेजीमेंट के नये-नवेले लेफ़्टिनेंट साब थोड़ा इतरा रहे थे... और थोड़ा इठला भी रहे थे।

प्रेस-ब्रीफ़िंग से लौटने के बाद कर्नल रंजन सहाय ने यह सूचना दी कि सातों आतंकवादी सरकार की हिट-लिस्ट में कैटेगरी A की श्रेणी वाले थे। रॉ की निगाहें एक अरसे से इन पर थीं और सबके सर पर एक-एक लाख रुपये का इनाम था।

ये सात लाख रुपये अब शाज़िया को मिलने थे।

उसी शाम जाना ज़रूरी था- बटमालू में स्थित उस घर में, जहाँ एक बुजुर्ग अपनी एक ख़ूबसूरत और एक बला की ख़ूबसूरत बेटी के साथ रहते थे। कमांडिंग ऑफ़िसर की तरफ़ से एक बड़ा-सा उपहार लिए जब समर साब ने घर की साँकलें खटखटाईं तो कुछ सीने की गहराइयों में भी खट-खट हुआ था।

दरवाज़ा हमेशा की तरह शाज़िया ने नहीं, आज रेहाना ने खोला था। सीने की गहराइयों में हो रही खट-खट ने एकदम से धक्क-सा कुछ किया था। बेतरतीब से फैले दुपट्टे को रेहाना ने संभाल कर सर के ऊपर से घुमा कर रखते हुए जब उन्हें मद्धिम, बिलकुल मद्धिम-सा "सलाम वालेकुम" कहा तो वो दृश्य आने वाले कितने अरसे तक समर साब के हृदय पर टंकित रह जाने वाला था।

रेहाना की आवाज़... उस-सी ही ख़ूबसूरत... ओह, बला की ख़ूबसूरत आवाज़... गिटार के सबसे पतले तार की नीचे वाली टुन-टुन सी!

कुछ कहने को तत्पर हुए ही थे समर साब कि बैठकी से अब्बू की पुकार आयी- "केस को रेहाना?" और समर साब धरातल पर आ चुके थे तुरंत ही।

"लेफ़्टिनेंट शमशेर साब आए हैं! आप आइये ना, बैठिये! दीदी बाथरूम में है, अभी आ जाएगी।" गिटार की पतली-सी टुनटुन संगीत लहरियाँ बिखेर रही थीं।

"सुना है लेफ़्टिनेंट साहब आपकी बटालियन ने बहुत ही बड़ा कारनामा किया है कल रात?" अब्बू कोई उर्दू अख़बार पढ़ रहे थे और अख़बार से ही सर उठाकर पूछा उन्होंने समर साब से।

"बड़ा कारनामा तो क्या ही था अब्बू। कुछ मुल्क के दुश्मन थे। हमें मारने आए थे। हमने उन्हें मार दिया... बस! और ये जो भी कारनामा था, आपकी बेटी की मदद के बिना तो मुमकिन ही नहीं था।" समर साब दीवान पर बैठते हुए बोले।

"इसलिए तो दोस्ती की थी आपने शाज़िया से। आपको बस इसी कारनामे से मतलब था। अपने करियर को बनाने के वास्ते आपने ऐसा कोई कारनामा करना ही था।"

"कैसी बातें कर रहे हैं अब्बू? हम तो शाज़िया मैम को जानते भी नहीं थे। उनका लिखा आर्टिकल पढ़े थे हम न्यूज़ पेपर में तो उनसे बात करी थी और फिर दोस्ती हो गई। आपकी बेटी तो बहुत ही नेकदिल इंसान हैं। हम आर्मी वाले हैं तो हमारा काम ही है यह। मुल्क के दुश्मनों से अपने मुल्क को बचाना। उस काम में शाज़िया मैम की मदद मिल गई तो हमारा काम आसान हो गया।"

"ये तो हम लोगों की ज़मीन है। दुश्मन कौन है, नहीं है, ये तो हमलोग ही तय करेंगे। आप कौन होते हैं तय करने वाले?" अब्बू की आवाज़ में आयी तल्ख़ी हैरान कर रही थी समर प्रताप सिंह को।

"जी, आपकी ही ज़मीन ठहरी। हम तो बिन बुलाये मेहमान ठहरे यहाँ के। ख़ास आप लोगों की दुश्वारियाँ दूर करने आए हैं। लेकिन हम कितना भी कुछ कर लें कश्मीर की आवाम की ख़ातिर, आप लोगों के तो हम हो ही नहीं सकते कभी।" चिढ़ते हुए समर साब ने जवाब दिया।

"हम लोगों के कैसे हो सकते हैं आप? हम लोगों के होते तो इस तरह से आप और आपकी फ़ौज हरकतें करती? याद तो होगा ही ना आपको इन गुज़िश्ता सालों में आपकी फ़ौज की तमाम करतूतें... हव्वाकदल की पुलिया पर सैकड़ों निर्दोषों का क़त्ल या फिर वो सालों पहले की कोनान पोशपोरा की

काली रात, जब आपकी फ़ौज ने छोटी बच्चियों तक को नहीं छोड़ा।" अब्बू की निगाहें कटार बनी हुई थीं।

"अब्बू तीस साल से ऊपर हो चुके हैं उन वारदातों को। कोनन पोशपुरा वाला कांड बस एक घटिया नैरेटिव से ज़्यादा कुछ नहीं। और वैसे भी जिनकी ग़लती थी उन्हें सज़ा भी मिल चुकी है। गिने चुने नुमाइंदों के बेजा हरकत को आप पूरी आर्मी का नाम कैसे दे सकते हैं?"

"हमारे लिए तो वो हिन्दुस्तानी फ़ौज ही थी ना लेफ़्टिनेंट साब। आप बेशक उसे चंद नुमाइंदों के ऊपर छोड़कर गुनाह से निज़ात पाने की कोशिश करते रहें।"

"अरे कमाल करते हैं आप! फिर तो हमारे लिए भी वो सारे के सारे आप और आपके कश्मीरी मुसलमान ही थे, जिन्होंने यहाँ के हिन्दुओं को काटकर फेंक दिया। आप ही थे जिन्होंने मिलकर जाने कितनी हिन्दू बहन-बेटियों के साथ जाने कैसा सलूक किया कि सोच कर भी घिन हो उठती है। श्रीनगर से लेकर किश्तवार, डोढ़ा तक किसी हिन्दू को तो नहीं छोड़ा आप लोगों ने। उनकी छोड़ी हुई ज़मीन, घर, संपत्ति सब पर तो क़ब्जा जमाये बैठ गए हैं आपलोग। जाने हमारे कितने सैनिकों को बम से उड़ाया है आप लोगों ने...कितने ही फ़ौजियों को काट-काटकर बोरी में भरकर झेलम में बहा दिया आप कश्मीरियों ने। कितने घर उजाड़ दिए आपलोगों ने, जिन घरों के बाशिंदों ने कभी आपको अपना दुश्मन नहीं माना।" समर साब क्रोध में उबल-से रहे थे।

"वो काफ़िर लोग थे लेफ़्टिनेंट साब...हम कश्मीरी नहीं, जो जेहाद के नाम पर ऐसी वहशी हरकतें कर रहे थे! हम लोग तो अमन के लोग हैं।"

"वाह, जब आर्मी के कुछ नुमाइंदे ग़लत हरकत करें तो आप पूरी फ़ौज का नाम लें और जब हम चंद काफ़िरों की सिरफिरी हरकत पर पूरी क़ौम का नाम लें, तो वो मंज़ूर नहीं। ये कहाँ की इंसाफ़ी हुई, अब्बू?"

"हमें अब्बू ना बुलाएँ आप! हम आपके अब्बू नहीं!"

यह कहते हुए वो उठकर बाहर निकल गए अपनी बरछी-तीर-कटार निगाहें समर प्रताप सिंह पर बरसाते हुए। उन निगाहों का वश चलता तो वहीं की वहीं समर साब के दो टुकड़े कर देतीं।

समर साब अंदर से कुछ इस क़दर गुस्सा हो रखे थे कि उनका मन कर रहा था एकदम से उठकर वापस चले जाएँ।

तभी रेहाना आ गयी हाथ में ट्रे लिए, जिसमें कहवा भरा हुआ एक बड़ा-सा कप था और एक छोटी-सी प्लेट में सलीक़े से काटे हुए केक के टुकड़े।

"आप अब्बू की बातों को नज़रंदाज़ कर दें प्लीज़!" कुछ इतनी मधुर-सी थी वो गिटार की टुनुक कि पल भर में समर साब का सारा ग़ुस्सा जाता रहा।

कितना बड़ा अजूबा है ना ये संसार का कि एक ख़ूबसूरत स्त्री की उपस्थिति मात्र से पुरुष का पूरा दृष्टिकोण बदल जाता है, उसकी प्राथमिकताएँ अपना रूप बदल लेती हैं और उसके लिए अनमोल होने की परिभाषा बस उस ख़ूबसूरती के इर्द-गिर्द घूमने लगती है।

अभी समर साब किसी तिलिस्म में डूबे से, ख़ुद को संयत करते हुए, कुछ कहने ही वाले थे रेहाना से कि शाज़िया आ गई।

झक्क सफ़ेद कुरते पर हलके नीले रंग का दुपट्टा और अभी-अभी नहाने के बाद गीले बालों से कन्धों पर टपकता पानी...समर साब का कुछ कहने के लिए खुला हुआ मुँह खुला का खुला ही रहा गया देर तक।

"किसी आतंकवादी की गोली नहीं, ये दोनों बहनें मिलकर हमारी मौत का सामान बनेंगी किसी दिन।" समर साब के मन में एक आवारा-सी आवाज़ उठी।

"कैसे हैं लेफ़्टिनेंट साब? सॉरी थोड़ी देर हो गई। सुबह से आज इतना कुछ काम था कि नहाने का वक़्त ही नहीं मिला तो अभी गई थी नहाने।" शाज़िया ने मुस्कुराते हुए कहा।

"अच्छा किया।" समर साब के मुँह से अनायास ही निकल गया।

"क्या? क्या अच्छा किया!?"

"ना ना... कुछ नहीं!"

"नहीं, बताओ... क्या अच्छा किया, बोल रहे थे आप?"

"अरे बाबा ऐसे ही बोल दिए थे।"

"ना... कुछ तो था... बोलिए आप पहले!"

"यार बहुत ज़िद करती हैं आप... ऐसे ही बोले थे हम, सच में!"

"मुझे नहीं बात करनी आपसे... पहले बताइये कि क्यों कहा आपने अच्छा किया?"

"ओहो... वो इसलिए कहे कि देर से ना नहातीं आप तो हम ये भीगे बाल नहीं देख पाते ना!"

"ओsss ऐसा! शायर साब को हर बात पे शायरी सूझती रहती है... हाहाहा!"

"नहीं ऐसा नहीं है।"

"बाय द वे... बहुत-बहुत मुबारक हो कल के ऑपरेशन के लिए। मुझे बहुत चिंता लगी हुई थी। सुबह जब आपने कॉल किया तब सुकून मिला।"

"और आपको फिर से बहुत बड़ा वाला थैंक यू। आपकी वजह से ये पॉसिबल हो पाया। हमारे कमांडिंग ऑफ़िसर साब ने आपके लिए तोहफ़ा भिजवाया है शुक्राने में।"

"अरेsss इसकी क्या ज़रूरत थी।"

"कोई ज़रूरत नहीं थी। बस आपकी तरह ही वो भी नेक दिल इंसान हैं। हाँ, एक बात और कि आपका अकाउंट डिटेल्स चाहिए।"

"वो भला क्यों?"

"दरअसल हुआ ये है कि ये सातों टेररिस्ट A कैटेगरी वाले थे और रॉ की हिट-लिस्ट में थे। A कैटेगरी वाले सारे टेररिस्ट पर एक लाख रुपये का इनाम

है, गवर्मेंट की तरफ़ से। तो इसलिए आपकी अकाउंट डिटेल्स मँगवायी है हमारे कमांडिंग ऑफ़िसर साब ने।"

"लेकिन मेरा क्यों शमशेर साब? ऑपरेशन तो आप लोगों ने किया है ना?"

"हाँ वो ठीक है, लेकिन इन्फ़ॉर्मेशन आपने दी थी और वो भी एकदम करेक्ट और प्रिसाइज़। तो ये अमाउंट आपको मिलना है। वैसे भी आर्मी को ऐसे काम के लिए पैसे नहीं मिलते हैं अलग से। ये तो हमारा जॉब ही है ना और हमें हमारी सैलेरी मिलती है।"

"सात लाख रुपये... बाबा रे! क्या करूँगी मैं इतनी बड़ी रक़म का?" आँखें नचाते हुए शाज़िया ने कुछ ऐसे अंदाज़ में कहा कि समर साब के ठहाके छूट पड़े।

"अपने लिए ढेर सारी ड्रेसेज़ ख़रीद लीजिएगा और इस घर में एक और कमरा उठाना था ना।"

"हाँ... कमरे की बात तो आपने बेहतर कही है। ड्रेसेज़ बहुत हैं मेरे पास पहले से।"

"रेहाना के लिए ले लीजिएगा और अब्बू के लिए भी।"

"इतनी ही फ़िक्र है रेहाना की तो निकाह कर लो ना आप इस से। फिर आप अपनी पसंद की ड्रेसेज़ ले देना इसको।" शाज़िया ने फुसफुसाते हुए कहा।

"भक्क... हुश्श!"

"हाह्हा... आपका ये भक्क कमाल का है!"

"सुनिए अभी चलेंगे हम। आप अपना अकाउंट डिटेल्स भेज दीजिए एसएमएस पर।"

"ठीक है। अपनी सरकार से तो कहिए कि अब व्हाट्सएप वगैरह खोल दें कश्मीर में। इंटरनेट के बिना क्या करेंगे हम दुखिया बेचारी कश्मीरी औरतें?" शाज़िया ने मुँह बिसूरने का अभिनय करते हुए ये बात कही।

"ठीक है बात करते हैं हम मोदी जी से जल्द ही।" जवाब में समर साब ने भी भवें चढ़ाते हुए कुछ भंगिमा-सी बनायी।

"हमारा हैलो कह दीजियेगा मोदी जी से!" पीछे से गिटार की टुनुक ने हैरान ही कर दिया समर साब को।

"रेहाना आप भी मज़ाक उड़ा लीजिए हमारा अपनी दीदी के संग... हुँह!"

"हाहाहा, चलिए लेफ़्टिनेंट साब जाइए। हम दोनों बहनें आपकी जान बख़्शते हैं। फिर कब मुलाक़ात होगी?" शाज़िया ने खिलखिलाते हुए कहा।

"जब आप कहेंगी! और हाँ सुनिए, हम चाहते हैं कि जैसे ये सात लाख आएँगे आपके अकाउंट में, वैसे ही रेगुलर इंटरवल पर और-और पैसे आते रहें आपके पास। तो उस पार वाला चैनल ऑन रखिएगा ख़बरों के लिए।"

"बहुत बड़े शातिर हैं आप?"

"बड़ी तो आप हैं मैम!"

जवाब में दोनों बहनें खिलखिलाकर हँस पडीं।

विदा कहने बाहर तक रेहाना भी आ गई थी शाज़िया के साथ।

गाडी का रियर-व्यू मिरर एक बार फिर से वही चेतावनी दुहरा रहा था-

The objects in the mirror are closer than they appear.

फ़िरन पहन ली सर्दी ने हो गया मौसम गर्म
बेचारे पश्मीने को आयी थोड़ी शर्म

साल की सर्दी कब चुपके-चुपके आकर बैठ गई हफ़्त चिनार कैंटोनमेंट की ऊँची दीवारों पर, समर साब को पता भी न चला।

एक महीने की छुट्टी काटकर वापस आए थे समर साब पटना से। वो मुरझाई-सी कोई दोपहर थी। नवम्बर का महीना अपनी आख़िरी साँसें गिन रहा था। लेफ़्टिनेंट समर प्रताप सिंह ने ध्यान दिया कि कैंट के चिनार के सातों पेड़ों की पत्तियाँ गहरी भूरी हो गई थीं।

शाज़िया ने ही तो बताया था उन्हें कि सर्दी आने से पहले जब सारे पत्ते अपने चिनार को छोड़ने वाले होते हैं, भूरे पड़ जाते हैं।

ये फ़िराक़ का रंग होता है।

कितनी अजीब बात है ना कि सर्दी के मौसम में जब चिनार की ठिठुरती शाख़ों को उनके पत्तों की सबसे ज़्यादा ज़रूरत होती है, तभी ये पत्ते उनका साथ छोड़ देते हैं।

दो हफ़्ते बाद ही बर्फ़बारी शुरू हो गई।

समर साब की अब तक की छोटी-मोटी-सी ज़िंदगी का ये पहला अवसर था जब वो सफ़ेद रुई के फाहे-सी गिरती बर्फ़ देख रहे थे।

मोबाइल की घंटी बजी। मेजर मुकेश थे-

"क्या कर रहे हो बे?"

"कुछ नहीं सर, खिड़की से बर्फ़ देख रहे हैं?"

"आओ इधर मेस में। टू-आई-सी सर भी आ रहे हैं। स्नो-फ़ॉल सेलेब्रेट करते हैं।"

"यस सर!"

हफ़्त चिनार कैंट का पूरा प्रांगण गीली बर्फ़ से कीचड़-कीचड़ हो रखा था। उजले रंग के भारी-भरकम स्नो-बूट डालकर समर प्रताप सिंह जब मेस पहुँचे तो मुस्तफ़ा और लेफ़्टिनेंट कर्नल प्रतीक पहले से बैठे हुए थे। दोनों के बीच में रखी हुई बड़ी-सी लोहे की सिगड़ी के अंदर सूखी लकड़ियाँ धधक रही थीं।

"जय हिन्द सर!"

"आओ आओ समर। आओ बैठो...तुम्हें मसाला ओल्ड मौंक पिलाते हैं। स्पेशल रेसिपी है ये।" लेफ़्टिनेंट कर्नल प्रतीक ने उन्हें बैठने का इशारा करते हुए कहा।

"थैंक यू सर!"

"और हीरो...क्या हो रहा है नया?" मुस्तफ़ा ने पूछा।

"कुछ ख़ास नहीं सर! पहली बार बर्फ़ देख रहे हैं हम अपनी ज़िंदगी में।"

"क्यों बे तुम्हारे बिहार में हिल-स्टेशन नहीं है कोई?"

"है ना सर। हमारे पटना में एक गोल घर है, उसी पर चढ़ लेते हैं हम और शिमला का मज़ा ले लेते हैं।"

"मज़ाक कर रहे हो बे हमसे?"

"सर शुरू किसने किया था?"

"अबे बोल फूटने लगे हैं तुम्हारे। सर देखिए अपने लौंडे को। एक ऑपरेशन क्या करवा दिया इसने, मुझसे भिड़ रहा है।"

"हाहाहा...क्यों छेड़ रहे हो मुकेश इसे... लो मसाला रम पिलाओ इसे।" लेफ़्टिनेंट कर्नल प्रतीक ने दोनों की नोक-झोक पर हँसते हुए कहा।

"टू-आई-सी सर बैठे हैं इसलिए जाने दे रहा हूँ कमीने, वरना इधर ही एनकाउंटर करता तुम्हारा मैं... ढीचकियोंsss।" मुस्तफ़ा ने दाएँ हाथ के

अँगूठे और तर्जनी से पिस्टल की शक्ल बना कर समर साब की तरफ इंगित करते हुए कहा।

“हम सरेंडर करते हैं सर... चियर्स!” समर साब ने हँसते हुए जवाब दिया।

“और छुट्टियाँ कैसी रहीं समर?” सेकेंड-इन-कमांड ने पूछा।

“बढ़िया थी सर। जल्दी ख़त्म हो गई।”

“हाहा... हाँ आर्मी में जो भी छुट्टी पर जाता, सबको यही लगता है। ख़ास कर कश्मीर में जो भी डेप्लॉय रहता है।”

“एक्चुअली सर दिस सो कॉल्ड हेवन ऑन अर्थ... दिस ब्लडी कश्मीर ग्रोज़ इन टू योर नर्व्स!”

“बिल्कुल सही कह रहे हो मुकेश। हम लोग अपनी-अपनी ड्यूटी देते हुए इतने इनवॉल्व हो जाते हैं इस कश्मीर से कि ये कब हमारी नसों में उतर कर हमारे ख़ून के साथ-साथ बहने लगता, हमें अहसास ही नहीं होता।” लेफ़्टिनेंट कर्नल प्रतीक ने अपने ग्लास से एक बड़ा-सा घूँट भरते हुए कहा।

“सर क्या लगता है... चीज़ें बदलेंगी यहाँ 370 के रिवूमल के बाद?” अपने दोनों सीनियर्स की बातों की धारा सुनते हुए लेफ़्टिनेंट समर प्रताप सिंह ने बीच में डुबकी मारी।

“देखो समर, यह साल... यह दो हज़ार उन्नीस कश्मीर की हिस्ट्री में सबसे उलट-फेर वाले वर्ष के रूप में जाना जाएगा। साल जो शुरू हुआ पुलवामा अटैक से और जिसके बाद हमारा जवाबी बालाकोट एयर-स्ट्राइक, चीज़ें तो बदलनी शुरू हो गई थीं। आर्टिकल थ्री सेवेंटी निश्चित रूप से मास्टर स्ट्रोक था। किसी ने सीरियसली लिया नहीं था मोदी के मास्टर प्लान को। लेकिन बन्दे में दम है। बाक़ी सारी बातें एक तरफ़... वी डोंट डिस्कस पॉलिटिक्स हेयर इन आर्मी... लेकिन उसका विजन क्लियर है कि क्या करना है और जो करना है उसे, वो करता है। हम जैसे सोल्जर... तुम, मुकेश, मैं और क्या

चाहते हैं यार... क्लियर डिसीजन। दैट्स फ़किंग ऑल! तो... चीज़ें तो बदल रही हैं। चीज़ें अभी और बदलेंगी कश्मीर में।" सेकेंड-इन-कमांड ने अपना डायलॉग ख़त्म करके गोल्ड फ़्लेक की दंडिका सुलगा ली।

"सही कह रहे हैं सर। जब आप पहली बार आए थे इधर पोस्टिंग या उसी के दो साल बाद जब मैं आया था सर, तब से लेकर अब तक कितना कुछ तो हमारे देखते ही देखते बदल गया। ये कमीना समर जैसे एक गाड़ी उठाकर जींस टी-शर्ट में अपनी उस गर्लफ़्रेंड से मिलने बटमालू चला जाता है, साला आप और मैं तो उस वक़्त इमेजिन भी नहीं कर सकते थे ऐसा करने की।" मेजर मुकेश ने आँखें नचाते हुए कहा।

"शाज़िया हमारी गर्लफ़्रेंड नहीं है सर!" समर साब ने बीच में टपकते हुए कहा।

"चुप बे! जब दो सीनियर्स बात कर रहे होते हैं तो बीच में नहीं बोलते। आईएमए में साले तुम ट्रेनिंग के दौरान गच्चा मार रहे थे, लगता है। देखिए टू-आई-सी सर अपने लौंडे को। और सर उधर श्रीनगर में जैसी नाईट-लाइफ़ होती है अब कुड यू एवर इमेजिन सर? साला कैफ़े कॉफ़ी डे खुल गया है। स्कूल के यंग गर्ल्स बॉयज... देर शाम तक घूमते हैं सर उधर डल लेक के किनारे। रील्स बनाते हैं। अच्छा लगता है सर यह सब देख कर। चेंज इज हैप्पेनिंग फ़ॉर गुड सर!"

"हाहाहा...छोड़ दो मुकेश बच्चे को। यस चेंज इज गुड... अब देखो ना समर, जब हम लेफ़्टिनेंट... लेफ़्टिनेंट क्यों... तुम्हारी तरह सीधे लेफ़्टिनेंट नहीं, जब हम लोग सेकेंड लेफ़्टिनेंट बनकर आए थे तो जैसे तुम हम दोनों के साथ बैठे हो, हम तो सोच भी नहीं सकते थे ऐसा कोई सिनेरियो। लेकिन बदलाव होते रहना चाहिए।"

फ़च्च-सा कुछ कौंधा उसी वक़्त समर प्रताप सिंह के दिलो-दिमाग़ में। एकदम से शगुन का चेहरा कौंध गया सामने। इतने अरसे बाद यह “सेकेंड लेफ़्टिनेंट” लफ़्ज़ सुनना एकदम से पौने दो साल पहले की उस घातक स्मृति को सामने ले आया था।*

“मे आय स्मोक सर?” मेजर मुकेश ने अपनी डिब्बी से सिगरेट निकालते हुए सेकेंड-इन-कमांड से अनुमति माँगी।

“हाँ हाँ...गो अहेड! समर तुम भी चाहो तो सुलगा सकते हो अपनी क्लासिक माइल्ड!”

“सर....यस...यस सर!” स्मृति के उस घुप्प अँधेरे गलियारे से एक झटके में बाहर आते हुए समर साब ने जवाब दिया।

“तो समर क्या हाल है तुम्हारी इन्फ़ॉर्मर के? आय होप तुम उससे लगातार टच बनाए हुए हो?” लेफ़्टिनेंट कर्नल प्रतीक ने पूछा।

“टच बनाए हुए हो? क्या बात कर रहे हैं सर आप? ये कमीना हर रात घंटों-घंटों बात करता है उससे। उससे भी...उसकी बहन से भी।” मुस्तफ़ा ने जवाब दिया।

“नहीं नहीं सर, ऐसा भी नहीं है। यस सर हम उससे टच में रहते हैं। अभी तो बहुत सारी इन्फ़ॉर्मेशन्स देनी है उसने सर।” समर साब ने मुस्तफ़ा की बातों को नज़रअंदाज़ करते हुए कहा।

“दैट्स गुड। मैं इसलिए कह रहा था ये बात कि अभी स्नो-फ़ॉल शुरू हो गया है तो इधर टेररिस्ट की मूवमेंट दो-तीन महीने बिल्कुल कम ही रहेगी। और अगले साल मार्च या अप्रैल में तुम्हे मऊ जाना पड़ेगा, छः महीने के लिए अपने ट्रेनिंग कोर्स पर। मैं चाह रहा था कि उससे पहले वो एक और कोई सॉलिड ख़बर दे दे।” सेकेंड-इन-कमांड ने थोड़ा गंभीर होते हुए कहा।

---

* शगुन और समर की कहानी विस्तार से जानने के लिए इस शृंखला का पहला उपन्यास ‘हैशटैग’ पढ़ें।

“वो ज़रूर देगी सर। वो बहुत नज़दीक आ गई है। सब कुछ शेयर करती है अब हमसे। लेकिन वो जो सात लाख मिले हैं वो बहुत इंपोरटेंट है। हम उसे बोल रखे हैं कि जितनी ख़बर आएगी, उतने और पैसे आएँगे। पहले ऑपरेशन की ख़बर तो उसे इमोशनल करके निकाली थी सर, लेकिन पैसा अपना आगे का काम करेगा।” समर साब ने अपनी क्लासिक माइल्ड का एक बड़ा-सा कश मारते हुए कहा।

“पैसे वाली बात तो ठीक है तुम्हारी, लेकिन इतने क़रीब न हो जाना कमीने कि अपनी जवानी लुटा देना। साले, नहीं तो टू-आई-सी सर और सीओ सर को यहीं तुम्हारा निकाह करना पड़ेगा...हाहाहा...क्यों सर?” मुस्तफ़ा की मस्तियाँ लगातार जारी थीं।

उनका आख़िरी वाक्य सुनकर लेफ़्टिनेंट कर्नल प्रतीक भी ज़ोर का ठहाका लगाए बिना न रह सके।

101 पैराशूट रेजीमेंट के ऑफ़िसर्स मेस में उस रात ठहाकों और बातों ने बाहर लगातार गिरते बर्फ़ से रार ठान रखी थी।

देर रात जब समर साब अपने कमरे में लौटे तो मोबाइल पर चमक रहा नोटिफ़िकेशन ऋतिका के तीन मिस-कॉल्स का ऐलान कर रहा था। कपड़े बदलकर बिस्तर पर लेटते ही उन्होंने कॉल लगाया-

“कहाँ गुमशुदा रहते हो यार इतनी रात को भी?” पहला रिंग अभी अपने मुक़ाम तक पहुँचा भी नहीं था कि ऋतिका ने कॉल उठा लिया था।

“ये कश्मीर है ऋतु...इधर रात को भी जारी रहता है काम हमारा।” समर साब ने जम्हाई लेते हुए कहा।

“छुट्टी से वापस गए हो जब से एक कॉल तक नहीं किया तुमने समर?” ऋतिका का ठुनकना जारी था।

“अरे बाबा मैसेज तो किए थे ना व्हाट्सएप पर!”

“मैसेज से कुछ नहीं होता है मेरा...हुंह! बड़े आए ...मैसेज तो किया था ना!”

"आते ही ड्यूटी में ऐसे उलझे कि पूछो ही मत।"

"एक तो जैसे ही ड्यूटी बोल देते हो ना, फिर मेरा सारा कलेश ठंडा पड़ जाता है यार। और तुम ना जानते हो ये बात इसलिए सही टाइम पर यह ड्यूटी ले आते हो बातों में- कि अब ये ऋतिका आगे कुछ नहीं बोलगी इसके। है ना?"

"अबे यार...हाहाहा...कमाल करती हो तुम। ऐसा कुछ सोच के थोड़ी ना बोलते हैं हम पगली।"

"सब समझती हूँ मैं। मौसम कैसा है अभी तुम्हारी तरफ़?"

"बर्फ़ गिर रही है ऋतु...बर्फ़। ज़िंदगी में पहली बार बर्फ़ देख रहे हैं हम।"

"हाय...काश कि मैं वहाँ होती अभी तुम्हारे साथ! मुझे कभी ले चलोगे कश्मीर समर अपने साथ?"

"हाँ...ले के आएँगे, जब थोड़े सीनियर हो जाएँगे हम।"

"मर जाऊँ मैं सोच के ही। जब बर्फ़ होगी तब लेके चलना मुझे...ठीक है? तुम पर ख़ूब सारा बर्फ़ उछालूँगी मैं फिर।"

"हाहाहा...हाँ ठीक है।"

"कुछ बोलो ना और!"

"क्या?"

"अजीब हो यार तुम भी ना। अब तो जवानों वाले बैरक से अपने कमरे में आ गए हो...अब वहाँ तो कोई सुनने वाला नहीं है ना?"

"हाँ, कमरे में तो आ गए हैं अब हम। कॉलेज कैसा चल रहा है तुम्हारा? पता है, कई बार बहुत मिस करते हैं पटना साइंस कॉलेज के कैम्पस को और सारे दोस्तों को। अभी छुट्टी में सबसे मिलना हुआ तो अच्छा लगा। बस आदित्य और शगुन रह गए। दोनों नहीं आते अब कॉलेज क्या, जब से शादी हुई उनकी?" शाम से ही आज समर साब को पुरानी स्मृतियाँ कुछ ज़्यादा ही

परेशान कर रही थीं। वो किसी से...किसी से भी शगुन के बारे में बातें करना चाहते थे...बस।

"आदित्य ने तो अपने पापा का बिजनेस संभाल लिया है ना। बताये तो थे तुमको जब तुम आए थे। शगुन तो आती है ना। केमिस्ट्री ऑनर्स में मेरे साथ ही है। वो अब बड़े घर की बहू बन गई है, आदित्य से शादी करके। उसके अपने नखरे हैं।"

"तुम्हारी तो पक्की वाली सहेली है...तो नखरे क्या? इतने बड़े बिजनेस फ़ैमिली में गई है। ख़ुश तो होगी ही ना।" शगुन के बारे में और-और जानने की उत्कंठा समर साब को विवश कर रही थी, बातों का सिरा उधर ही थामे रखने को।

"पता नहीं यार...वो ना थोड़ी-सी बदल गई है। है तो मेरी पक्की वाली सहेली, लेकिन जैसे अब बदल गई है बहुत।"

"अच्छा...ऐसा क्या?"

"पता नहीं क्या है। चुप-चुप रहती है हर वक़्त। अपने में खोयी-सी रहती है।"

"यार तुम्हारी बेस्ट फ्रेंड है...तुमको तो पता होना चाहिए।"

"तुमको बड़ा इन्टरेस्ट रहता है समर शगुन के बारे में। धेले भर का भाव नहीं देती थी तुमको जब तुम कॉलेज में थे। बैच की सारी लड़कियों को बहुत बुरा लगता था कि तुम कैसे पीछे पड़े रहते थे उसके। शगुन-शगुन करते रहते हो अभी भी। मुझे नहीं बात करनी तुमसे।"

"यार ऋतु...हम तो ऐसे ही पूछ रहे थे...बस!"

"तुम ना ये फालतू की पूछताछ सब बंद करो और ये बताओ तुम कि वो जो बायोलॉजी वाली ज्योत्सना थी, तुम्हारी उससे भी बात होती है क्या?"

"कौन ज्योत्सना? नहीं...नहीं तो!" समर साब ने जल्दी से जवाब दिया।

"झूठ तो बोलो ही मत तुम समर। कल ही वो कॉलेज में सबके सामने बता रही थी कि समर ने बताया वो कि कश्मीर में ठीक डल झील के पास रहता है। उसे कैसे पता अगर बात नहीं होती तुम्हारी?" ऋतिका पर माँ दुर्गा सवार हो रही थी धीरे-धीरे।

"अरे यार...वो तो बहुत पहले हुई थी...बस एक-दो बार ही।"

"एक बार कि दो बार?"

"अब यार इतना तो याद नहीं है।"

"नहीं याद है तो बेहतर है तुम्हारे लिए और आइन्दा कोई ज़रूरत नहीं है पटना साइंस कॉलेज की इन कमीनी लड़कियों से बात करने की।"

"योर विश इज़ माय कमांड मैडम!"

"यही जो डायलॉगबाज़ी सब है ना तुम्हारी...मेरा और मूड ख़राब होता है। यही सब डायलॉग तुम बाक़ी लड़कियों पर भी मारते होगे ना?"

"कैसी बातें कर रही हो यार?"

"उधर कश्मीर में भी बतियाते ही होगे तुम सुन्दर-सुन्दर कश्मीरिनियों से। कितनी कश्मीरी लड़कियों से दोस्ती है तुम्हारी, सच-सच बताओ समर।"

"अबे यार यहाँ साला दम मारने की फ़ुरसत नहीं हमको और तुमको दोस्ती की पड़ी हुई है। ड्यूटी से छूटें तो कुछ और करें ना!"

"आ गई ना ये ड्यूटी तुम्हारी बीच में फिर से। बस यहीं मैं पिचल जाती हूँ। दफ़ा हो जाओ तुम!"

कॉल काट दिया गया था उधर से।

समर प्रताप सिंह ने भी दुबारा नंबर डायल करने का प्रयास नहीं किया।

आज स्मृतियों का ज़ोर कुछ ज़्यादा ही परेशान कर रहा था उन्हें।

अभी ऋतिका से यह सुनकर कि शगुन चुप-सी रहती है...ख़ुद में खोई रहती है, समर साब का मन कैसा तो हो आया था।

कैसी तो हूक थी, जो सीने से बाहर निकलकर उन्हें चीरकर रख देना चाहती थी।

बिस्तर पर लेटे-लेटे ही उन्होंने एक सिगरेट सुलगाई और अपना ही लिखा हुआ कुछ बुदबुदाने लगे-

नहीं सिहरन है सर्दी में, तपिश कम-कम है गर्मी में
तुम्हारे बाद की बारिश भी कुछ सूखी हुई-सी है
हुआ अरसा नहीं बुझती... बुझाने से भी ये कमबख़्त
तुम्हारी याद की सिगरेट जो सुलगी हुई-सी है।

झुलस रहा है सोनमर्ग सुलग रहा गुलमर्ग
धुआँ धुआँ-सा हो रखा धरती का ये स्वर्ग

लम्हों की कैसी तो आदत होती है अजीब-सी...भागते रहने की, समय की नदी में अनवरत बहते रहने की।

देखते ही देखते नया साल शुरू हो गया था।

साल भी कैसा आया था ये!

भयावह! खौफ़नाक़!! त्रासद!!!

चीन का एक पूरा का पूरा शहर वुहान एक किसी अनजान बीमारी से ग्रसित होकर बंद हो गया था। कोरोना वायरस के नाम से कुख्यात इस वायरस ने धीरे-धीरे पूरे विश्व को ही अपनी चपेट में ले लिया था।

क़यामत की जो चर्चा अभी तक लोग सुनते आए थे शास्त्रों में, उसका मूर्त रूप जैसे झलक दिखलाने लगा था।

नये साल का पहला महीना ख़त्म होते-होते इस वायरस की पहुँच दूसरे देशों तक हो जाने की ख़बर रिस-रिसकर आने लगी थी।

दुनिया भर में हज़ारों की संख्या में मौतों की ख़बर के बाद विश्व स्वास्थ्य संगठन ने कोविड को एक महामारी घोषित कर दिया था।

वो तीसरे महीने का तीसरा हफ़्ता था, जब प्रधानमंत्री द्वारा पूरे देश में इक्कीस दिन के लॉक-डाऊन की घोषणा कर दी गई थी।

सब कुछ थम-सा गया था।

चलती हुई धरती अपनी धुरी पर जैसे ठिठकी रह गई थी।

पहले-पहल तो जैसे एक सन्नाटा था, जिसने पूरे देश को जकड़ रखा था। फिर धीरे-धीरे वो सन्नाटा एक शोर की शक्ल में तब्दील होने लगा था...

...शोर जो मुम्बई और दिल्ली जैसे बड़े-बड़े शहरों से बिहार और उत्तर प्रदेश के गाँवों की तरफ़ पलायन करते मजदूरों के पैरों से उठ रहा था।

पूरा मुल्क एक वीभत्स-सा दृश्य बनकर रह गया था जैसे।

कश्मीर भी कहाँ अछूता रह पाया था इस महामारी से।

उन्हीं दुर्दिनों में शाज़िया का कॉल आया था। चार आतंकवादी पास ही की एक बस्ती में छुपे होने की ख़बर थी।

कैसा तो हड़कंप-सा मच गया था हफ़्त चिनार के उन दिनों सूने पड़े अहाते में।

श्रीनगर-जम्मू हाइवे पर श्रीनगर शहर के ठीक बाहर बसी एक छोटी-सी बस्ती पाम्पोर की ख़बर थी। लॉक-डाउन की दुश्वारियों में पहाड़ पर छुपे बैठे इन आतंकवादियों तक खाने-पीने का सामान पहुँच नहीं पा रहा था तो पेट की आग ने इन्हें विवश कर दिया था पास की बस्ती में शरण लेने के लिए।

शाज़िया की ख़बर के मुताबिक़ पाम्पोर तहसील के लालपोरा गाँव के किसी शकूर अहमद के घर पर डेरा डाले हुए थे ये।

अब समस्या ये थी कि अपने केसर की खेती के लिए विख्यात पाम्पोर कोई छोटी-मोटी बस्ती थी नहीं। तीन सौ से ऊपर घरों वाली ये बस्ती कई सारी पतली-पतली गलियों में बँटी थी।

उससे बड़ी समस्या ये थी कि मेजर मुकेश नरवाल छुट्टी में घर गए थे और लॉक-डाउन की वजह से उधर ही फँसे रह गए थे।

ऑपरेशन अब लेफ़्टिनेंट समर प्रताप सिंह को ही लीड करना था।

सेकेंड-इन-कमांड के निर्देश पर पाम्पोर तहसील के बाशिंदों का पूरा प्रोफ़ाइल उस दिन 101 पैराशूट रेजीमेंट के ऑप्स रूम के बड़े स्क्रीन पर

चमक रहा था। ज़ूम इन होता हुआ नक्शा लालपोरा गाँव पर फोकस होने लगा। एक-एक घर के एक-एक लोगों के नाम और तस्वीरें स्क्रीन पर फ़्लैश हो रही थीं।

दुश्वारी ये थी कि लालपोरा में तीन शकूर अहमद रहते थे और लॉक-डाउन तो था ही।

समस्या के समाधान के लिए कुछ ड्रोंस उड़े हवा में।

तीनों शकूर अहमद परिवारों के सदस्यों का विस्तृत विवरण तस्वीरों के साथ उपलब्ध था। ड्रोन के अवलोकन से यदि किसी भी एक परिवार में अतिरिक्त सदस्य नज़र आते तो वही घर छुपे आतंकवादियों का ठिकाना होना था।

ये छः से सात ड्रोन पाम्पोर के ऊपर आसमान में दो दिन तक मंडराते रहे थे।

दूर आसमान में, बादलों से बस थोड़ा नीचे ही मंडराते हुए ड्रोंस के शक्तिशाली कैमरों ने तीनों घरों की लागातार स्कैनिंग से यह सुनिश्चित कर दिया था कि किस शकूर अहमद के घर में अतिरिक्त सदस्य हैं। टार्गेट वाला घर तय होते ही ऑपरेशन की अंतिम योजना को साकार रूप दिया जाने लगा।

लॉक-डाउन की विकट स्थति थी। यहाँ तक कि सुरक्षा बलों को भी सरकारी आदेशानुसार बड़े ग्रुप में कार्रवाई करने की अनुमति नहीं थी।

"प्रतीक, पाम्पोर किस पुलिस थाने के अंदर आता है पता करो और कौन है एसपी इन्चार्ज उस इलाक़े का, ये भी मालूम करो। वी विल हैव टू इन्वॉल्व सिविल एडमिनीस्ट्रेशन एंड पुलिस फ़ॉर दिस ऑपरेशन नाउ। और कोई रास्ता नहीं है हमारे पास।" बड़ी देर तक सोच-विचार के बाद कर्नल रंजन सहाय ने अपने सेकेंड-इन-कमांड को यह निर्देश जारी किया।

"सर पाम्पोर तो पुलवामा डिस्ट्रिक्ट में पड़ता है...ये तो मालूम है मुझे। पुलवामा का एसपी कौन है, अभी पता करता हूँ।" लेफ़्टिनेंट कर्नल प्रतीक सिन्हा ने तुरंत जवाब दिया और अपना मोबाइल उठाकर एक नंबर डायल करने लगे।

थोड़ी देर बाद ही उनके व्हाट्सएप पर पुलवामा के सुपरीटेंडेंट ऑफ़ पुलिस का पूरा बायोडाटा हाज़िर हो गया था।

अपने मोबाइल से लेफ़्टिनेंट कर्नल प्रतीक वो पूरा बायोडाटा पढ़ के सुनाने लगे-

"कुमार हेमन्त है सर, पुलवामा का एसपी अभी। डेढ़ साल पहले आया है। तीसरी पोस्टिंग है इसकी। इससे पहले बारामुला और कुपवाड़ा में दो-दो साल काट चुका है। दो हज़ार ग्यारह बैच का है सर। भागलपुर, बिहार का रहने वाला है। कश्मीर कैडर इसका फ़र्स्ट च्वाइस था। कुपवाड़ा में इसने चार-पाँच ऑपरेशन अच्छे किए हैं। बहुत ही पॉजिटिव बंदा है सर, जैसा कि फ़ीडबैक मिला है, एकदम प्रो-आर्मी है। आर्मी में एजुकेशन जेसीओ थे इसके फ़ादर। सूबेदार रैंक से रिटायर हुए। शादी हो गई है, पाँच साल की बेटी है।"

"बढ़िया। शमशेर ये तो तुम्हारा बिहारी भाई निकला। मैं बात करता हूँ और उसके बाद तुम मिलकर आओ उससे और ऑपरेशन का प्लान फ़ाइनल करो।"

"रॉजर सर!" इतनी देर से अपने कमांडिंग ऑफ़िसर और सेकेंड-इन-कमांड के पूरे वार्तालाप में मूक दर्शक बने हुए समर प्रताप सिंह ने एकदम तत्परता से जवाब दिया।

"प्रतीक उसका नम्बर मिल गया है तो कॉल लगाओ। मैं अभी बात कर लेता हूँ।" कर्नल रंजन ने लेफ़्टिनेंट प्रतीक से मुख़ातिब होते हुए कहा।

"यस सर, नंबर भी मिल गया है, अभी लगाता हूँ।" कहते हुए सेकेंड-इन-कमांड ने व्हाट्सएप में मिले नंबर को डायल कर दिया।

थोड़ी देर रिंग होने के बाद उधर से कॉल उठाया गया और किसी गाड़ी के शोर के बीच आवाज़ आई-

"हैल्लो!"

"हैलो एम आय स्पीकिंग टू मिस्टर कुमार हेमंत?"

"हैल्लो, यस स्पीकिंग!"

"हाय...आय एम लेफ़्टिनेंट कर्नल प्रतीक सिन्हा स्पीकिंग फ़्रॉम हफ़्त चिनार। आय एम फ़्रॉम वन ओ वन पैरा। माय कमांडिंग ऑफ़िसर कर्नल रंजन सहाय विल लाइक टू स्पिक टू यू सर!"

"ओ हाय सर...श्योर श्योर, बात करवाइए प्लीज़!"

क्षण भर बाद ही मोबाइल कर्नल रंजन के हाथों में था।

"हाय हेमन्त...दिस इज कर्नल रंजन। हाउ डू यू डू? कुछ अर्जेंट बात करनी थी तुमसे।"

"जय हिन्द सर...प्लीज़ बताइए ना। हाउ कैन आई हेल्प...एनीथिंग फ़ॉर यू सर। आप और आपकी बटालियन तो कमाल का काम कर रही है इधर वैली में सर। कब से सोच रहा था मैं आपसे आकर मिलने को। बताइए ना सर।" उधर से आ रही एसपी पुलवामा की आवाज़ बहुत ही मृदल और सौम्य थी।

"एक और कमाल का काम होने वाला है हेमन्त, जिसमें तुम्हारी मदद चाहिए। पाम्पोर की एक सॉलिड ख़बर है।"

"पाम्पोर की? माय गुडनेस मेरे इलाक़े की ख़बर और मुझे ही ख़बर नहीं सर।"

"हाहाहा...हाँ, मेरी बटालियन में एक ज़ब्बर यंगस्टर आया है। उसकी इन्फ़ॉर्मर ने ख़बर दी है। एकदम सॉलिड ख़बर है। लेफ़्टिनेंट शमशेर ख़ान मिलेगा तुमसे आकर और बाक़ी प्लान डिस्कस कर लेगा।"

"सर मैं श्रीनगर ही आया हुआ हूँ। आप कहें तो उधर ही आ जाऊँगा हफ़्त चिनार में। फिर बैठकर प्लान कर लेते हैं सर।"

"अरे बहुत ही बढ़िया ये तो। देन कम ओवर एंड हैव लंच विद अस।"

"ठीक है सर। आधे घंटे में पहुँचता हूँ।"

थोड़ी देर बाद ही पुलवामा के एसपी साब की गाड़ी हफ़्त चिनार कैंट के अंदर प्रवेश कर रही थी। उन्हें सीधे ऑप्स रूम ही लिवा लाया गया।

"हैलो हेमन्त, वेलकम!" कर्नल रंजन ने उठकर हाथ मिलाते हुए कुमार हेमन्त का स्वागत किया।

"जय हिन्द सर... थैंक यू सो मच। पहली बार किसी आर्मी ऑप्स रूम में आया हूँ सर। तो यहाँ से बैठकर सारे ख़ून-ख़राबे की प्लानिंग होती है सर?" कुमार हेमन्त ने अपनी निगाहें ऑप्स रूम में चारों तरफ़ फिराते हुए कहा।

"हाहा... बिल्कुल। हमारी बटालियन के क्रूर क़ातिलों से मिलो। ये हैं लेफ़्टिनेंट कर्नल प्रतीक सिन्हा, शौर्य चक्र... मेरा टू-आई-सी और इससे मिलो ये है मेरा पर्सनल ब्रह्मोस मिसाइल... लेफ़्टिनेंट शमशेर ख़ान।" कमांडिंग ऑफ़िसर ने सबसे उनका परिचय करवाया।

थोड़ी देर की औपचारिक बातचीत और कॉफ़ी वगैरह आ जाने के बाद, कर्नल रंजन सहाय ने समर साब से मुख़ातिब होते हुए कहा-

"शमशेर तुम ज़रा ब्रीफ में बताओ सारा कुछ और फिर हम लोग कुमार हेमन्त के साथ प्लानिंग करेंगे कि कैसे कैरी आउट करना है इस ऑपरेशन को।"

"यस सर!" समर प्रताप सिंह चुस्ती के साथ अपनी कुर्सी से उठते हुए बोले।

सामने बड़े स्क्रीन पर पाम्पोर का सैटेलाइट इमेज धीमी गति में घूम रहा था। स्क्रीन के दाहिने कोने में लेफ़्टिनेंट समर प्रताप सिंह खड़े थे।

दोनों पैर लगभग दस इंच खुले हुए। शरीर का संतुलन दोनों पैर पर बराबर। दोनों हाथ पीछे एकदम खिंचे हुए। दाहिनी हथेली पर बाईं हथेली रखी हुई और बाएँ हाथ के अँगूठे पर दाएँ हाथ का अँगूठा।

किसी फ़ौजी के विश्राम में खड़े होने का विशिष्ट तरीक़ा अपने सर्वोत्तम रूप में द्रष्टव्य था या कि क़त्ल का पूरा सामान अपने सबसे लुभावने रूप में?

कहना मुश्किल था!

"मे आई हैव द परमिशन टू बिगिन सर?"

"यस शमशेर प्लीज़ गो अहेड!" कर्नल रंजन ने अपना सर सहमति में हिलाते हुए कहा।

"सर स्क्रीन पर पाम्पोर का लेटेस्ट सैटेलाईट इमेज है। इसके नॉर्थ कॉर्नर पर है छोटा-सा गाँव- लालपोरा। हमारे डेटा के अनुसार लालपोरा की पॉपुलेशन फ़ोर्टीन हंड्रेड सेवेंटी टू लोगों की है एंड देयर आर टोटल नाइन्टी टू हाउसेस इन दिस विलेज।" समर साब बोलते जा रहे थे और उनके हाथ में थमा हुआ लेज़र पॉइंटर सामने के स्क्रीन पर इंगित भी किये जा रहा था। उसी पॉइंटर के एक कंट्रोल बटन से पाम्पोर का इमेज अब ज़ूम-इन होता हुआ बस लालपोरा इलाके को दिखाने लगा।

"परसों सुबह की ख़बर के अनुसार पाम्पोर के आगे उत्तर की तरफ की पहाड़ी पर छुपे चार टेररिस्ट, वहाँ से उठकर इधर लालपोरा में आ छुपे हैं। लॉक डाउन की वजह से इन टेररिस्ट को राशन-पानी मिलना मुश्किल हो आया था। अकोर्डिंग टू माय इन्फ़ॉर्मेर, दे आर हाईडिंग इन द हाउस ऑफ़ सम शकूर अहमद। हमारे डेटा के अनुसार लालपोरा में तीन शकूर अहमद रहते हैं। टार्गेट हाउस को फ़िक्स करने के लिए हमने पिछले अड़तालीस घंटे में इस पूरे इलाक़े की ड्रोंस से स्कैनिंग की। इरादा बस यही था कि जिस शकूर अहमद के घर में हमारे पास अवेलेबल डेटा से एडिशनल फ़ैमिली मेम्बर्स नज़र आएँगे, उसी घर में टेररिस्ट छुपे होंगे। ड्रोन स्कैनिंग से कन्फर्म हुआ हाउस यह है।"

पॉइंटर का बटन दबा और इमेज ज़ूम इन होता हुआ एक छोटे-से घर को पूरे स्क्रीन पर ले आया।

"इस शकूर अहमद के घर पर आठ मेम्बर्स होने चाहिए। शकूर अहमद, उसकी बीवी, उसकी माँ, तीन बेटियाँ, जिनकी उम्र दस साल से तेरह साल की है और दो बेटे, जिनकी उम्र पंद्रह और सत्रह साल है। ड्रोंस की स्कैनिंग में हमें चार और लोग दिखे हैं घर में। सो दिस इज़ आवर टार्गेट हाउस।"

लेज़र पॉइंटर का लाल धब्बा स्क्रीन पर मौजूद घर के इर्द-गिर्द नृत्य कर रहा था।

स्क्रीन पर जगमग कर रहा घर- एक आम-सा कश्मीरी घर था। चारों तरफ़ टीन के बाड़े से घिरा हुआ। छोटा-सा अहाता घर के सामने। एक बरामदा और जिसके तुरंत बाद अंदर खुलने वाला एक दरवाज़ा। सामने की दीवार पर दो खिड़कियाँ और छत पर सूखते हुए अनाज।

"क्या ही टेक्नोलॉजी आ गई है सर। मज़ा ही आ गया यह देखकर।" कुमार हेमंत ने आश्चर्य में अपना सर दाएँ से बाएँ हिलाते हुए कहा।

"आई टेल यू कुमार। वरना हमारी जवानी के दिनों में तो हम एक-एक घर की ख़बर निकालने में ही रह जाते थे। अब तो सारे डिटेल्स फ़िंगर टिप्स पर मिल जाते हैं।" कर्नल रंजन ने कहा।

लेफ़्टिनेंट समर प्रताप सिंह वापस अपनी उसी क़ातिलाना विश्राम की अवस्था में आ गए थे।

"तो कैसे करना है सर ये ऑपरेशन?" कुमार हेमंत ने पूछा।

"तुम बताओ एसपी साब! व्हाट इज़ द बेस्ट सिनारियो हेयर? लॉक डाउन का कंडीशन नहीं होता तो हमने अब तक टपका दिया होता इन चारों को।" कर्नल रंजन ने मुस्कुराते हुए कहा।

"वो तो ठीक कह रहे हैं आप सर। इस सिचुएशन में आप लोगों का क्लासिकल मिलिट्री ऑपरेशन तो पॉसिबल नहीं है। दूसरी बात ये कि मैं इस

इलाक़े में कई बार गया हुआ हूँ। इमेजेज में भी देख ही रहे हैं आप कि कितनी सारी गलियाँ हैं और घर सारे के सारे आपस में लगभग गुत्थम-गुत्था से हैं।" कुमार हेमंत ने स्क्रीन पर निगाहें टिकाये कहा।

"सर, मेरे पास एक आइडिया है। कल मैंने और शमशेर ने डिस्कस भी किया था इस ऑप्शन को डिटेल में।" लेफ़्टिनेंट कर्नल प्रतीक सिन्हा ने बातचीत का सिरा थामते हुए कहा।

"हाँ बताओ ना प्रतीक!"

"सर वी कैन गो इन डिस्गाइज़ ऑफ़ हेल्थ वर्कर्स। कोविड से रिलेटेड कुछ सर्वे या सप्लाय वगैरह लेकर जा सकते हैं। तीन से चार छोटी-छोटी टीम्स जाएँगी सर। एसपी साब भी अपने कुछ बन्दे दे देंगे हमें जो उधर के लोकल पुलिस वाले हों। मेन टीम सीधे शकूर अहमद के घर पर जाएगी। बस वहीं एक्शन!"

"फ़ेंटाबुलस प्रतीक! सॉलिड प्लान है। क्या कहते हो कुमार?" कर्नल रंजन एकदम से उत्तेजित हो गए थे।

"साउंड्स डैम गुड सर। तीन-चार टीम मेरी हो जाएँगी, जिसमें एक्चुअल हेल्थ वर्कर्स शामिल रहेंगे। बाक़ी में एक्शन टीम आपके कमांडो की हो जाएगी।" कुमार हेमन्त ने जवाब दिया।

"व्हेरी गुड! व्हाट डू यू से यंग मैन?" कमांडिंग ऑफ़िसर ने लेफ़्टिनेंट साब को प्यार भरी नज़रों से घूरते हुए पूछा।

"वी विल डू इट दिस वे ओनली सर!" लेफ़्टिनेंट साब ने विश्राम से तुरंत सावधान में आते हुए जवाब दिया।

"ओके गुड! देन प्रतीक फ़ाइनल करो इसी प्लान को तुम और शमशेर मिलकर एंड लेट्स किल दोज़ बास्टर्ड्स टुमारो!"

"हू या सर!" लेफ़्टिनेंट कर्नल प्रतीक सिन्हा और लेफ़्टिनेंट समर प्रताप सिंह, दोनों के मुँह से एक साथ जुमला निकला।

"चलो कुमार... मेस चलते हैं। बियर पिलाते हैं तुमको उधर ही, लंच से पहले।" कर्नल रंजन सहाय ने उठते हुए सभा को विसर्जन करने का इशारा दिया।

घर-घर में बारूद भरा गली-गली बंदूक
झेलम की तलहट्टी से उठती कैसी हूक

अगले दिन हफ़्त चिनार कैंट से सुबह-सुबह एक एम्बुलेंस निकली पाम्पोर के लिए। टाटा विंगर की एम्बुलेंस के अंदर मरीज नहीं, 101 पैराशूट रेजीमेंट के छ: कमांडो बैठे थे। लेफ़्टिनेंट समर प्रताप सिंह के साथ उनका बड्डी पैराट्रूपर राकेश और चार अन्य कमांडो, आम से जींस और टीशर्ट में थे। ठीक चालीस मिनट बाद यह एम्बुलेंस पाम्पोर के एसपी ऑफ़िस के परिसर में दाख़िल हो रही थी।

"आओ आओ लेफ़्टिनेंट साब...वेलकम टू माय हम्बल एबोड!" कुर्सी से उठते हुए कुमार हेमंत ने बहुत ही गर्मजोशी से समर साब का स्वागत किया।

"जय हिन्द सर...कितना आलीशान ऑफ़िस है। वाओ! आपका ये एबोड इतना भी हम्बल नहीं है सर।" एसपी पुलवामा के ऑफ़िस की चमक-दमक देखकर समर प्रताप सिंह दंग थे।

"हाहाहा...सब सरकार का है शमशेर। आओ बैठो! ब्रेकफ़ास्ट तो नहीं किए होगे, इतनी जल्दी निकले हो हफ़्त चिनार से? क्या मँगवाऊँ?"

"न न सर। फ़ौज का उसूल है कहीं भी निकलो, ब्रेकफ़ास्ट कर के निकलो! दो मोटे-मोटे आलू के पराठे चेपकर निकले हैं सर हम।"

"हाहाहा...ओके बढ़िया! कॉफ़ी तो पियोगे ना?"

"हाँ सर, वो तो पक्का से पिएँगे!"

"ऑल राइट देन! अभी तुमको इधर की ज़बरदस्त फेंटी हुई कॉफ़ी पिलाते हैं। बरिस्ता को भी मात देता है अपना बंदा इधर का।"

"अरे वाह सर...फिर तो रोज़ ही आना पड़ेगा हमको इधर आपके ऑफ़िस।"

"अरे अरे बिलकुल! आज के बाद से तुम्हारा ही ऑफ़िस है प्यारे। कर्नल रंजन बहुत तारीफ़ कर रहे थे तुम्हारी। पता चला तुम भी बिहार से हो।"

"जी सर। पटना से!"

"हाँ हाँ, सब पता चला तुम्हारे बारे में...समर प्रताप सिंह। हा हा हा!"

"सर!!!" समर साब चौंककर जैसे उछल ही पड़े थे अपनी कुर्सी से।

"हाँ प्यारे, मुझे मालूम है। तुम्हारे सीओ साब ने ख़ुद ही शेयर की ये बात। वेल डन प्यारे! फ़िकर नॉट, योर सीक्रेट इज़ सेफ़ विद मी!"

"अब जब सर आपको सब पता चल ही गया है तो...तो क्या ही बोलें हम।"

"एक तो तुम्हारा ये 'हम' बोलना इतना क्यूट है ना कि क्या ही बोलूँ। अपनी मिट्टी की महक आती है।"

"जी सर...बचपन से ही चिपका रह गया ये- हम। इंडियन मिलिट्री एकेडेमी में भी बहुत मज़ाक उड़ाते थे सब कैडेट्स लोग हमारा।"

"वो अपन बिहारियों को हर जगह झेलना ही पड़ता ये सब। मैं भी जब आई.ए. एस. एकेडमी में था...पूरे बैच में मेरे अलावा सोलह और बिहारी थे। लेकिन हम सब लोगों को बिहारी ही बुलाया जाता था, सीनियर्स के द्वारा।"

"आई कैन इमेजिन सर!"

"प्यारे तुम तो ठाकुर सुदर्शन के इकलौटे बेटे हो यार। कर्नल रंजन ने जब बताया तो मैंने बोला...हैं! ये लड़का फ़ौज में कैसे आ गया और वो भी पैरा कमांडो बनकर।"

"उनकी सल्तनत हम पर नहीं चलती है सर!" कैसा तो कड़वा-सा स्वाद आ गया था समर साब के मुँह पर पिता का ज़िक्र होते ही।

"हम्म... रक्षा राज्यमंत्री हैं अब तो ठाकुर साब। फ़ौज पर आधी हुकूमत तो चलती ही होगी प्यारे!"

"चलती होगी सर...आई डोंट गिव अ डैम!" समर साब की कड़वाहट बरक़रार थी।

"कुछ सीरियस हार्ट-बर्न लग रहा बाप-बेटे के बीच?"

"छोड़िये न सर। कैसे करना है आज का एक्शन? आई एम अंडर योर कमांड सर।"

"हाँ! तो प्लान के अनुसार मेरे कुछ चुनिन्दा पुलिस के बन्दे और साथ में पुलवामा के तमाम कोविड हेल्थ-सेंटर्स के नर्सिंग एम्प्लाइज़ को मिलाकर एक दर्जन टीमें तैयार हैं। सारी टीम में चार-चार बन्दे हैं...पुलिस और हेल्थ-वर्कर्स की मिक्स टीम। कल शाम में ही मैंने हफ़्त चिनार से लौटने के बाद इधर पुलवामा के पाँच गाँवों में, जिसमें लालपोरा शामिल है, नोटिस भिजवा दिया था कि कोविड टीम आएगी सर्वे करने और कोविड के सिम्पटम्स का इंस्पेक्शन होगा। ये सारी टीमें अभी बस निकली हैं। लालपोरा के साथ-साथ उसके आस-पास के चार गाँवों में भी इसी में से दो-दो टीम जा रही हैं ताकी लालपोरा वालों के मन कोई शक न पैदा हो। एक टीम तुम्हारी और तुम्हारे कमांडोज़ की होगी। यानी कि लालपोरा में तुम्हारी टीम मिलाकर टोटल चार टीम होगी। तुम्हारी टीम के लिए भी पीपीई किट तैयार है। उसी को पहनकर जाना तुम लोग भी। ऑथेंटिक भी लगेगा और वेपन्स छुपाने में भी आसानी होगी।"

"दैट्स ग्रेट, सर। हमारे दो ड्रोंस भी ऑलरेडी ऊपर पहुँच गए हैं। शकूर अहमद के घर की लाइव स्कैनिंग चल रही है।"

"बढ़िया, फिर तुम लोग तैयारी करो। बगल वाले रूम में तुम लोगों का पीपीई किट रखा हुआ है।"

"रॉजर दैट, सर।"

एसपी साब के चैम्बर के बगल में ही पाम्पोर पुलिस हेडक्वार्टर्स का छोटा-सा ऑप्स रूम था। जब समर साब उस रूम में दाख़िल हुए तो उनकी टीम के बाक़ी पाँच कमांडो पहले से ही बैठे हुए थे।

"क्या कर रहे हो तुम लोग? चलो तैयारी करो। उठो!"

"लेफ़्टिनेंट साब ये...ये पहन कर जाएँगे हम लोग?" पैराटूपर राकेश अपने हाथ में पीपीई कीट का एक बड़ा-सा पैकेट उठाये सवालिया निगाहों से समर साब की तरफ़ देख रहा था।

"हाँ...राकेश। इसी में जाना है। फ़टाफ़ट तैयार हो और हमारे लिए भी निकालो एक किट।"

चंद पलों में सारे कमांडोज़ अपने जींस और टी-शर्ट के ऊपर सफ़ेद रंग के पीपीई किट डाले तैयार थे। ऊपर से नीचे तक उजले रंग का ढीला-ढाला लबादा। सर पर उजले रंग के स्कल कैप। नीचे सफ़ेद ट्राउज़र के ऊपर सफ़ेद रंग का ही लंबा बूट। हाथों में नीले रंग के दस्ताने।

"साब एक बात कहूँ...अपनी पूरी इंडियन आर्मी में ऐसा ऑपरेशन पहली बार होगा। कोविड वाले इस ड्रेस में साब मैं तो नर्स बन गया हूँ। कमांडो हूँ मैं साब...कमांडो। राइफ़ल कैसे चलेगी इसमें लेफ़्टिनेंट साब?" ये नायक नेतराम था।

"इसमें नहीं चलेगी राइफ़ल तो फिर काहे के कमांडो नेतर? हैं?" समर साब ने छेड़ते हुए कहा।

"हा हा...जी साब ये भी ठीक कहा आपने।"

"तो तैयार हो सब?" समर साब की आवाज़ एकदम से बुलंद हो गई थी।

"जी साब!" पाँचों कमांडोज़ का समवेत स्वर उस छोटे ऑप्स रूम में गूँज उठा।

"ओके गुड! तो ऐसा है कि जैसा नायक नेतराम ने कहा यह वाकई अपनी तरह का अनूठा ऑपरेशन होगा। जब पूरा विश्व कोरोना से लड़ रहा है तब हम लोग आज कश्मीर घाटी के चार ज़िंदा वायरस को ख़तम करने जा रहे हैं। यह ऑपरेशन एक उदाहरण बनेगा भारतीय सेना के इतिहास में। सीओ साब ने आप पाँचों के साथ हम पर भी भरोसा जताया है। हम सब ख़ुशनसीब हैं कि हम लोग चुने गए हैं, एक ऐसे ऑपरेशन के लिए, जिसे आज से पहले कभी नहीं किया गया है और हमको लगता नहीं कि आने वाले भविष्य में ऐसा

कभी किया भी जाएगा। तो उधर से हार के आने का सवाल ही नहीं है। चारों हरामज़ादों को मारकर आना है और अपने किसी भी बन्दे के जिस्म पर हमको एक खरोंच तक नहीं चाहिए। बस!" समर साब साँस लेने के लिए रुके।

"ऐसा ही होगा साब!" पाँचों कमांडोज़ को जैसे एक सुर का आलाप दे दिया गया हो।

"ज़मीनी सिचुएशन ये है कि हमलोग यहाँ से लालपोरा गाँव में जाएँगे। उस गाँव के एक शकूर अहमद के घर पर चार हरामज़ादों के छुपे होने की ख़बर है। अपने ड्रोंस ने इस ख़बर को कन्फ़र्म भी कर दिया है। हम लोग कोविड सर्वे टीम बन के जा रहे हैं। अपने साथ लालपोरा में पुलिस और सिविल हेल्थ डिपार्टमेंट की मिली-जुली तीन टीम और होगी। लालपोरा के साथ-साथ आस-पास के तीन से चार गाँवों में भी ऐसी अलग-अलग टीम जा रही है। अभी तक की ब्रीफ़िंग में किसी को कोई शक?"

"नहीं साब!" पाँच स्वर फिर एक साथ गूँजे।

"गुड! अपनी टीम सीधे शकूर अहमद के घर को ही हिट करेगी। शकूर अहमद के घर में कुल आठ मेम्बर हैं...शकूर अहमद और उसकी बीवी, उसकी माँ, तीन बेटियाँ और दो बेटे। उसके अलावा जो भी चार लोग होंगे, वो आप लोगों को पता ही है कि कौन होंगे। नायक नेतर और हवलदार जोगा... आप दोनों टार्गेट हाउस पहुँचते ही, घर की चारदीवारी के बाहर गेट के दाएँ-बाएँ पोजीशन लेंगे। बाक़ी लोग मेरे साथ घर के अंदर जाएँगे। हमें घर के सारे मेम्बर्स को बाहर निकालना है और उनका टेम्प्रेचर वग़ैरह देखने की एक्टिंग करनी है। उसी कार्रवाई के दौरान मौक़ा देखते ही हमें उन चार हरामज़ादों को निबटाना है। नेतर और जोगा को छोड़कर बाक़ी सब लोग अपने राइफ़ल्स एम्बुलेंस में ही छोड़ देना। हम लोग बस अपनी पिस्टल लेकर चलेंगे। पिस्टल को सब लोग बाएँ हाथ पर स्ट्रैप कर लें- पीपीई ट्यूनिक के नीचे। नेतर और जोगा... आप दोनों की राइफ़ल भी छिपी ही रहनी चाहिए- जब तक फ़ायर-फ़ाईट शुरू नहीं हो जाता। अभी तक सब क्लियर है?" समर साब ने साँस लेते हुए पूछा।

“एकदम क्लियर है, साब।” फिर से पाँच लोगों की आवाज़ें एक सुर में गूँजीं।

“फ़ायर-फ़ाईट तो होगा। हमको नहीं लगता कि ऑपरेशन इतना आसान होगा, जितना अभी सुनने में लग रहा। अंदर जाने के बाद जब हम सबका टेम्प्रेचर ले रहे होंगे, उसी वक़्त मौक़ा देखकर हमें उन चारों को निबटाना होगा। हमको नहीं पता, वो सिचुएशन कब और कैसे आएगी हमारे सामने। जब भी आएगी, जैसे भी आएगी...अपन चारों को एक साथ एक-एक को निशाना बनाना है। कौन किसको निशाना बनाएगा, वो वहीं ख़ुद ही उस वक़्त डिसाइड होगा, सिचुएशन के हिसाब से। अपने दो ड्रोंस उधर पहुँच गए हैं और लाइव फ़ीड चल रही। अपनी टीम का पाम-पैड किसके पास रहेगा?”

“मेरे पास है साब!” पैराट्रूपर गोविन्द ने हाथ उठाते हुए कहा।

“बढ़िया। उसको ऑन कर लो अब और ड्रोंस के साथ सिंक कर लो। किसी को कोई शक या सवाल?”

“नहीं साब!”

“बढ़िया! तो तैयार हैं सब? चलो जयकारा लगाओ!”

और फिर उस छोटे ऑप्स रूम की छत...

“कालिका माता की जय!

101 पैरा की जय!

भारत माता की जय!”

...की हुंकार से उड़ने-उड़ने को हो आई थी।

~~~
~~~

पाम्पोर पुलिस हेडक्वार्टर के ऑप्स रूम से सफ़ेद पीपीई किट में बाहर निकलते हुए छ: के छ: कमांडो एक अजीब-सा दृश्य उत्पन्न कर रहे थे।

कुमार हेमंत अपनी हँसी नहीं रोक पाए...

"हा हा हा...कौन कहेगा कि ये इंडियन आर्मी के एलिट किलर्स हैं। क्यों शमशेर?"

"हा हा...जी सर! आते हैं थोड़ी देर में काम निबटा के सर, फिर एक और कॉफ़ी पिएँगे।"

"ज़रूर! जल्दी आओ! अभी थोड़ी देर पहले तो लगा कि मेरे ऑप्स रूम की छत ही उड़ा दोगे तुमलोग अपने जयकारे से...हा हा हा! चलो, ऑल द बेस्ट!"

"थैंक यू सर!"

एम्बुलेंस लालपोरा की तरफ़ निकल पड़ी थी। मुख्य सड़क छोड़कर ज्यों ही एम्बुलेंस ने गाँव की पतली सड़क को पकड़ा, एकदम से समर प्रताप सिंह के सीने में बहुत भीतर कहीं धम-धम की आवाज़ ज़ोर पकड़ने लगी। उन्हें यूँ लग रहा था कि कुछ तो बाहर निकल आएगा सीने से। एड्रेनलिन का बाढ़-सा जो उमड़ रहा था रगों में, वो सफ़ेद चोगे के अंदर पूरे जिस्म को पसीने की शक्ल में आकर भिगो रहा था।

"सब के सब अपने वेपन्स कॉक कर लो। चेंबर में राउंड...सेफ़्टी कैच ऑन!"

"जी साब!"

"पाम पैड सिंक है ड्रोंस के साथ गोविन्द? नज़र रखो उधर।"

"सिंक है साब। लाइव फ़ीड आ रहा। अभी तक सब नॉर्मल दिखा रहा है। हेल्थ वाली दो टीम टार्गेट हाउस के आस-पास वाले घरों में दिख रही है साब।"

"ओके बढ़िया! चलो दोस्तों। टाइम आ गया!"

एम्बुलेंस एक पतली गली के मुहाने पर आकर रुक गई थी। पीछे का दरवाज़ा खुला और छ: स्वास्थ्य-कर्मी बाहर निकले। सबके हाथों में उजले रंग का छोटा-सा बक्से-नुमा डब्बा था, जिसमें शरीर का तापमान नापने वाले डिजिटल थर्मोमीटर के अलावा कुछ इंजेक्शन और ज़रूरी दवाइयाँ थीं।

रास्ते में ही एक सब-इन्स्पेक्टर, जो कि ख़ुद भी सफ़ेद चोगे में ही था, ने समर प्रताप सिंह के कानों में आकर फुसफुसाते हुए शकूर अहमद के घर को इंगित किया।

"गोविन्द तुम पाम पैड अब जोगा को दे दो। जोगा और नेतर, आप दोनों दरवाज़े के बाहर पोजीशन ले लो।"

शकूर अहमद के घर के पतले टीन से घिरी चारदीवारी के पास पहुँच कर, लेफ़्टिनेंट समर प्रताप सिंह ने ऊपर आसमान में ड्रोंस की दिशा में देखते हुए हवा में सैल्यूट किया। वहाँ से कई किलोमीटर दूर हफ़्त चिनार कैंट में एक 101 पैराशूट बटालियन के ऑप्स रूम में बैठे हुए कर्नल रंजन सहाय उस सैल्यूट को देखकर प्यार से मुस्कुराए और हलके-से ख़ुद से ही बुदबुदाए...

"ऑल द बेस्ट ब्वॉय!"

समर प्रताप सिंह अपने तीन अन्य कमांडोज़ के साथ शकूर अहमद के अहाते में प्रवेश कर चुके थे।

"सलाम आलेकुम... तुहुंड कया चू हल?" कश्मीरी भाषा में पारंगत गोविन्द ने शकूर अहमद के बाहर आते ही पूछा।

"बोहुत सास..आदाब! कया चू यिवान?" पतला-दुबला शकूर अहमद अपनी मेहँदी लगी हुई दाढ़ी के पीछे से बोला।

"कोरोना का सर्वे और मोनिटरिंग है। टेम्परेचर देखेंगे सबका। घर के लोगों को बाहर बुला लो।"

"जी जनाब!"

थोड़ी देर में ही एक-एक करके परिवार के सदस्य बाहर आने लगे। शकूर अहमद की बीवी एक बूढ़ी औरत के साथ धीरे-धीरे बाहर आई। उसके

पीछे-पीछे तीनों बेटियाँ। फिर दो अनजान लोग थे, जिनकी तस्वीरें शकूर अहमद के परिवार के डेटा वाली तस्वीरों में नहीं थी- थोड़ी लम्बी कद-काठी, पतला जिस्म, बढ़ी हुई दाढ़ी। दोनों ने ही फ़िरन पहना हुआ था।

समर प्रताप सिंह की दिल की धड़कनें जैसे पूरे लालपोरा में गूँज रही थीं। उनकी तीक्ष्ण निगाहों ने निश्चित रूप से उन दोनों अजनबियों की फ़िरन के अंदर उभार को महसूस किया। दिमाग़ में एकदम से चेतावनी दहकी एके 47 के होने की।

पल भर बाद ही दोनों बेटे एक और अजनबी के साथ बाहर निकले। यह तीसरा अजनबी सामान्य कुरते-पैजामे में था।

"बस? और कोई है?" गोविंद ने पूछा।

"जी जनाब एक और मेहमान है। वो अभी ग़ुस्ल-ख़ाने में है।"

"अच्छा ठीक है। आप सब इधर एक लाइन में खड़े हो जाएँ। हम और हमारी टीम आप सबका टेम्प्रेचर देखेगी। हम लोग रिकॉर्ड करेंगे। किसी को कोई कोरोना रिलेटेड परेशानी है तो बताएँगे...सर्दी, खाँसी, फ़ीवर वगैरह। सबको खाने में टेस्ट लग रहा? स्मेल आ रही सबको? जिनको भी ये सब फ़ील हो रहा, अभी बताएँगे। हम लोग मेडिसीन लेकर आए हैं।" गोविंद चालू था लगातार।

उधर समर साब की दुश्वारी दूसरी ही थी। दो आतंकवादियों के पास निश्चित रूप से एके 47 थी। एक निहत्था था। और तीसरे का पता नहीं- जो अंदर से अभी तक बाहर नहीं निकला था।

चारों कमांडोज़ में इशारों-इशारों में ही यह परेशानी साझा हो चुकी थी।

निर्णय समर साब को लेना था।

ख़तरा गंभीर था।

शकूर अहमद के परिवार वाले भी गोलियों की जद में आ सकते थे।

उलझन बड़ी थी।

वक़्त कम था।

और दिल था कि कमबख़्त पूरे ज़ोर-शोर से गला फाड़कर चिल्ला रहा था।

समर साब को ये भी डर था कि दिल का ये चिल्लाना कहीं सामने खड़े आतंकवादियों को ना सुनाई दे जाए।

पैराट्रूपर राकेश और गोविन्द अपने-अपने मेडिकल बॉक्स से इन्फ्रारेड वाला थर्मोमीटर निकालकर एक-एक सदस्य के माथे पर सटा कर उनका तापमान रिकॉर्ड करने के उपक्रम में जुट गए थे।

कुछ देर सोचने के बाद लेफ़्टिनेंट समर प्रताप सिंह अपना मेडिकल बॉक्स उठाकर पंक्ति के दाहिने तरफ़ को बढ़ गए, जिस तरफ़ दोनों बेटे और वो तीनों आतंकवादी खड़े थे।

उनका इशारा पाकर चौथा कमांडो लांस नायक खुशहाल सिंह भी उनके पीछे हो लिया।

आस-पास की हवा जैसे साँस लेना भूल गई थी।

एक अजीब-सा सन्नाटा जैसे समर साब के कानों में पसर आया था।

उनके पीछे चल रही तापमान मापने की खचर-पचर एकदम से गायब हो गई थी।

सब कुछ धुँधला-सा हो गया था समर साब के इर्द-गिर्द।

उनके पैर जैसे टनों वजनी हो गए थे और वो मानो एकदम धीमी गति में मेडिकल बॉक्स उठाए आगे बढ़ रहे थे।

दूरी कम हो रही थी।

उन्हें ख़ुद नहीं पता था कि उनका अगला क़दम क्या होने वाला है।

मन-मस्तिष्क में गुपचुप-सी अदृश्य गणना चल रही थी...

"चौथा आतंकवादी किधर है? अभी तक बाहर क्यों नहीं आया है वो? वो अगर पंक्ति में खड़े पहले आतंकवादी को मारते हैं, तो उसके बगल वाले की प्रतिक्रिया क्या होगी?"

तीसरे के लिए वो बेफ़िक्र थे कि वो निहत्था था।

हर क़दम के साथ दूरी कम हो रही थी।

कम होती दूरी के साथ-साथ उत्पन्न होने वाली सारी परिस्थितियाँ एक-एककर तीव्र गति से दिलो-दिमाग़ में दौड़ रही थीं।

बस दो क़दम और...

समर साब ने मुड़कर अपने पीछे आते लांस नायक खुशहाल को देखा।

नज़रें मिलीं। पल के हज़ारवें से भी कम समय में जाने क्या तो आदान-प्रदान हुआ दोनों की निगाहों में।

क़दम रुके समर प्रताप सिंह के।

वो झुके।

झुककर मेडिकल बॉक्स को ज़मीन पर रखा।

बॉक्स खोलने का उपक्रम।

बस उपक्रम भर।

उसी झुकी हुई अवस्था में बाएँ हाथ के चोगे के अंदर छुपा हुआ ग्लोक 19 पिस्टल किसी काले नाग की तरह फुफकारता हुआ उनकी दाहिनी हथेली में आया।

बायाँ पैर दाहिने से थोड़ा आगे की ओर बढ़ा।

शरीर का वजन बाएँ पैर पर आता हुआ-

दाहिने हाथ में फुफकारता हुआ ग्लोक ऊपर उठा और बायाँ हाथ जैसे स्वचालित मशीन की तरह दाहिनी हथेली के नीचे आ बैठा।

सब कुछ उस वक़्त जैसे वहीं रुक गया था।

पूरी पृथ्वी ही।

सफ़ेद चोगे में खड़े लेफ़्टिनेंट समर प्रताप सिंह। आधा झुका हुआ शरीर। बायाँ पाँव थोड़ा बढ़ा हुआ और उसके पंजे दाहिनी तरफ़ मुड़े हुए। उसी के ठीक पीछे दाहिना पाँव। झुके हुए बदन के साथ छाती तक उठा हुआ और कुहनी से मुड़ा हुआ दाहिना हाथ। बंद मुट्ठी में काला चमचमाता हुआ ग्लोक।

दाहिनी बंद मुट्ठी के ठीक नीचे बाएँ हाथ की सख़्त हथेली नीचे से आधार देती हुई। दाहिने हाथ की तर्जनी का ग्लोक के ट्रिगर पर धीरे-धीरे बढ़ता दवाब-धायँ!

...बस एक गोली निकली और सामने खड़े आतंकवादी की गर्दन को चीरती हुई आर-पार निकल गई।

उसका मुर्दा शरीर अभी ज़मीन से टकराया भी नहीं था कि "अल्लाहो-अकबर" की तेज़ चीख़ के साथ बगल में खड़े आतंकवादी ने अपने फ़िरन के अंदर से एके 47 बाहर निकाली।

अभी उसका एके 47 हवा में ऊपर उठ ही रहा थी कि समर प्रताप सिंह का जिस्म थोड़ा दाएँ घुमा और ग्लोक का ट्रीगर लगातार तीन बार दबा...

धायँ! धायँ!! धायँ!!!

एक गोली छाती पर, दुजी मुँह पर होंठों के बीच कहीं और तीसरी ठीक माथे पर।

दूसरे आतंकवादी का मृत शरीर पहले के लगभग साथ-साथ ही ज़मीन पर गिरा।

फ़िर कोहराम मच गया उधर।

शकूर अहमद और उसकी बीवी, माँ और पाँचों बच्चे एक साथ ही अहाते के बाहरी दरवाज़े की तरफ़ चीख़ते हुए भागे।

तीसरा निहत्था आतंकवादी घर के अंदर की तरफ़ भागा।

तभी लांस नायक ख़ुशहाल का पिस्टल गरज उठा।

एक के बाद एक...चार गोलियाँ, जो भागते आतंकवादी की पीठ से टकराईं और वो घर के बरामदे की सीढ़ियों पर औंधा गिरा।

तभी घर के अंदर से धड़ाम की आवाज़ आई।

"साब वो पीछे से भाग रहा है।" नायक नेतराम की आवाज़ आई।

हवलदार जोगा और नायक नेतराम अब तक अहाते के अंदर आ गए थे।

"नेतर तुम पीछे जाओ। जोगा राइफ़ल दे अपनी।" समर साब चिल्लाए।

एक साथ कई घटनाएँ हुईं-

नायक नेतराम घोड़े की रफ़्तार में दौड़ता हुआ अहाते के दरवाज़े से बाहर निकला और घर के पीछे दौड़ पड़ा।

पैराट्रूपर राकेश और गोविन्द की पिस्टल निकलकर उनके हाथों में आ चुकी थी और दोनों बरामदे के पास दाएँ-बाएँ मुस्तैद हो चुके थे।

जोगा की हवा में उछाली हुई टैवोर राइफ़ल और समर साब की उछाली हुई ग्लोक एक दूसरे को पार करते हुए हाथों की अदला-बदली कर गए।

हाथ में टैवोर राइफ़ल लिए हुए समर साब घर के अंदर दौड़ लगा चुके थे जब जोगा की चीख़ पीछे से गूँजी-

"साब रुको। अंदर नहीं जाना है ऐसे। रुको साब। संभल के। अंदर नहीं जाओ। रुको आप...रुक...!"

लेकिन समर प्रताप सिंह किसी शापित प्रेत की तरह अंधाधुंध भागे जा रहे थे। उन्हें कुछ सुनाई नहीं दे रहा था। अंदर ख़तरा हो सकता था। तेज़ गति से वो टकराए घर के दरवाज़े से और अंदर दाख़िल हुए। अगले ही पल जुनून के ऊपर इंडियन मिलट्री एकेडमी और पैरा कमांडो की ट्रेनिंग ने अपना आधिपत्य जमा लिया था।

कठिन प्रशिक्षण से हासिल हुई शरीर की नैसर्गिक प्रतिक्रिया ने अंदर घुसते ही दीवार की ओट में छलांग लगाने को प्रेरित किया। दीवार की ओट से तीव्र निगाहों ने अवलोकन किया घर के अंदर के दृश्य को। पीछे की तरफ़ की खिड़की खुली थी और खुली खिड़की से पीछे के अहाते में लगा हुआ टीन की चारदीवारी का एक हिस्सा टूटा दिखाई दे रहा था।

"जोगा, वो पीछे वाली गली में भागा है। तुम सब बाहर से दूसरी तरफ़ से घेरो हरामज़ादे को।"

चिल्लाकर बोलते हुए समर साब उसी टूटे हिस्से से छलांग लगाते पीछे वाली गली में थे। एक बंदा गली में भागता हुआ दिखाई दे रहा था।

समर साब के पैरों में जैसे कोई रॉकेट आ लिपटा।

वो एक जुनूनी दौड़ थी। सामने भागते बन्दे के पास इस प्रशिक्षित कमांडो की दौड़ का कोई जवाब था नहीं। समर साब धीरे-धीरे नज़दीक हो रहे थे।

अचानक सामने दौड़ रहे बन्दे ने मुड़कर अपने एके 47 का मुँह खोल दिया। ढेर सारी गोलियाँ समर प्रताप सिंह के इर्द-गिर्द गली की दीवारों पर लगीं। प्रत्युत्तर में समर साब ने भी दौड़ते हुए अपने टैवोर का मुँह खोला। कुछ गोलियाँ लपकीं- सामने भागते हुए आतंकवादी की तरफ़। लेकिन निशाना चूक गया था। समर साब की रफ़्तार और बढ़ गई।

भारतीय सेना के एक पैरा-कमांडो की दौड़ और एक टुच्चे से आतंकवादी की दौड़ में कोई मुक़ाबला हो ही नहीं सकता था!

दूरी घट रही थी। समर साब बस अब रुककर उसे अपने निशाने पर लेने ही वाले थे कि-

जैसे चीख़-पुकार का कोई ज्वालामुखी फट पड़ा सामने।

गली के दाएँ-बाएँ घरों से बीसियों महिलाओं का झुंड शोर मचाता हुआ लेफ़्टिनेंट समर प्रताप सिंह के सामने आ खड़ा हुआ।

"व्हाट द फ़क्क!"

समर प्रताप सिंह के अवाक मुँह से बस यही तीन शब्द निकले।

अभी वो पूरी परिस्थिति को हजम भी नहीं कर पाए थे कि अगल-बगल के दो घरों की छतों से उनके ऊपर कुछ फेंका गया-

अजीब-सा कुछ धूल-धूल राख़-राख़-सा।

वो चौंककर ऊपर देखने ही लगे थे कि उन्हें अपने दाहिने कंधे पर जलन का तेज़ आभास हुआ। तत्क्षण उन्हें आभास हुआ कि उन पर फेंका हुआ पदार्थ धूल नहीं- जलती हुई काँगड़ी के सुलगते हुए अंगारे थे। गली के दाएँ-बाएँ वाले घरों की छतों से कुछ महिलाएँ जलती हुई कांगड़ी से अंगारे फेंक रही थीं नीचे। एक जलता हुआ अंगारा उनके दाहिने कंधे पर गिरा था, जो सफ़ेद पीपीई चोगे को जलाता हुआ और अंदर के टी-शर्ट को जलाता हुआ अब कंधे की चमड़ी को जला रहा था।

एक तरफ़ यह असहनीय जलन थी।

दूसरी तरफ़ सामने खड़ी महिलाओं की दीवार उनके और लक्ष्य के बीच बाधा बनी हुई थी।

जलते कंधे की पीड़ा, सामने खड़ी ऊल-जलूल बकती महिलाओं का हुजूम, उसके पार- दूर होता लक्ष्य।

सेकेंड से भी कम समय में एक प्रशिक्षित कमांडो की प्रतिक्रिया ने सारे विकल्पों का अवलोकन किया। अगले ही पल टैवोर हवा में उठा और ज़ोर के धमाके साथ कुछ गोलियाँ आसमान को चूमने निकल पडीं। टैवोर आगे झुकी और उसकी धमकाती हुई नली के डर से महिलाओं की भीड़ थोड़ी दाएँ-बाएँ हो गईं।

जलते कंधे की टीस को भूलता हुआ वो जुनूनी कमांडो दाएं-बाएं हुई महिलाओं की भीड़ में बने सूराख़ से आगे कूदा और अपने घुटनों के बल बैठ गया।

बायाँ घुटना उठा हुआ। दायाँ पैर आधा मुड़ा और जिस पर शरीर का आधा बोझ आ बैठा था। बाएँ हाथ की मुड़ी हुई कुहनी बाएँ घुटने पर और बाएँ हाथ की खुली हथेली पर टैवोर राइफ़ल का अगला हिस्सा आ टिका। दाहिने कंधे से राइफ़ल का पिछला हिस्सा आ चिपका। दाहिने हाथ की तर्जनी ट्रिगर पर और बाईं आँख बंद। दाईं आँख ने राइफ़ल के अगले हिस्से को सामने भागते हुए आतंकवादी की पीठ के साथ मिलाते हुए एक सीधी काल्पनिक रेखा खिंची...

...और ट्रिगर दब गया।

लगभग तीन हज़ार फ़ीट प्रति सेकेंड की रफ़्तार से निकली ढेर सारी गोलियों ने भागते हुए आतंकवादी की पीठ के परखच्चे उड़ा दिए।

लेफ़्टिनेंट समर प्रताप सिंह उठे। टैवोर को बाएँ हाथ से हवा में लहराते हुए ऊपर आसामान की तरफ़ देखा। उड़ते ड्रोंस को देखते हुए उन्होंने एक सैल्यूट मारा और ज़ोर से चीख़े-

“हू या!”

दूर हफ़्त चिनार में ऑप्स रूम के अंदर बैठे कर्नल रंजन सहाय ने “माय ब्वॉय” का उद्गार दिया और अपने सेकेंड-इन-कमांड लेफ़्टिनेंट कर्नल प्रतीक सिन्हा को उठाकर ज़ोर से गले लगा लिया। लेकिन अगले ही पल कर्नल रंजन ने चौंक कर अपने सेकेंड-इन-कमांड को झप्पी से आज़ाद किया और अकबकाये से सामने स्क्रीन की तरफ़ आँखें फाड़ कर देखने लगे।

उधर स्क्रीन पर समर प्रताप सिंह गली के एक मकान के अहाते में लगे टीन की चारदीवारी को टिकाये रखने के लिए गड़े हुए एक बड़े-से बाँस के खूँटे को ज़ोर-ज़ोर से हिला रहे थे।

“प्रतीक कर क्या रहा है ये लड़का?” कर्नल रंजन के मुँह से ये निकला ही था बस कि समर साब के हाथों में एक बड़ा-सा खूँटा आ चुका था।

किसी वहशी जानवर की तरह वो टूट पड़े थे पीछे खड़ी महिलाओं के झुण्ड पर। गली में पीछे से तभी दौड़ते हुए हवलदार जोगा और बाक़ी कमांडो भी भागते हुए आ चुके थे।

“जोगा मारो इन हरामज़ादियों को!” शमशेर किसी खूंखार शेर की तरह दहाड़ रहा था उस वक़्त।

थोड़ी ही देर में कोहराम-सा मच गया उस गली में।

छः के छः कमांडो लालपोरा की उन महिलाओं को दौड़ा-दौड़ाकर पीट रहे थे उस पतली-सी गली में। थोड़ी देर पहले ही जिन महिलाओं का शोर भारतीय सेना के ख़िलाफ़ मचा हुआ था, अब उन्हीं की दर्द भरी चीख़-पुकार से वह गली थर्रा रही थी।

जैसे महाकाल का रौद्र रूप सवार हो गया था- समर प्रताप सिंह के ऊपर।

यह सिलसिला चलता ही रहता देर तक और शायद किसी भयानक त्रासदी में बदल गया होता, अगर कुमार हेमंत ने पुलिस वालों के साथ आकर बीच-बचाव न किया होता।

दोनों बाँहों में कस के पकड़कर कुमार हेमन्त, समर प्रताप सिंह को किसी तरह लगभग घसीटते हुए अपनी गाड़ी तक लाए। एसपी पाम्पोर के ऑफ़िस पहुँचने तक भी समर प्रताप सिंह गुस्से में ज़ोर-ज़ोर से हाँफ रहे थे।

थोड़ी देर बाद ही कर्नल रंजन सहाय और लेफ्टिनेंट कर्नल प्रतीक सिन्हा भी आँधी-तूफ़ान की गति से कुमार हेमंत के ऑफ़िस आ गए थे।

सिर्फ़ जींस में बैठे हुए समर साब की जली हुई दाहिनी बाँह पर मरहम-पट्टी हो रही थी।

"माय गुडनेस...समर! पागल हो गए थे क्या तुम?" 101 पैराशूट रेजीमेंट के कमांडिंग ऑफ़िसर ने अंदर घुसते ही लेफ़्टिनेंट समर प्रताप सिंह से कर्कश आवाज़ में पूछा।

"आय एम सॉरी सर! आई कुड नॉट कंट्रोल मायसेल्फ़!" अब तक हाँफना कम हो गया था समर साब का।

"इतना गुस्सा आता है बे तुमको? जुपिटर पर कहीं कोई ज्वालामुखी तो नहीं फटा था मेरे साबू?" लेफ़्टिनेंट कर्नल प्रतीक ने माहौल को थोड़ा सामान्य करने के लिहाज़ से यह जुमला मारा।

और फिर हँसी के फव्वारे छूट पड़े थे उधर कुमार हेमंत के ऑफ़िस में।

अगले दिन के लगभग सारे-के-सारे स्थानीय अख़बार भारतीय सेना, पाम्पोर पुलिस और 101 पैराशूट रेजीमेंट के ख़िलाफ़ तमाम लानतों से भरे पड़े थे। चार आतंकवादियों के मारे जाने की ख़बर गौण होकर रह गई थी।

~~~

"कल तो सुना है लेफ़्टिनेंट साब बहुत बड़े कारनामे किए हो आप लालपोरा में?" शाज़िया थी फ़ोन पर।

लॉक-डाउन की वजह से एक अरसे से मिलना नहीं हो पाया था समर साब का शाज़िया से। बस मोबाइल पर ही बात हो पाती थी।

"थैंक्स टू यू शाज़िया कि इतना बड़ा ऑपरेशन कामयाब हो पाया!"
~~~

“ऑपरेशन तो ठीक है, लेकिन वो जो एक अलग कारनामा किये हैं आप...वो भी थैंक्स-टू-मी ही है क्या?”

“लालपोरा की वो औरतें वही डिज़र्व करती हैं। इनफ़ैक्ट उससे भी कहीं बदतर। हमारे ऊपर जलती काँगड़ी फेंक रही थीं। और टेररिस्ट को भागने में हेल्प कर रही थीं सब के सब।” समर साब का गुस्सा जैसे वापस आ गया था।

“हाँ, आय कैन इमेजिन। पहले तो...नाइन्टीज़ में तो ख़ूब होती थीं ऐसी वारदात। दो हज़ार, पाँच-छ: तक चला था ये सिलसिला। फिर रुक गया था। ये लालपोरा वाली हरक़त तो बहुत सालों बाद सुनने में आई है। शायद इसलिए कि उन चारों में एक लोकल था...लालपोरा का!”

“हाँ बाद में ये बात हमको मालूम चली। आपके अकाउंट में पाँच लाख आने वाले हैं फिर से, मुबारक हो!”

“पाँच कैसे?”

“चारों में दो A+ कैटेगरी के थे और दो लोकल। A+ वालों पर दो-दो लाख हैं और लोकल पे पचास हज़ार।”

“ओ अच्छा!”

“तो इस बार क्या शॉपिंग होगी?”

“अरे काहे की शॉपिंग! ये मुआ लॉक-डाउन खुले तब तो!”

“हाँ जाने कब तक चलेगा ये! हमारे बिहार में बाहर गए मजदूरों को बहुत दुश्वारी हो रही है। देखा होगा आपने न्यूज़ में। जाने कितने हज़ार किलोमीटर चले जा रहे हैं ये लोग शाज़िया। हमारे गाँव के भी हैं बहुत सारे लोग।”

“निकम्मी गवर्मेंट है ये। हाय लगेगी इनको जनता की, क़ातिल हैं ये क़ातिल।”

“हाँ... कुछ तो ऑर्गनाईज्ड किया ही जा सकता था सबके लिए।”

“आप कब आओगे मिलने हम लोगों से?”

“जल्दी आते हैं शाज़िया। बहुत दिन हो गए देखे आपको।”

“अच्छाsss! मुझे या रेहाना को?”

“भक्क्क आप भी ना!”

“उफ़...आपका ये भक्क...हाय!”

मुल्क के लिए मुश्किल दिन थे वो और मुश्किल दिनों के साथ एक ये बात भी होती है कि वो बहुत धीमी रफ़्तार से गुज़रते हैं।

लेकिन वक़्त कैसा भी हो गुज़र तो जाता ही है।

101 पैराशूट रेजीमेंट को कश्मीर घाटी में आए ढाई साल हो गए थे और पूरी बटालियन को अब आगरा जाना था, अगले दो साल के लिए।

लॉक-डाउन धीरे-धीरे उठने लगा था। यात्राएँ शुरू होने लगी थीं, जब 101 पैराशूट रेजीमेंट को आदेश आया था- आगरा स्थांतरण का। पूरी की पूरी बटालियन बड़े-बड़े ट्रकों में पहले श्रीनगर से जम्मू और फिर वहाँ से ट्रेन में आगरा के लिए कूच कर गई।

अच्छे दिन शुरू ही हुए थे कि नये साल में कोविड का महाप्रकोप एक बार फिर से अपना विकराल मुँह खोले प्रकट हो गया था। भयानक महामारी का प्रकोप अपने पूरे चरम पर था। ऑक्सीजन सिलेंडर और हॉस्पिटल में एक बेड तक के लिए तरसता हुआ देश जैसे साक्षात प्रलय-काल में प्रवेश कर गया था।

इस महामारी में भी ज़िंदगी के अन्य ढर्रे अपने समय और तरतीब के अनुसार बेतरतीबी से ही सही, लेकिन चले जा रहे थे।

समर प्रताप सिंह लेफ़्टिनेंट से कैप्टन बन गए थे।

कर्नल रंजन सहाय का कमांडिंग ऑफ़िसर का समय समाप्त हो गया था। वो अपनी नयी ज़िम्मेदारी और नये रोल के लिए दिल्ली में आर्मी हेडक्वार्टर चले गए थे।

लेफ़्टिनेंट कर्नल प्रतीक सिन्हा प्रमोट होकर कर्नल बन गए थे और 101 पैराशूट रेजीमेंट के नए कमांडिंग ऑफ़िसर बनकर पदस्थापित हो गए थे।

मेजर मुकेश नरवाल उर्फ़ मुस्तफ़ा, लेफ़्टिनेंट कर्नल हो चुके थे और अब बटालियन के सेकेंड-इन-कमांड का कार्यभार उनके कन्धों पर आ टिका था।

कैप्टन समर प्रताप सिंह पहले मऊ से यंग ऑफ़िसर की छ: महीने वाली ट्रेनिंग और उसके बाद इजराइल से मोसाद के साथ एक साल का विशिष्ट कमांडो प्रशिक्षण लेकर लौटे थे। उनके नीचे अब तक दो और नये लेफ़्टिनेंट बटालियन में आ चुके थे।

आगरा का दो से ढाई साल का समय कब बीत गया था, आभास ही नहीं हुआ किसी को।

उधर अहमदाबाद के नरेन्द्र मोदी स्टेडियम में खेले जा रहे फ़ाइनल में भारत ने तेरहवें विश्व कप क्रिकेट टूर्नामेंट की ट्रॉफ़ी आस्ट्रेलिया के हाथों गँवाई और इधर 101 पैराशूट रेजिमेंट को लेकर बड़े-बड़े ट्रक कश्मीर की तरफ़ फिर से रवाना हो गए।

इस बार कश्मीर में जगह बदल गई थी।

श्रीनगर के हफ़्त चिनार कैंटोनमेंट की जगह अबकी बार बटालियन को वहाँ से लगभग साठ-सत्तर किलोमीटर दूर मानसबल झील के पास वाले कैंट में स्थापित होना था।

वो नवम्बर महीने की ठिठुराती शाम थी, जब सारे साजो-सामान के साथ 101 पैराशूट रेजीमेंट मानसबल कैंट में प्रवेश कर रही थी।

काफ़िले की सबसे आख़िरी ट्रक में बैठे हुए कैप्टन समर प्रताप सिंह मानसबल कैंट से श्रीनगर की बटमालू कॉलोनी का रास्ता और लगने वाले समय को गूगल मैप पर चिह्नित कर रहे थे।

नून चाय का ज़ायका औ कहवे का स्वाद
जन्नत की लज़्ज़त का है कश्मीरी अनुवाद

“अभी तक कैप्टन रैंक पर ही पहुँचे हो शमशेर साब? अब भी कहती हूँ, रेहाना से निकाह रचा लो...देखो प्रोमोशन कैसे मिलता है फ़टाफ़ट! आपकी बटालियन के वापस कश्मीर आए तीन हफ़्ते हो चुके और अब टाइम मिला हमसे मुलाक़ात का!”

इन बीते वर्षों में शाज़िया की आँखों का सम्मोहन कम नहीं हुआ था, बल्कि डल झील अपनी और ज़्यादा गहराई से उतर आया था जैसे उन आँखों में।

कितने दिनों बाद आ रहे थे समर साब बटमालू की इन गलियों में।

इस बीच जैसे हज़ार-दस हज़ार साल गुज़र गए हों।

सब कुछ लगभग वैसा ही था इन दो-ढाई सालों के उपरांत भी।

नहीं, सब कुछ तो नहीं ही।

शाज़िया का घर थोड़ा और सुन्दर हो गया था। सामने वाला बरामदा बड़ा हो गया था। अहाते में लगा हुआ नया दरवाज़ा और दाईं तरफ बना हुआ नया सुन्दर-सा कमरा पूरे घर को एक अलग रूप दे रहा था। अंदर ड्राइंग रूम की साज-सज्जा भी ख़ूब बढ़ गई थी।

लेकिन अब्बू और बूढ़े हो चले थे...निगाहें उनकी और-और गहराईयों तक चीरती उतरती थीं- जैसे सब जानती हों वो निगाहें समर साब की असलियत के बारे में। उनका बेक किया हुआ केक और स्वादिष्ट हो गया था।

और रेहाना?

बला से ऊपर भी कुछ होता है क्या?

समर साब को मालूम नहीं था, अगर कुछ होता भी होगा तो।

कैसे देख रही थी वो अजीब-सी नज़रों से उन्हें। बस एक छोटा-सा आदाब किया था सर को हल्की-सी जुंबिश देकर समर साब को देखते ही। पता नहीं, ये अपराधबोध से ग्रस्त मन था समर साब का या वो नज़रें सच में कुछ और कहना चाहती थीं?

उसकी बला की ख़ूबसूरती यूँ विवश तो करती थी समर प्रताप सिंह को उसे देर तक जी भर कर देखने को, किंतु ख़ुद पर ज़बरदस्त नियंत्रण रखकर ख़ुद को ऐसा करने से रोके रखते थे वो। वैसे भी कोई औचित्य बनता नहीं था, ऐसी किसी संभावना को बढ़ावा देने का और पटना में ऋतिका के रहते हुए ऐसी कोई संभावना चाहते भी नहीं थे।

"और सब ठीक है ना शाज़िया? अब्बू की तबीयत कैसी रहती है? बहुत कमज़ोर लग रहे हैं वो।" समर साब ने थोड़ा-सा झेंपते हुए एकदम से विषय परिवर्तन किया।

"हाँ, सब बढ़िया है। अब्बू को अब थकान होने लगती है। लेकिन उन्हें ज़िद पड़ी रहती है बेकरी चलाने की। रेहाना दोपहर में देर से आती है आर्मी पब्लिक स्कूल से, तो दिन के वक़्त उन्हें अकेले ही रहना पड़ता है बेकरी में। दो जो लड़के लगा रखे हैं, निकम्मे हैं दोनों।"

"घर तो बहुत ख़ूबसूरत कर लिया आपने।"

"थैंक्स टू यू लेफ़्टिनेंट साब...ओह सॉरी सॉरी...कैप्टन साब! ज़ुबान को आदत लगेगी अभी इस नये रैंक की।" शाज़िया ने खिलखिला कर हँसते हुए कहा।

"हाहा...हमको ख़ुद ही वक़्त लगा था अपने नाम के साथ नया रैंक जोड़ने में। वैसे हमको काहे थैंक्स बोल रही हैं आप?"

"अरे...आपकी बदौलत ही तो इनाम की राशि मिली तो ये घर इतना ख़ूबसूरत बना।"

"हद है, उस इनाम पर तो आपका ही हक़ था। वैसे क्या हाल-चाल हैं उधर पीओके के? महनूर के वालिद साब ठीक हैं? कोई और ख़बर दें वो आपका तो ये ख़ूबसूरत घर और-और ख़ूबसूरत हो जाए।"

“पीओके का तो पता नहीं। आपके गृहमंत्री साब पीओके को मिला नहीं रहे हैं हिन्दुस्तान में?”

“हा हा हा...इंशाल्लाह, वो भी हो जाएगा एक दिन शाज़िया मैम!”

“महनूर के वालिद बेहतर हैं। नयी ख़बर तो जब देंगे तब देंगे वो। वैसे अब तो दूर हो गई है आपकी बटालियन हमारे घर से। मानसबल वैसे ख़ूबसूरत जगह है।”

“हाँ, हमको तो मालूम ही नहीं था कि श्रीनगर के इतने करीब डल के अलावा भी इतनी ख़ूबसूरत एक और झील है।”

“हाँ और टूरिस्ट डिपार्टमेंट ने उस इलाक़े को बहुत अच्छे से डेवेलप भी किया है इधर। वरना तो वो इलाक़ा पहले नज़रअंदाज़ ही रहता था।”

“महनूर आई नहीं अभी तक स्कूल से?”

“आती ही होगी!”

दिसंबर की ठिठुरती बारिश में भीगी हुई दोपहर थी। लगभग तीन हफ़्ते बाद किसी तरह से वक़्त निकालकर कैप्टन समर प्रताप सिंह मानसबल कैंट से बटमालू आ पाए थे। घर के अंदर घुसते ही शाज़िया ने फटाफट पहले तो समर साब को एक जलती हुई काँगड़ी थमाई और फिर उसे अंदर वाले कमरे में ले गई। समर साब पहली बार उस घर का बैठकखाना पार कर अंदर आ रहे थे। हालाँकि इन बीते सालों में तमाम गश्त और तलाशी के दौरान उन्होंने सैकड़ों कश्मीरी घरों को देखा होगा। सब के सब जैसे किसी एक ही कारीगर के हाथों निर्मित हुए हों...एक सी बनावट...एक सा ही ढाँचा। लेकिन बटमालू के इस घर में एक अपरिभाषित-सा अपनापन था और अचानक से वो अपनापन और अपना-सा हो गया, जब शाज़िया ने उन्हें काँगड़ी लेकर वहीं बिछी रज़ाई में आ जाने को कहा।

फ़र्श पर बिछी हुई मोटी कालीन पर एक मोटा-सा लगभग पूरे कमरे के बराबर ही बिछा हुआ गद्दा था। वहीं रज़ाई में आधी घुसी हुई रेहाना दीवार से पीठ टिकाए मोबाइल में कुछ देख रही थी।

समर साब को देखते ही हमेशा की तरह सिर की हल्की जुंबिश से उसने उन्हें आदाब कहा और साथ ही अपनी बड़ी-बड़ी आँखों से उसी एक पल में समर साब के सीने में उतरती चली गई, जैसे पार्क में बने फिसलपट्टी पर बच्चे सर्र... से फिसलते चले जाते हैं।

घबराकर समर साब इधर-उधर देखने लगे थे।

शाज़िया कहवा लाने चली गई थी और उस रज़ाई में दूर कोने में बैठी रेहाना का साथ उन्हें थोड़ा असहज कर रहा था। यह सहजता तब लौटी जब शाज़िया ने उन्हें भाप उड़ाते हुए ग्लास में कहवा पकड़ाया। रेहाना तब तक उठकर रजाई के ऊपर ही एक पतली-सी प्लास्टिक की चादर बिछाने लगी। चादर जो चौड़ाई में कम और लंबाई में ज़्यादा थी और जिस पर चिनार की पत्तियों की भूरी-भूरी तस्वीरें थीं। क्षण भर बाद ही रेहाना उसी चादर पर अलग-अलग किस्म के केक और बिस्किट से भरी बेंत की छोटी-छोटी टोकरियाँ रख रही थी और एक बड़ा-सा एल्युमीनियम का मग, जिसमें नमकीन चाय थी।

कहवे का ग्लास ख़त्म होते ही एक पीले-गुलाबी से कप में नमकीन चाय डालकर रेहाना ने उनकी तरफ़ बढ़ाया...बेआवाज़।

वो बेआवाज़ थी, लेकिन उसकी शोर करती आँखों की तरफ़ समर साब ने बग़ैर देखे ही चाय थाम ली थी।

बाहर बारिश में भीगती हुई ठिठुरी-सी दोपहर जैसे चुपचाप झरोखों और दरवाज़ों पर कान लगाए उस कमरे की गप्पें सुन रही थी।

"इस बार तो बहुत ज़्यादा ही ठंड पड़ रही है वादी में।" समर साब ने दोनों हाथों से नोन चाय के कप को जकड़ते हुए कहा।

"अरे, अभी तो चिल्ले कलाँ भी शुरू नहीं हुआ है शमशेर साब। अभी तो और ठंड बढ़ेगी, देखते जाइए बस आप।" शाज़िया हँसते हुए बोली।

"चिल्ले कलाँ...???"

"कश्मीर की ठंडी का सबसे सर्द मौसम... चालीस दिन का होता है ये। तभी बर्फ़ गिरनी शुरू होती है अमूमन। दिसंबर के तीसरे हफ़्ते से शुरू होता है और जनवरी के आख़िर तक चलता है ये चिल्ले कलाँ।"

"अच्छा... ये तो पता ही नहीं था!"

"हाँ, इधर कश्मीर की सर्दी तीन हिस्सों में होती है। चिल्ले कलाँ के बाद आता है-चिल्ले ख़ुर्द, जो लगभग बीस दिनों का होता और सर्दी कम हो जाती है। उसके बाद आता है-चिल्ले बच्चा, जो लगभग दस से बारह दिनों का होता है।"

"अरे ग़ज़ब...हर रोज़ नया कुछ सीखते जा रहे हैं हम कश्मीर में।"

"मेरी सोहबत में रहेंगे तो बहुत कुछ और सीखेंगे आप शमशेर साब!"

तभी छुटकी महनूर का आगमन हुआ "अम्मी अम्मी" की गुहार लगाते हुए।

"आ गई बिटिया मेरी!" शाज़िया ने हुलस कर उठते हुए कहा!

थोड़ी-सी लम्बी हो गई थी महनूर। बिलकुल अपनी अम्मी वाली ख़ूबसूरती और चपर-चपर वाली आदत भी...

"अरे फ़ौजी अंकल आए हैं। आप कहाँ लॉस्ट हो गए थे अंकल? इतने दिनों से कोई न्यूज़ ही नहीं आपकी कोई?"

"हाहाहा...!" छुटकी के इस 'लॉस्ट' पर ज़ोर का ठहाका निकला समर साब का!

"हम बहुत दूर गए हुए थे लिटिल लेडी! हाउ आर यू मून लाइट?"

"आय एम वेरी गुड अंकल। अम्मी कह रही थी मुझे कि आप और छोटी अम्मी का निकाह होगा। तब तो आप मेरे छोटे अब्बू हो जाओगे ना?"

दो-तीन बातें एकदम एक साथ हुईं-

...समर प्रताप सिंह का कुछ कहने के लिए खुला हुआ मुँह देर तक खुला ही रह गया!

रजाई के दूर वाले कोने से रेहान की सितार-सी बजती ज़ोर की खिलखिलाहट पूरे कमरे में स्वर-लहरियाँ बरसाने लगी!!

और शाज़िया 'चल बदमाश' के उदगार के साथ महनूर को गोदी में उठाकर कमरे से बाहर भाग गई!!!

रजाई के दूर-दूर सिरे पर बैठी दो अलग-अलग ख़ामोशियाँ जाने कैसे तो अफ़साने बुनने लगी थीं कमरे में।

इन दोनों ख़ामोशियों के बुने जाते अफ़साने जाने क्या तो रंग लाते पर तभी ड्राइंग रूम से अब्बू की आई आवाज़ ने सब छिन्न-भिन्न कर दिया...

"शाज़िया! रेहाना!! किधर हो? मग़रिब की नमाज़ का वक़्त हो चला है। लेफ़्टिनेंट साब हैं कि चले गए?"

"आई अब्बू और लेफ़्टिनेंट साब अब कैप्टन साब हो गए हैं!" शाज़िया ने अंदर से आवाज़ दी।

"हाँ तो उनसे भी कहो कि मेरे साथ ही नमाज़ अदा कर लें!"

छिन्न-भिन्न हुए अफ़सानों के ऊपर एकदम अचानक से अलग ही दुश्वारी आन टपकी।

"ओ फ़क्क! कब से प्रैक्टिस ही नहीं किया है!!"

समर साब का मन भीतर ही भीतर ज़ोर से चीत्कार कर उठा था।

लेकिन अगले ही पल शाज़िया की आइये-वुज़ू-कर-लीजिये-शमशेर-साब की पुकार पर हफ़्त चिनार के दिनों का लिया गया प्रशिक्षण एकदम से यंत्रचालित-सा सब कुछ करवा ले गया।

बिस्मिला कहते हुए समर साब ने शाज़िया की रखी हुई गुनगुने पानी वाले बाल्टी से पहले तीन बार दाहिने हाथ को उँगलियों से कलाई तक धोया और फिर वही कार्रवाई बाएँ हाथ के साथ दोहराई। उसके बाद उन्होंने दाहिने हाथ से एक चुल्लू पानी लेते हुए बारी-बारी से तीन बार कुल्ला किया। फिर दोनों हथेलियों में पानी लेते हुए तीन बार पानी को नाकों के अंदर खींचा और उसके तुरंत बाद हथेलियों में पानी लेते हुए अपने चेहरे को तीन बार धोया। उसके

बाद की कार्रवाई में उन्होंने उँगलियों से लेकर कुहनी तक तीन बार पहले दाहिने हाथ को और फिर बाएँ हाथ को धोया।

उसके बाद उन्होंने अपने गीले हाथों को माथे से लेकर सिर के पिछले हिस्से तक फिराया और फिर पिछले हिस्से से आगे माथे तक... बस एक बार।

उसके बाद उसी गीले हाथों की तर्जनी से कानों के भीतर और अँगूठे से कानों के पीछे वाले हिस्से को साफ़ किया।

अंत में तीन बार पहले अपने दाहिने पैर को उठाकर अँगूठे से लेकर एड़ी तक को धोया और फिर बाएँ पैर को।

फिर ज़ोर-जोर से बुदबुदाते हुए "अश्हादु अन इलाहा इल्लालहु वा अश्हादु अन्ना मुहम्मदन अब्दुहु वा रसुलुह" अपने वुज़ू की प्रक्रिया को संपन्न किया।

आख़िर में अब्बू के साथ सुर में सुर मिलाते हुए "अलाहुमा जलनी मिना तवाबीन वाजअल्नी मिनाल मुताताहिरीन" के बोल उच्चरित किए।

इस पूरी कार्रवाई को करते हुए समर साब ने ध्यान दिया था कि अब्बू की चोरी-छिपी निगाहें उन पर ही थीं। जैसे वो शातिर निगाहें गलतियाँ ढूँढ रही हों!

ख़ैर-ख़ैर मनाते उसके बाद समर साब ने तक्बिर्तुल इर्हाम से लेकर कियाम, रुकू, इतिदल, सुजूद, जुलुस, तशःहुद और तस्लीम की रस्म से गुज़रते हुए पूरी नमाज़ की प्रक्रिया को अब्बू के साथ–साथ अदा किया।

सर्दी में भी पसीने निकल आए थे समर प्रताप सिंह के। यह पसीना नमाज़ की रस्मो-राह में शामिल मेहनत से कम, ग़लती करने की चिंता से ज़्यादा निकले थे।

नमाज़ की उस पूरी प्रक्रिया में मिचमिची आँखों से देखा था उन्होंने एक झलक रेहाना को। दरवाज़े के ओट से वो जिस प्यार भरी निगाह से उन्हें नमाज़ अदा करते टुकुर-टुकुर निहार रही थी- कैसी तो धुकधुकी उठने लगी थी कैप्टन समर प्रताप सिंह के सीने में।

सर्दी में भी निकले पसीने की अधिकांश बूंदों पर सीने की उस धुकधुकी का भी ज़ोर था।

एक अजीब-सी घबराहट तारी हो गई थी समर साब के वजूद पर। नमाज़ पढ़ते ही उन्होंने जैसे-तैसे देर-हो-रही का बहाना करते हुए शाज़िया से विदा ली और मानसबल कैंट की तरफ़ कूच कर गए।

कैंट पहुँचते ही वो दनदनाते हुए सेकेंड-इन-कमांड के कमरे में गए। कैप्टन समर साब के क़दमों में जाने कैसी तो दृढ़ता-सी थी। कमरे में जाने पर पता चला कि लेफ़्टिनेंट कर्नल मुकेश नरवाल मेस में हैं। तीर की तरह समर साब मेस पहुँचे।

सेकेंड-इन-कमांड बड़े से सोफ़े पर पसरे हुए हाथ में व्हिस्की का ग्लास थामे टीवी पर न्यूज़ देख रहे थे। उसी दिन पाँच राज्यों के विधान-सभा चुनावों का परिणाम आया था। राजस्थान, मध्य प्रदेश और छतीसगढ़ में भारतीय जनता पार्टी ने अपना परचम लहराया हुआ था तो तेलांगना में कांग्रेस ने और मिज़ोरम में ज़ोरम पीपल्स मूवमेंट पार्टी ने।

"जय हिन्द सर!" मेस के एंटी-रूम में घुसते ही समर साब ने सावधान में खड़े होते हुए ज़ोर से बोला।

"आओ आओ, समर! तुम्हारी पार्टी तो एकदम छाई हुई है प्यारे।" मुस्तफ़ा ने मुस्कुराते हुए कहा।

"हमारी कोई पार्टी नहीं है सर।" समर साब की चिढ़ जैसे उनके चेहरे पर लिखी हुई थी।

"अबे तुम्हारे पापा की है तो तुम्हारी ही हुई बे! काहे इतना उखड़े हुए हो?"

"आपसे कुछ बात करनी है सर...बहुत इम्पोर्टेन्ट!"

"हाँ हाँ...बैठो तो! ड्रिंक लगाओ अपना। अरे मेस हवलदार, कैप्टन साब का ओल्ड मौंक लगाओ!" मुस्तफ़ा ने मेस के अंदर आवाज़ देते हुए कहा।

सेकेंड-इन-कमांड को अपने पसंदीदा ड्रिंक का ख़याल रखते देखकर, समर प्रताप सिंह की चिढ़ थोड़ी-सी कम हो गई।

"हाँ बताओ बे...क्या ऐसी इम्पोर्टेन्ट बात करनी है तुम्हें? तुम तो बटमालू गए थे ना आज?"

"हाँ जी सर, वहीं से आ रहे हैं वापस हम!"

"क्या हुआ? कोई ख़बर है क्या शाज़िया की तरफ से?"

"नहीं सर...कोई ख़बर नहीं है।"

"अबे यार...फिर क्या इम्पोर्टेन्ट बात करनी है बे! लो, अपना रम पियो तुम! चियर्स!"

"चियर्स सर! वो सर...हम कहना ये चाहते थे कि..वो...!" समर साब की कुछ देर पहले वाली दृढ़ता एकदम से भगोड़ी साबित हुई हो गई थी।

"हाँ हाँ बोलो ना!"

"सर, वो हमसे अब ना ये शमशेर ख़ान वाला रोल हो नहीं पा रहा शाज़िया के घर में। इट्स गेटिंग आउट ऑफ़ हैंड नाउ! इससे पहले कि कुछ लोग हर्ट हों, हमको सर अब नहीं करना ये!" समर साब ने रुक-रुककर हिचकते हुए कह ही डाला।

"व्हाट द फ़क्क! पागल हो गए हो क्या बे? कहाँ से स्टुपिड थॉट आ गया तुम्हारे भेजे में?" लेफ़्टिनेंट कर्नल मुकेश चौंक पड़े थे।

"सर वो शाज़िया की उम्मीदें बहुत बढ़ गई हैं हमसे। वो अपनी बहन की निकाह की बात सोचने लगी है। पहले तो हम हलके में लेते थे उसकी इस बात को, लेकिन उसकी बहन रेहाना तो शायद मन ही मन... !" समर साब बात अधूरी ही छोड़ कर ओल्ड मौंक का घूँट भरने लगे।

"अबेsss...हह हा हा! तो क्या हुआ? ये तो और भी अच्छी बात है ना! कमीने इतना शानदार रोल प्ले किया है तुमने! यू डिज़र्व एन ऑस्कर...यू रास्कल!" मुस्तफ़ा का ठहाका मेस की लकड़ी की बनी छत से टकरा कर पूरे एंटी-रूम में छितरा गया था।

"सर आय एम सीरियस!"

"एंड आय एम मुकेश नरवाल....हहहह हा हा!"

"सर, प्लीज़ समझिए ना बात को। मॉरल डिलेमा वाली बात आ गई है अब। रेहाना इज़ फ़ॉलिंग फ़ॉर मी सर...एंड आई कैन क्लीयरली सी दैट हैप्पेनिंग। अभी तक हम सच में पूरी बात को मज़ाक में लेते थे, जब शाज़िया कहती थी हमसे कि हम उसकी बहन से निकाह कर लें। लेकिन आज शाज़िया की बेटी ने भी कह दी ये बात और शाम को जब हम उसके अब्बू के साथ नमाज़ पढ़ रहे थे तो जिस तरह से रेहाना हमको देख रही थी सर...सर ये ठीक नहीं हो रहा है। हम कह रहे हैं आपको।"

"शट द फ़क अप समर! क्या ठीक नहीं हो रहा है? तुमने अपनी तरफ़ से तो ऐसी कोई फ़ीलिंग्स नहीं बतायी है ना ही ऐसे कोई...वो क्या कहते हो तुम पोएट लोग...वो जज़्बात जाहिर किये हो। फिर क्या ठीक नहीं है बे। अभी थोड़ी देर पहले तुम बोले ना कि तुम्हारी कोई पार्टी नहीं है। एकदम सही बोले तुम। मेरी और तुम्हारी बस एक पार्टी है और वो है 101 पैराशूट रेजीमेंट। मैं और तुम जो कर रहे हैं, जो करते हैं...बस अपनी पलटन के लिए करते हैं। अपने नाम-नमक-निशान के लिए। बस! तुम बहुत बढ़िया कर रहे हो। कंटीन्यू डूइंग इट। लेट शाज़िया गिव सम मोर ऑपरेशंस और उसके बाद मैं नहीं रोकूंगा तुम्हें! ओके?"

"हाँ सर, लेकिन हम सच में कम्फ़र्टेबल नहीं हैं इस हालात में।"

"आय अंडरस्टैंड समर। आय एम नॉट एन एनिमल, ब्वॉय! हम समझते हैं शाज़िया को लेकर तुम्हारे मन में एक बहुत ही सॉफ़्ट कार्नर है। ऐसा होना नेचुरल है। रोज़ बातें होती हैं...ऊपर से वो ख़ूबसूरत भी है। मैं ये भी बहुत अच्छी तरह से समझता हूँ कि रेहाना से ज़्यादा तुम्हें शाज़िया के हर्ट होने से परेशानी है। है ना यही बात?"

"यस सर! आप टेलीपैथी भी जानते हैं क्या सर?"

"इसमें टेलीपैथी वाली कोई बात नहीं है प्यारे। तुम्हें पाँच सालों से देख रहा हूँ, इतना तो जान और पहचान ही गया हूँ अब तुमको। वैसे एक बात बताओ, तुम्हारी कोई गर्ल-फ्रेंड भी है क्या उधर पटना में? आर यू कमिटेड टू समवन?"

"नहीं गर्ल-फ्रेंड जैसी तो कोई बात नहीं है सर और न ही कोई कमिटमेंट वगैरह जैसा कुछ। एक दोस्त है ज़रूर उधर पटना में।"

"वही ऋतिका, जिसके कॉल आते रहते हैं बार-बार तुम्हारे मोबाइल पर?"

"अरेsss...आपको कैसे पता सर? आप मेरी भी जासूसी करते हैं क्या?"

"यू डम्बो...तुम्हारे मोबाइल के स्क्रीन पर बार-बार दिख जाता है ऋतिका कॉलिंग फ़्लैश करता हुआ। वो गर्ल-फ्रेंड नहीं है तुम्हारी?"

"नहीं सर। बस फ्रेंड है और गर्ल तो है ही। शी लाइक्स मी, हम बहुत अच्छे दोस्त हैं।"

समर प्रताप सिंह के ओल्ड मौंक का दूसरा और मुस्तफ़ा के ब्लैक डॉग का तीसरा पैग शुरू हो चुका था।

"तुम्हारी जेनेरेशन का समझ में ही नहीं आता यार। शी लाइक्स मी... क्या मतलब हुआ इसका बे? एंड यू डोंट लाइक हर?"

"नहीं, ऐसा नहीं है सर। वो..कैसे बताएँ। थोड़ा-सा कॉम्पलिकेटेड है सर।"

"ब्लडी चैप...तुम्हारा सब कुछ ही कॉम्पलिकेटेड है बे। यू डोंट वांट टू टॉक अबाउट योर फ़ादर, बिकॉज़ वो भी कॉम्पलिकेटेड है। तुम्हारे फ़ोन पर दिन में दसियों बार ऋतिका के कॉल्स आते हैं, लेकिन वो तुम्हारी गर्ल-फ्रेंड नहीं है। शाज़िया के लिए इमोशनल हो रखे हो। उसकी बहन रेहान का दिल नहीं तोड़ना चाहते हो। साली तुम्हारी ज़िंदगी की स्टोरी ना पूरी फ़िल्मी है बे... हा हा हा!"

"पता नहीं सर क्या है...हमको कई बार ख़ुद ही कुछ समझ में नहीं आता है।"

"मुझे तो लगता है कि अंदर से बहुत ही चोट खाए हुए हो तुम। यू कैन टॉक टू मी समर! टू-आई-सी का अपॉइंटमेंट बनाया ही इसलिए गया है फ़ौज में, अमंग्स्ट अदर थिंग्स।"

"हम तो आपके जबरा फ़ैन हैं सर।"

"अभी मैं जब नहीं था, तो उस लालपोरा ऑपरेशन के बारे में डिटेल्स पता चली थी आने के बाद। तुम्हारे ग़ुस्से के बारे में भी पता चला। इतना ग़ुस्सा? वीडियो क्लिप देख रहा था मैं। जिस तरह से मार रहे थे तुम लालपोरा की औरतों को...मैं तो पहचान ही नहीं पा रहा था कि ये मेरा समर प्रताप सिंह है। ऐसा लग रहा था कि यू वेयर पोजेस्ड बाय समथिंग सिनिस्टर- जैसे कोई प्रेत चढ़ गया हो तुम्हारे ऊपर। कहाँ से आया इतना ग़ुस्सा?"

"हाँ सर! कई बार हो जाता है हमारे साथ।" कहते हुए समर साब ने एक ही साँस में बची हुई ओल्ड मौंक गटक ली।

"अरे मेस हवलदार, कैप्टन साब का एक और ड्रिंक बनाओ। एक्स्ट्रा लार्ज!"

"थैंक यू सर! आप ना बहुत अच्छे हो! आपके जैसा बड़ा भाई होता ना हमारा, तो लाइफ़ बड़ी सॉर्टेड होती सर। ऐसी कॉम्पलिकेटेड नहीं होती!" ओल्ड मौंक का सुरूर चढ़ने लगा था।

"सेंटी मत हो और सेंटी मत मारो बे! समर प्रताप सिंह, आय एम अ किलर ऑफ़ कॉम्पलिकेशंस। टेल मी योर स्टोरी ब्वॉय...आय एम ऑल इयर्स। कम ऑन लेट्स हियर इट ऑल!"

"दो बहनों के बहुत लम्बे गैप के बाद हम पैदा हुए थे सर। दोनों बड़ी दीदी और हम में ग्यारह साल का फ़ासला है। माँ एक स्कूल में प्रिंसिपल हैं और हिंदी लिटरेचर की जानी-मानी ऑथर भी हैं। बाद में एक छोटी बहन आई- मुनमुन। हमसे डेढ़ साल छोटी। इस संसार की सबसे अनूठी आइटम है...ये मुनमुनिया। पापा का आपको पता ही है। घर में शुरू से ही पॉलिटिक्स

ही रहा। पापा के पास बहुत पैसे हैं। वो अच्छे हसबैंड और अच्छे फ़ादर ना सही, लेकिन पॉलिटिशियन बड़े कमाल के हैं।"

"हाँ वो तो देख ही रहा हूँ मैं। जितनी मेरी जानकारी है और मैं ठीक-ठाक पकड़ रखता हूँ पॉलिटिक्स की, तो ठाकुर सुदर्शन प्रताप सिंह एक भी चुनाव नहीं हारे हैं अभी तक। छः विधान सभा और एक लोक सभा का चुनाव लगातार जीतना...कोई मज़ाक़ थोड़ी न है, समर।"

"बिल्कुल सही कह रहे हैं सर। लेकिन बाहर जितने भी मिलनसार वगैरह हों, जितने भी समर्पित राजनेता हों वो, घर के अंदर एकदम ही डिक्टेटर हैं...एक अलग ही रूप होता था उनका। माँ को दबा के रखते। दीदियों की तो छोड़िये सर, हमको भी बचपन में घर से बाहर निकल कर खेलने की अनुमति नहीं थी।"

"ओह ब्लडी हेल! फिर तुम फ़ौज में कैसे आ गए बे?"

"एक लड़की थी सर।"

"हाय...मुझे लग ही रहा था कि कोई न कोई लड़की का एँगल है तुम्हारी कॉम्पलिकेटेड लाइफ़-स्टोरी में।"

"शगुन... शगुन सिन्हा। जब पटना के फ़ेमस साइंस कॉलेज में पहले दिन पैर रखे सर हम ग्रेजुएशन के लिए...वो दिखी थी और फिर हम, हम ना रहे सर।"

"यार ये तुम पोएट्स का ना अलग ही लोचा होता है। कमीने ये तुम कैसे तुम नहीं रहते हो तुम लोग बे? हिन्दी मूवीज़ के ऐसे ही कितने सांग्स ऐसे वाले हैं... हम तुम ना हम तुम रहे अब कुछ और हो गये हैं टाइप। प्योर चूतियापा! मेरी अरेंज्ड मैरिज है। बारह साल हो गए हैं...ये मेरे साथ तो कभी नहीं हुआ बे।" लेफ़्टिनेंट कर्नल मुकेश नरवाल का चौथा पैग आधा खाली हो चुका था।

101 पैराशूट रेजीमेंट का वो एंटी-रूम आज की रात हिटलर के उस कुख्यात गैस-चैंबर की मिसाल बना हुआ था। दोनों की एक के बाद एक जलती सिगरेट का धुआँ मेस की छत पर बादल-सा तना हुआ था।

“बहुत सुन्दर थी वो सर और बोलती थी तो लगता था कि प्यानो बज रहा हो। सचमुच का प्यानो!” समर साब उधर अनवरत बहे से जा रहे थे... जाने ओल्ड मौंक के सुरूर में या कि शगुन की यादों में।

“ओह गॉड...प्यानो सी आवाज़। तुम सच में चूतिये हो समर प्रताप सिंह उर्फ़ शमशेर ख़ान!”

“सच कह रहे हैं हम सर। हम तो हवा में उड़ते थे सर उन दिनों...आय लिटरली यूज्ड टू फ़्लाई इन द एयर दोज़ डेज़ सर। पागलों की तरह प्यार करते थे हम सर उसको। उसी का दिल जीतने के लिए आईएमए ज्वाइन किए सर हम!”

“यू आर अ सर्टिफाइड चूतिया...मुझे कोई शक नहीं रह गया अब।”

“बस उसके लिए हम आईएमए गए सर। सीडीएस का एग्जाम बीस दिन में निकाले हम सर। बस बीस दिन में सर..कैन यू इमेजिन!”

“हुआ क्या फिर कमीने? किधर है वो शगुन सिन्हा तुम्हारी?”

“हा हा हा हा हा हा हा हा हा हा हा हा... !” इस सवाल के जवाब में समर प्रताप सिंह के निकले अट्टहास ने एकदम से ही चौंका दिया था लेफ़्टिनेंट कर्नल मुकेश नरवाल को।

“अबे इतनी जल्दी चढ़ गई है क्या?”

“वो पता नहीं किधर है सर। अपने हस्बैंड के साथ मौज कर रही होगी।”

“हस्बैंड? शादी कर ली उसने? कैसे? क्यों? वो तुमसे प्यार नहीं करती थी?”

“हमको तो यही लगा सर करती थी। तभी तो उसके लिए आर्मी ज्वाइन किए, क्योंकि उसको आर्मी वाले पसंद थे।”

“हुआ क्या कमीने?”

“आय स्टैब्ड हर सर। चाकू मार दिया हमने उसको।” एक झटके में ग्लास की बची हुई ओल्ड मौंक को गले में उड़ेलते हुए कहा समर साब ने।

“व्हाट!!! व्हाट आर यू सेयिंग समर?”

“हाँ सर, हमने उसके हॉस्टल में घुसकर उसको चाकू मार दिया था। आईएमए से भागकर गए थे हम उसको मनाने। वो हमारे लेफ़्टिनेंट रैंक को गाली दे रही थी। यही जिस गुस्से की बात कर रहे थे...ऐसा ही गुस्सा माथे पे सवार हुआ कि घोंप दिए हम। ब्लडी बिच!”

“...”

101 पैराशूट रेजीमेंट के सेकेंड-इन-कमांड को कुछ सूझ ही नहीं रहा था कि जवाब में आगे क्या कहें अब।

वो जैसे इस खुलासे को सुनकर एकदम से सकते में आ गए थे।

“हाँ सर। आय ट्राइड टू किल हर। लेकिन बच गई वो। आय हेट गर्ल्स सर...आई हेट गर्ल्स!” समर साब की आवाज़ अब नशे की अधिकता में लड़खड़ा रही थी।

“फिर ये ऋतिका? ये कौन है?” मुस्तफ़ा अब गंभीर से हो गए थे।

“हाहाहा...वो शगुन की बेस्ट फ्रेंड है और हमसे मुहब्बत करती है। व्हाट अ फ़ूलिश गर्ल...हाहाहा!”

“क्यों शगुन ने किसी को बताया नहीं कि उसको चाकू किसने मारा था?”

“नहीं सर, उसने किसी को नहीं बताया अभी तक। पुलिस को भी नहीं। बस यही एक बात हमको परेशान किए रहती है कि उसने काहे किसी को नहीं बताई ये बात।”

“हम्म...ये तो सचमुच अजीब-सी बात है। फिर क्या हुआ?”

“फिर क्या होना था...हेयर आय एम। आपके सामने हैं हम। शराब पी रहे हैं और सोच रहे हैं कि बहुत बड़े तीसमार हैं हम। लेकिन आप सही कहते हैं कि हम हैं बेसिकली चूतिये सर। जो बनाता है, बस बन जाते हैं...हाहाहा!”

“हाँ वो तो हो तुम! चलो जाओ, सो जाओ जाकर अब। चढ़ गई है तुम्हें बहुत।”

“अरे बैठिये ना सर...अभी तो रात जवान है सर जी! हमें तो रात भारी है सितारों तुम तो सो जाओ...ए सर आप ना बहुत अच्छे हो। आय लव यू सर।” समर प्रताप अब पूरी तरह नशे की गिरफ़्त में थे।

“हाँ हाँ...आय नो...आय लव यू टू ब्वॉय। लेकिन अभी चलो...बहुत रात हो गई। कल सीओ ने बुलाया भी है सुबह सात बजे ऑफ़िस में। चलो लेट्स गो!” मुस्तफ़ा ने उठते हुए कहा।

“अरे सर बैठो ना..अभी तो कहानी बहुत बाक़ी है सर!”

“हाँ कल सुनूँगा मैं। कम ऑन गेट अप नाउ!”

फिर बड़ी जद्दो-जहद से लेफ़्टिनेंट कर्नल मुकेश नरवाल कैप्टन समर प्रताप सिंह को पकड़कर उठाते हुए उनके कमरे तक ले गए। उनको उनके बिस्तर पर लिटाया। उनके जूते उतारे और उनको मोटे कम्बल से ढँककर सुला दिया।

कैमरे में हमेशा के लिए अंकित कर रखने वाला दृश्य था वो...

...भारतीय सेना का एक लेफ़्टिनेंट कर्नल एक कैप्टन के जूते उतार रहा था और फिर बड़े लाड़ से उसे उसके बिस्तर पर सुला रहा था।

उजले उजले बत्तख कुछ और शिकारे चंद
डल के सीने पर रचते काश्मीर का छंद

अगले कुछ दिनों तक समर साब बटालियन के टू-आई-सी साब से नज़रें चुराते फिर रहे थे।

नया साल शुरू हो गया था और साल के पहले महीने ने ख़त्म होते-होते समर प्रताप सिंह के गृह प्रदेश में एक अलग ही राजनीतिक तूफ़ान खड़ा कर दिया था।

राजनीतिक गलियारों की कानाफूसी पर भरोसा किया जाए तो ऐसा माना जा रहा था कि इस राजनीतिक उठा-पटक में ठाकुर सुदर्शन प्रताप सिंह की ख़ुराफ़ात छुपी हुई थी। बिहार की सत्तारूढ़ पार्टी ने एकदम अचानक से वर्तमान गठबंधन को तहस-नहस कर ठाकुर साब की पार्टी से हाथ मिला लिया था और नितीश कुमार नौवीं बार मुख्यमंत्री पद की शपथ ले रहे थे।

दो-ढाई महीने बाद ही देश में भी आम चुनाव होने वाले थे।

इधर कश्मीर में चिल्ले कलाँ बस ख़त्म ही हो रहा था। सर्दी की कटीली हवाओं में थोड़ी नरमी आ गई थी।

उन्हीं किन्हीं दिनों में कैप्टन समर प्रताप सिंह को श्रीनगर के बादामी बाग़ कैंटोनमेंट में अवस्थित सेना के बेस हॉस्पिटल में जाना पड़ा था। सालाना मेडिकल जाँच करवाना हर सैनिक के लिए एक अनिवार्य प्रक्रिया होती है। उसी अनिवार्य औपचारिकता को पूरा करने कैप्टन समर प्रताप सिंह बेस हॉस्पिटल आए थे।

बेस हॉस्पिटल का विशाल परिसर एक बहुत बड़े और बहुत ही ख़ूबसूरत इमारत को अपने आगोश में समेटे हुए था। शीशम और अखरोट की लकड़ियों के बने इस इमारत के गलियारे कैसी तो अपरिभाषित-सी अनुभूति से भर रहे थे समर साब को।

उन्हें अचानक से बिष्ट की कही गई बात याद हो आयी।

बिष्ट...गौरव बिष्ट...कैप्टन गौरव बिष्ट, इक्कीस राजपूताना राइफ़ल्स रेजीमेंट। इंडियन मिलिट्री एकेडमी की ट्रेनिंग के दौरान से ही समर साब का एकदम जिगरिया और पकिया वाला दोस्त। पिछले साल एक ऑपरेशन के दौरान आतंकवादियों की गोली लगने से वो घायल हो गया था और इसी बेस हॉस्पिटल में लगभग एक महीना भर्ती रहा था।

यहीं इसी हॉस्पिटल में जब एक दिन उस से बात हो रही थी फ़ोन पर तो उसने समर प्रताप सिंह से कहा था...

"जानता है समर, नाइंटी टू बेस हॉस्पिटल का एक अपना ही कोई जादू-टोना है। कुछ तिलिस्म-सा है यहाँ। इस जादू और तिलिस्म को कोई ऐसे नहीं समझ सकता। किसी के समझ में ही नहीं आएगा, जब तक कोई यहाँ एडमिट ना हो। यहाँ की पुरानी इमारतों और लकड़ियों के कॉरीडोर्स में जाने कितने शहीद फ़ौजियों की आत्माएँ भटकती हैं। ये भटकती आत्माएँ इस हॉस्पिटल में एडमिट हुए ज़ख़्मी और बीमार सैनिकों की अलग से देखभाल करती हैं। देर रात गए समर, यू कैन फ़ील देयर प्रेजेंस...इन द वार्ड, नियर योर बेड, व्हिस्परिंग इन द कॉरीडोर, वाचिंग ओवर यू वेन यू आर इन पेन। इन आत्माओं की यहाँ के डॉक्टर्स और नर्सेज पर स्पेशल ब्लेसिंग्स रहती है और तभी इस बेस हॉस्पिटल के डॉक्टर्स के हाथों में मिरेकल बसा हुआ है। इन आत्माओं की डिवाइन हीलिंग पावर यहाँ के डॉक्टर्स के स्टेथेस्कोप और इंजेक्शंस में आ जाती है और तभी ज़ख़्मी फ़ौजी यहाँ जल्दी से ठीक हो जाते हैं। मैं तो कभी नहीं चाहूँगा कि तुझे कभी कुछ हो समर और तुझे यहाँ एडमिट होना पड़े, लेकिन कभी जब तू यहाँ इस बेस हॉस्पिटल में आएगा ना तो देखना तुझे ख़ुद ही फ़ील होगा।"

कैसी तो झुरझुरी-सी भर गई थी समर प्रताप सिंह के पूरे वजूद में अपने दोस्त की बातें सुनकर।

आज जब उन्हें आना ही पड़ा इधर तो मेडिकल जाँच की सारी प्रक्रियाएँ निबट जाने के बाद, गौरव बिष्ट की उन्हीं बातों को याद करते हुए वो बेस हॉस्पिटल के गलियारों में धीरे-धीरे टहल रहे थे।

दीवारों पर टँगी तस्वीरें... घायल सैनिकों की, जनरल्स की, इकहत्तर की लड़ाई के बाद सैनिकों से मिलती हुईं इंदिरा गाँधी की, सैम मानेकशा की, लाल बहादुर शास्त्री की, कितने ही फ़िल्मी सितारों की। युद्ध काल को दर्शाती बड़ी-बड़ी पेंटिंग्स, चकदम वर्दियों में घूमतीं नर्सें, हलके आसमानी रंग के कुर्ते-पजामे में भर्ती हुए सैनिकों का हुजूम।

भारतीय सेना की तमाम गौरवशाली और शौर्य की तस्वीरों से परे, यह सारा कुछ एक अलग ही दृश्य उत्पन्न कर रहा था।

हॉस्पिटल की उन्हीं किन्हीं गलियारों में टहलते हुए कैप्टन समर प्रताप सिंह अचानक से एक छोटे-से कमरे के सामने पहुँच गए।

यह कमरा कुछ अलग ही था। सामान्य वार्ड और हॉस्पिटल के विभिन्न जाँच-कक्षों से एकदम अलग-सा। एक ख़ास-सी सुगंध थी वहाँ, जो हॉस्पिटल की दवाइयों और अन्य रसायनों की मिली-जुली वाली महक से एकदम अलग थी। जैसे किसी ने पुकारा हो समर साब को उस कमरे के अंदर से। कोई आवाज़ नहीं थी। बस एक अनसुना अपरिचित-सा बुलावा था जैसे। समर प्रताप सिंह के क़दम अनायास ही मुड़ गए थे उस कमरे की तरफ़। हौले से धकेला उन्होंने कमरे के दरवाज़े को...और जैसे एक झटके में किसी और ही दुनिया में आ गए वो। नीम अँधेरे में डूबे उस कमरे की चारों दीवारों पर लकड़ी के बने हुए बड़े-बड़े फ्रेम टंगे हुए थे। किसी बड़ी पेंटिंग फ्रेम-जैसे फ्रेम। हर फ्रेम के अंदर एक सफ़ेद मोटे कार्डबोर्ड पर बहुत सारी छोटी-छोटी काली-काली टेढ़ी-मेढ़ी-सी चीज़ें चिपकी हुई थीं और हर चिपकी हुई चीज़ के नीचे एक छोटा-सा पीले रंग का काग़ज़ स्टीकर की तरह लगा हुआ था जिस पर कुछ-कुछ लिखा हुआ था।

दरवाज़े की दाहिने तरफ़ लगे स्वीच-बोर्ड को तलाशते हुए समर प्रताप सिंह ने सारे स्विच दबा दिए। भक्क से उजाला फैल गया कमरे में। कैप्टन समर प्रताप सिंह अवाक से खड़े निहारते रह गए उस कमरे की चारों दीवारों पर टंगे हुए उन बड़े-बड़े फ्रेम्स को।

दरअसल श्रीनगर के आर्मी बेस हॉस्पिटल का वह कमरा ख़ास तरह का संग्रहालय था। दुनिया का सबसे अजीबो-गरीब संग्रहालय होगा वो शायद,

जहाँ बीते युद्धों और आतंकवाद से जुड़े अब तक के तमाम ऑपरेशनों में शहीद या घायल हुए सैनिकों के जिस्म से निकाली हुई गोलियाँ, ग्रेनेड के टुकड़े या बम-धमाकों में पैबस्त हुई नुकीली कीलें और छर्रे संग्रहित थे। उस कमरे की सारी दीवारें शीशे मढ़े बड़े-बड़े लकड़ी के फ़्रेम से ढँकी हुई थीं और इन सारे फ्रेमों में चिपकाई गयी थीं- तमाम गोलियाँ, ग्रेनेड के टुकड़े और बमों के छर्रे, बाक़ायदा उस शहीद या घायल सैनिक के नाम के साथ जिनके शरीर से ये निकले थे और वह तारीख भी, जिस दिन वो सैनिक घायल हुआ था।

दुनिया का सबसे अनूठा कोलाज था वो-

...जैसे कि ज़ख़्मों की नक़्क़ाशी की गई हो!!!

ऐसे ही एक आवारा-सा ख़्याल उठा था समर प्रताप सिंह के मन में कि क्या कभी उसका भी नाम शामिल होगा इन ज़ख़्मों की नक़्क़ाशी में!

कुछ ख़्यालों को सच में तब्दील होने की बड़ी गंदी आदत होती है!

तब कहाँ पता था समर साब को कि कुछ महीनों बाद वो यहीं, इसी नाइन्टी टू बेस-हॉस्पिटल में वापस आने वाले थे और इसी कमरे के ज़ख़्मों के कोलाज में उनका भी नाम शामिल होने वाला था।

एक-एक फ़्रेम में शामिल एक-एक गोली के टुकड़े, ग्रेनेड के छर्रों और आई-ई-डी ब्लास्ट की किरचों को निहारते रहे...उनके नीचे लगे सैनिकों के नाम और तारीख़ों को पढ़ते रहे थे वो बहुत देर तक। एक फ़्रेम में गौरव बिष्ट का नाम देखते ही उन्होंने अपना मोबाइल निकाला और गोली के उस टुकड़े की तस्वीर खींच ली।

उस फ़ोटो को व्हाट्सएप पर गौरव बिष्ट को भेजते हुए उन्होंने लिखा-

"अ पीस ऑफ़ यू! घूर रहा हूँ इसे और तुझे मिस कर रहा हूँ कमीने। कुछ ज़्यादा ही मिस कर रहा हूँ। लव यू साले!"

बादामी बाग़ कैंट से लौटते उन्होंने कैंट के पीछे उत्तुंग खड़ी ज़बरबान पहाड़ी को देर तक निहारा।

समर प्रताप सिंह को अपना पहला ऑपरेशन याद आया।

उनका पहला 'किल'!

एक सिहरन-सी दौड़ गई थी उनके जिस्म में। वो वापस मानसबल कैंट के लिए निकल पड़े।

~~~

चिल्ले कलाँ के बाद चिल्ले ख़ुर्द और चिल्ले बच्चा भी ख़त्म हो गया था। सुनहरी धूप में लिपटी हुई पूरी वादी की छटा अपने पूरे जवाल पर थी। चिनारों पर हरे-हरे पत्ते लौट आए थे। झेलम की लहरों की उछाल जैसे सारंगी के नये धुन बुन रही थी। डल झील में तैरते रंग-बिरंगे शिकारे आसमान के इन्द्रधनुष को मानो पानी पर उतार लाए थे।

इस सुनहरी धूप, नवेली धुन और सतरंगी तस्वीरों के तिलिस्म से अनभिज्ञ, देश में अठारहवें लोकसभा के गठन के लिए आम चुनाव शुरू हो गये थे।

चौवालीस दिनों तक चले इस आम चुनाव में लगभग पैंसठ करोड़ मतदाताओं ने अपने मताधिकार का इस्तेमाल किया। सत्तारूढ़ पार्टी चुनाव जीत तो अवश्य गई थी, लेकिन पिछली दो बार की तरह यह आसान जीत नहीं थी। इस बार जनता ने उन्हें पूर्ण बहुमत से वंचित रखा था। पिछली बार जहाँ पार्टी ने तीन सौ तीन सीटों की अपार जीत हासिल की थी, इस बार दो सौ चालीस से ही संतोष करना पड़ा था।

हालाँकि जहाँ ठाकुर सुदर्शन प्रताप सिंह ने अपना अविजित रहने का कीर्तिमान कायम रखा था, वहीं दो बार के प्रधानमंत्री ने तीसरी बार भी पद की शपथ ली।

ठाकुर साब को वापस रक्षा राज्यमंत्री का ही कार्यभार सौंपा गया था।

चुनाव-परिणाम आए और शपथ-ग्रहण समारोह को बीते दो हफ़्ते से ज्यादा गुज़र चुके थे। समर प्रताप सिंह अपना मन ही नहीं बना पा रहे थे कि उन्हें अपने परम आदरणीय पिता को फ़ोन करके बधाई देनी चाहिए कि नहीं।

इस बीच मुनमुन का तीन बार कॉल आ चुका था उनको। तीसरा कॉल तो बाक़ायदा धमकी भरा था कि "ब्रो यू बेटर कॉल पापा...नहीं तो जान से मार दूँगी मैं तुमको" वाला कॉल।
~~~

उधेड़बुन से भरा एक और दिन गुज़र गया था, जब उस शाम उनके मोबाइल का स्क्रीन 'बाप कॉलिंग' की सूचना लिए फ़्लैश कर रहा था।

ख़ूब देर तक रिंग बजते रहने देने के बाद, समर साब ने कॉल उठा लिया-

"हैलो शर्मा अंकल, प्रणाम! कैसे हैं आप? बहुत-बहुत बधाई आपको और पापा को।" समर साब ने ठाकुर साब के पीए, श्री जितेन्द्र शर्मा जी को संबोधित करते हुए बात शुरू की।

"अरे समर बेटा...मैं बोल रहा हूँ।" लेकिन उधर से आवाज़ ठाकुर सुदर्शन प्रताप सिंह की गूँजी।

"अरे पापा आप? यह चमत्कार कैसे हो गया आज? हमेशा शर्मा अंकल ही कॉल करते थे ना, फिर आपको फ़ोन पकड़ाते थे। बाय द वे, बहुत-बहुत बधाई आपको फिर से इलेक्शन जीतने की और मंत्री पद की।" कैसी तो एक वितृष्णा-सी थी समर साब की आवाज़ में जिसे वो चाह कर भी छुपा नहीं पा रहे थे।

"अब ऐसा भी नहीं है समर कि मैं अपने इकलौते बेटे को हमेशा अपने पीए से ही कॉल करवाता हूँ।"

"वैसे है तो ऐसा ही पापा। खैर छोड़िये...कैसे हैं आप?"

"मैं ठीक हूँ। आज पंद्रह दिन हो गए मुझे शपथ लिए। वेट कर रहे थे कि बेटा फ़ोन करेगा...आज बहुत याद आ रही थी तो सोचे फ़ोन कर लेते हैं।"

"जी अच्छा!"

"तुम इजरायल गए थे एक साल के लिए। वापस आकर कॉल भी नहीं किए। कैसा रहा सब कुछ उधर? किसलिए भेजी थी तुमको आर्मी? कोई स्पेशल मिशन था क्या?"

"माँ को तो किए थे कॉल, बतायी ही होगी आपको। अब तो उधर ही रहती है सरकारी बंगले में आपके साथ ना...पटना से उनका जॉब छुड़वा के ले ही आए आप उनको दिल्ली। कुछ ख़ास नहीं था उधर इजरायल में। कमांडो ट्रेनिंग के लिए गए थे हम।"

"अरे तो कमांडो तो हो ही तुम पहले से और बहुत ही कमाल के कमांडो हो। इधर तुम्हारे आर्मी-हेडक्वार्टर में सब जानते हैं तुमको नाम से। तुम्हारी बहादुरी का सब जेनरल लोग चर्चा करते हैं मुझसे।"

"हाँ वो उधर कुछ स्पेशल ट्रेनिंग था। इजरायली आर्मी के साथ जॉइंट एक्सरसाइज़ था एक, उसी के लिए गए थे हम इंडियन कंटिनजेंट के साथ।"

"ओ अच्छा अच्छा! बहुत बढ़िया! और सब उधर ठीक है ना? तुम संभल के ऑपरेशन सब करना। बहुत आतंकवादी सब को मारे हो तुम, थोड़ा ध्यान रखना। इस बार स्वतंत्रता दिवस पर शायद तुमको कोई मेडल भी मिल जाएगा।"

"हाँ हम ठीक से हैं और हम को कोई मेडल-वेडल नहीं चाहिए। जो देना होगा आर्मी देगी। आपको इन सबसे कोई लेना-देना नहीं होना चाहिए।"

"अरे तुम ऐसे काहे बोल रहे हो?"

"ऐसे क्या बोल रहे हैं हम। आप ही जेनरल लोगों का ज़िक्र लेकर आए हैं और फिर हमारे मेडल की बात कर रहे हैं। आप मंत्री हैं और वो भी डिफ़ेंस के तो इसलिए आपसे बात करते होंगे ये जेनरल साब लोग हमारे बारे में। इस बात को इतना तूल देने की ज़रूरत नहीं है। यहाँ आर्मी में एक से एक बहादुर और निडर ऑफ़िसर्स और जवान हैं...हम कुछ भी नहीं है उनके सामने। और आपसे विनती है कि आप हमारे बारे में उधर आर्मी हेडक्वार्टर में बात न किया करें।"

"अरे समर...काहे इतना उखड़ रहे हो बेटे? मैं तो तुम्हारी माँ से बात कर रहा था और यही सब बात उनको भी सुना रहा था कि कितना बड़ा हो गया है हमारा बेटा और कितने अच्छे-अच्छे बड़े-बड़े लोग अपने बेटे के बारे में चर्चा करते रहते हैं। मेरी छाती घमंड से फूली रहती है हर समय। यही बताने के लिए फ़ोन किए थे तुमको समर।"

"ओके पापा!" समर साब की झुँझलाहट अपने चरम पर थी कि ठाकुर सुदर्शन प्रताप सिंह कब फ़ोन काटें और उनका पीछा छूटे।

"और हाँ...एक ज़रूरी बात भी करनी थी तुमसे समर।"

"जी बताइए!"

"तुम्हारे लिए बहुत से रिश्ते आ रहे हैं पिछले एक साल से। एक-दो तो बहुत ही बढ़िया घराने से आए हैं। तुम्हारी माँ को भी पसंद आया है और हम दोनों ही चाह रहे थे कि तुम अगर..."

"हमको नहीं करनी है शादी-वादी!" ठाकुर साब की बात को बीच में ही काटते हुए समर साब ने कहा।

"अरे अभी नहीं करनी है शादी तो कब करनी है। इस दिसंबर में तुम उन्तीस साल के हो जाओगे समर।"

"आपने हमारी बात ठीक से सुनी नहीं पापा। अभी जैसा कुछ तो हम बोले ही नहीं। हम बोले के हमको शादी नहीं करनी है। शादी करनी ही नहीं है हमको।" समर साब की आवाज़ में एकदम से तल्ख़ी आ गई थी।

"अरे...ऐसे कैसे नहीं करनी है शादी। वो तो करनी ही होगी। इतने अच्छे बड़े-बड़े घरों से रिश्ते आ रहे हैं। एक को तो हाँ बोलेंगे ही हम लोग।"

"आप सुनते नहीं हैं पापा। यही तो प्रॉब्लम रही है आपकी हमेशा से। आप अपने अलावा किसी और की बात पर धेले भर कान नहीं देते हैं। हमको नहीं करनी है शादी और न ही इस बारे में बात भी करनी है कोई। और कोई बात हो तो बताइये वरना बहुत काम है इधर हमको।"

"ऐसे कैसे बद्तमीज़ी से बात कर रहे हो तुम? शादी तो करनी ही होगी तुमको। ठाकुर सुदर्शन के ख़ानदान में कभी ऐसा हुआ नहीं है और न ही होगा। तुम्हारी माँ दो-तीन लड़कियों की फ़ोटो भेजेगी। सेलेक्ट करके बता देना अपनी माँ को...फिर बात बढ़ाएँगे आगे।"

"बेकार है, मत भिजवाइए। खोल के झाकेंगे तक नहीं हम और वो दिन हवा हुए पापा जब अपनी धौंस जमाकर आप सारे घर को...माँ को और दोनों दीदियों को डरा के रखते थे। हम पर नहीं चलेगी आपकी नेतागिरी। तो रहने दीजिये ये सब।"

"चुप....तमीज़ से बात करो तुम समर। तुम्हारे सेनाध्यक्ष से बात करूँगा मैं...फिर देखता हूँ क्या करते हो तुम।" ठाकुर सुदर्शन प्रताप सिंह की गुस्से में फुफकारती-सी हुई चीख़ मोबाइल स्क्रीन को मानो फाड़ के बाहर आ रही थी।

"पापा आप न अपने आका मोदी जी से भी बात कर लेना मेरे बारे में। हम भी देखते हैं कि कौन क्या उखाड़ लेता है हमारा। ऐसी ही धमकी आप तब भी दिए थे हमको जब हम इंडियन मिलिट्री एकेडमी में ट्रेनिंग ले रहे थे? आपको पति बनना तो आया नहीं कभी और न ही कभी बाप बन पाए आप ठीक से। अपनी पॉलिटिक्स, अपनी पार्टी की तरह ही घर को भी चलाने में लगे रहे आप। अब से फ़ोन मत कीजिएगा आप हमको। बात करने का मन हो अपने इस सो-कॉल्ड इकलौते बेटे और अपने ठाकुर ख़ानदान के इकलौते वारिस से तो सेनाध्यक्ष या फिर प्रधानमन्त्री जी की मार्फ़त आइएगा।" यह कहकर फ़ोन काट दिया कैप्टन समर प्रताप सिंह ने।

अगले पंद्रह-बीस मिनट तक वो अपने कमरे के फ़र्श को बुरी तरह से रौंदते रहे और फिर एकदम से अपना भारी-भरकम बूट चढ़ाया, अपना टैवोर उठाया और कमरे से बाहर निकलकर लाइन की तरफ़ बढ़ चले।

"जोगा...ओ जोगा! किधर हो सब लोग? रेडी हो...पेट्रोलिंग करके आते हैं बगल में सुम्बल गाँव से।" लाइन में जाते ही कैप्टन समर प्रताप सिंह ने आवाज़ देकर अपनी टीम को बुलाया।

"जय हिन्द साब! क्या हुआ अचानक से साब? सब ठीक है ना? कोई ख़बर है क्या?" अपनी राइफ़ल उठाये लाइन से बाहर निकलते हुए हवलदार जोगा ने पूछा।

"हाँ हाँ...सब ठीक है। कोई ख़बर नहीं है। बस चलते हैं...थोड़ा आस-पास की हवा सूँघ के आते हैं।"

"जी साब।"

थोड़ी देर बाद ही 101 पैराशूट रेजीमेंट की दो जिप्सी गाड़ियाँ कैंट से बाहर निकल रही थीं।

झेलम किनारे बसा हुआ सुम्बल गाँव मानसबल कैंट से बस ढाई-तीन किलोमीटर की दूरी पर था। कश्मीर में आतंकवाद के उत्कर्ष के दौरान इस गाँव ने भी यहाँ के अन्य इलाक़ों की तरह बहुत त्रासदी झेली थी।

झेलम किनारे चलती हुई जिप्सी की खिड़की से बाहर झाँकते हुए समर प्रताप सिंह का मन अब थोड़ा शांत हो चुका था। नीरव बहती हुई झेलम का पानी सुकून दे रहा था समर साब को।

लगभग साढ़े सात सौ किलोमीटर लम्बी ये नदी अपना उद्गम वेरीनाग झरने से पाती है, जो श्रीनगर के दक्षिण में अनंतनाग में स्थित है। वहाँ से चलकर वूलर झील को बीच से चीरती हुई झेलम फिर पाकिस्तान में प्रवेश कर जाती है।

आज से लगभग पाँच साल पहले, समर प्रताप सिंह ने कश्मीर में जब पहली बार पैर रखा था, उन्हें आस-पास झेलम का बहना हमेशा से मंत्रमुग्ध करता रहा था। सुम्बल ब्रिज से गुज़रते हुए उन्होंने जिप्सी को रुकने का इशारा दिया। हवलदार जोगा को उन्होंने इशारे से गाँव का एक चक्कर लगाकर आने को कहा और ख़ुद अपनी जिप्सी से उतरकर ब्रिज पर टहलने लगे। समर साब का बड्डी राकेश किसी चीते की फुर्ती से कूदा था जिप्सी के पीछे से बाहर और एकदम तैनात मुद्रा में ब्रिज की निगहबानी में जुट गया। हवलदार जोगा की जिप्सी आगे बढ़ गई।

ब्रिज की रेलिंग के सहारे टिकते हुए समर प्रताप सिंह ने विल्स क्लासिक की चौरासी मिलीमीटर लम्बी वाली दंडिका सुलगाई और नीचे झेलम को दूर बहते हुए देखते हुए जाने कहाँ गुम हो गए।

उनका मन कर रहा था कि वो कूद जाएँ नीचे और दूर तक बहते चले जाएँ झेलम की लहरों के साथ- जाएँ वो बहते हुए पाकिस्तान में और वहाँ पहुँचकर अपने टैवोर का चैंबर खोल दें और झेलम के नीरव उजले पानी को ख़ून से लाल-लाल कर दें!

जाने उनके अशांत मन में कैसे-कैसे ख़यालों की लहरें हिलोरें मार रही थीं।

अभी उन्होंने अपनी दूसरी सिगरेट सुलगाई ही थी कि उनकी कमर में बेल्ट से टंगा हुआ रेडियो सेट चिहुँक उठा एकदम से-

"नेतराम फॉर शमशेर, ओवर! जल्दी आओ वरना जोगा सिंह मार डालेगा इस औरत को...ओवर!"

वायरलेस पर आ रहा उत्तेजित-सा संदेश समर साब के पूरे वजूद के संग-संग इर्द-गिर्द की हवा को भी जैसे हज़ार वाट का करेंट दे गया। नायक नेतराम की आवाज़ में छुपी हुई व्याकुलता समर साब के कानों से उतरती हुई रगों में दौड़ने लगी थी और जलती सिगरेट को नीचे झेलम में फेंकते हुए वो भागकर अपनी जिप्सी में आ बैठे। ड्राइवर को आगे सुम्बल गाँव चलने का आदेश दिया उन्होंने और अपना रेडियो सेट बेल्ट से निकाल लिया-

"शमशेर फ़ॉर नेतराम, ओवर! क्या हुआ है? सब ठीक है? हम पाँच मिनट में पहुँच रहे हैं, ओवर!"

"नेतराम फ़ॉर शमशेर...जल्दी आओ ओवर!"

बमुश्किल पाँच से सात मिनट आगे था ब्रिज से सुम्बल गाँव। इस दौरान समर साब ने हवलदार जोगा सिंह का पूरा बायोडाटा अपने स्मृति-पटल पर दसियों बार दौड़ा लिया। सीधा-सादा, एकदम डिसिप्लीन्ड, दो बच्चों का पिता, तनिक वज़नदार लेकिन शारीरिक रूप से बिलकुल फिट जोगा...क्या समस्या खड़ी कर सकता है वो? पिछले दोनों ऑपरेशंस में क्या ही कमाल का काम किया था जोगा ने।

जिप्सी की रफ़्तार के साथ जैसे समर साब की बेचैनी रेस लगा रही थी उस सर्पिल-सी टेढ़ी-मेढ़ी सड़क पर।

थोड़ी ही देर बाद उनकी जिप्सी गाँव में प्रवेश कर रही थी।

अच्छा-ख़ासा मजमा जमा हुआ था वहाँ, जब समर प्रताप सिंह उधर पहुँचे। दूर खड़ी दूसरी जिप्सी को गाँव के लोगों की भीड़ से घिरे देख पा रहे थे वो अपनी जिप्सी की विंड स्क्रीन से। किसी अनिष्ट की आशंका से उनका पूरा वजूद एक बारगी सिहर उठा उठा था।

फ़ौजी गाड़ियों द्वारा छोटी-छोटी दुर्घटनाओं पर कश्मीरियों द्वारा गाड़ी को जला दिए जाने की अनगिनत वारदातों का ज़िक्र सुन रखा था समर साब ने। राकेश को आँखों ही आँखों में इशारा हुआ...दोनों के हाथ बिलकुल मुस्तैद अपने-अपने हथियार पर कस गए थे जिप्सी से उतरते हुए। किसी भी संभावना से भिड़ने को तैयार...

लेकिन नज़दीक पहुँचने पर गाँव के लोग हँसते-ठिठयाते दिखे उन्हें और हवलदार जोगा सिंह एक लगभग दस वर्षीया कश्मीरी लड़की को गोद में उठाये अपनी जेब से चॉकलेट निकाल कर खिला रहा था।

कहानी यूँ खुली कि अनिष्ट की आशंका से ग्रसित समर प्रताप सिंह अपने बुलंद ठहाके को रोक ना पाए।

दरअसल हुआ ये था कि उस कश्मीरी गुड़िया की माँ जाने किस आवेश में अपनी बेटी की बेतरह पिटाई कर रही थी अपने घर के बाहर, जब हवलदार जोगा अपनी जिप्सी से उधर से गुज़र रहा था। उस छुटकी का रुदन दूर कुमाऊँ के पहाड़ों में बैठी अपनी बेटी की याद दिला रहा था हवलदार जोगा को। जिप्सी रोककर वो उतरा और उस कश्मीरी औरत से तीन-चार बार गुहार लगाई उसने छुटकी को छोड़ देने के लिए, लेकिन जब वो नहीं रुकी तो हवलदार जोगा सिंह के रुद्रावतार ने पहले तो ज़ोर का धक्का दिया औरत को और फिर छुटकी को गोद में उठा लिया। वो औरत जब उग्रचंडिका बनी हुई जोगा सिंह पर ही झपटी तो फिर सब कुछ उसकी बर्दाश्त की क्षमता से बाहर हो गया था।

समर साब को गाँव वालों ने ही बताया कि कैसे छुटकी को गोद में उठाये थप्पड़ों की मूसलाधार बारिश ले आए थे हविलदार साहिब! छुटकी के पापा सारे गाँव वालों के समूह में सबसे अग्रणी थे हवलदार जोगा सिंह के समर्थन में ये कहते हुए कि ठीक किया हविलदार साहिब ने इस बद्‌तमीज़ औरत के साथ...ऐसे ही करती है ये बच्चों के साथ हर रोज़...अब अक़्ल ठिकाने रहेगी।

कुछ देर पहले एकदम अशांत मन लिए निकले थे समर प्रताप सिंह कैंट से बाहर और बस थोड़ी देर पहले किसी अनिष्ट की आशंका में बेचैन थे। अब उनके ठहाके रुक ही नहीं रहे थे।

वापसी में वो फिर से रुके उसी ब्रिज पर।

इस बार हवलदार जोगा के साथ रेलिंग पर झुक कर खड़े थे वो और दोनों ही मिलकर एक ही सिगरेट के कश बारी-बारी से लगा रहे थे।

शब भर शबनम की बाँहों में रहने के बाद
केसर की पंखुड़ियों को आई किसकी याद

उधर तैतीसवें ग्रीष्म कालीन ओलम्पिक में, जो कि पेरिस में चल रहा था, भारतीय सेना की चौथी राजपूताना राइफ़ल्स बटालियन के सूबेदार नीरज चोपड़ा ने जेवलीन थ्रो में रजत पदक जीतकर देश को एक ख़ुश-लहर से सराबोर कर दिया था।

89.45 मीटर के साथ नीरज के अपने ही करियर का वो दूसरा सर्वोत्तम थ्रो था, लेकिन उस फ़ाइनल प्रतिस्पर्धा में जैसे वो लय नहीं पकड़ पा रहे थे। चिर प्रतिद्वंद्वी पाकिस्तान के नदीम का 92.97 वाला थ्रो कुछ इतना बेमिसाल था कि उसके बाद नीरज बस ग़लतियाँ पर ग़लतियाँ करते गए और अपने एक उस विजयी थ्रो के अलावा कोई भी सही थ्रो नहीं कर सके।

एक सौ एक पैराशूट रेजीमेंट के ऑफ़िसर्स मेस में इस जेवलिन प्रतिस्पर्धा को टीवी पर अपने कमांडिंग ऑफ़िसर कर्नल प्रतीक सिन्हा के साथ लाइव देख रहे सारे ऑफ़िसर्स के चेहरों पर भयंकर निराशा एकदम दृष्टिगोचर हो रखी थी।

"ब्लडी अटर्ली शेमफुल परफ़ॉर्मेंस! व्हाट द फ़क्क वाज रांग विद नीरज टूडे? ही वाज़ जस्ट नॉट इन हिज यूज़ुअल रिदम।" कर्नल प्रतीक ने हताशा से अपना सर हिलाते हुए कहा।

"हाँ सर...समथिंग वाज़ सर्टेनली मिसिंग इन हिम।" ये लेफ़्टिनेंट कर्नल मुकेश नरवाल उर्फ़ मुस्तफ़ा थे।

"वो सूअर नदीम साला आज जाने क्या खा के आया हुआ था, सर। उसके उस मोंस्टरस थ्रो के बाद से ही नीरज के सारे थ्रो फ़ॉल जाने लगे।" कैप्टन समर प्रताप सिंह उर्फ़ शमशेर ख़ान ने राय-शुमारी की।

"फ़क्क इट गायज़! प्रतीक वो इधर 'जे एंड के' के असेम्बली इलेक्शन के डेट्स क्या फ़ाइनल हुए हैं?" कमांडिंग ऑफ़िसर ने विषय-परिवर्तन करते हुए कहा।

"सर एटीन्थ सेप्टेम्बर से फ़र्स्ट अक्टूबर तक है।" मुस्तफ़ा ने जवाब दिया।

"अपने इलाक़े में कब है समर?"

"सर आवर्स इज बांदीपोरा कॉन्स्टीच्यून्सी और इधर लास्ट डे यानी कि फ़र्स्ट अक्टूबर को है वोटिंग।"

"ओके गॉट इट। टफ़ डेज़ आर अहेड गायज़! आर्टिकल थ्री सेवेंटी के रिमूवल के बाद का पहला इलेक्शन है। तो कुछ-न-कुछ भसड़ तो मचेगी ही। सब लोग अपने आँख और कान खुले रखना। अपने सारे इन्फ़ॉर्मर्स को भी चौकस रखो। मुकेश, तुम्हारे फ़िरदौस का क्या हाल है? ठंडा पड़ गया है काफ़ी दिनों से।"

"ठीक है सर वो। ठंडा है अभी, लेकिन है बहुत काम का बंदा। उसे इसलिए एक्टिव रखा हूँ अभी तक।"

"और समर, शाज़िया की तरफ़ से कोई नयी ख़बर नहीं है?"

"नहीं सर... अभी तो कुछ भी नहीं है।"

"हाँ कोई नहीं, एक ख़बरी दो से तीन एक्शनेबल ख़बर दे दे यहाँ वैली में, वही बहुत है। शाज़िया से बात करते रहो लगातार। ख़बर नहीं आ रही है, इसका ये मतलब नहीं कि टच में नहीं रहना है।" कर्नल प्रतीक ने समझाइश के अंदाज़ में कहा।

"सर ये कमीना तो मोर दैन टच में है, उसकी आप चिंता ना करो।" लेफ़्टिनेंट कर्नल मुकेश नरवाल ने चुटकी लेते हुए कहा।

"सर आप भी ना... बस!" समर साब झेंप गए थे थोड़ा-सा।

"देखो, जो करना है तुम दोनों को उसके लिए अब समय कम है तुम दोनों के ही पास। दिसम्बर मिड तक का ही वक़्त है... स्पेशियली तुम दोनों

के ही पास मुस्तफ़ा और शमशेर। समझ रहे हो ना?" कमांडिंग ऑफ़िसर ने थोड़ा गंभीर होते हुए कहा।

"ऐसा क्यों सर? बटालियन को इधर आए तो अभी साल भी पूरा नहीं हुआ है।" समर साब ने हैरान होते हुए पूछा।

"ऐसा इसलिए समर कि तुम्हारा प्यारा मुस्तफ़ा सर दिसंबर में कर्नल बन जाएगा और उसे इस बटालियन से बाहर जाना पड़ेगा, किसी और बटालियन को कमांड करने के लिए।" कर्नल प्रतीक की आवाज़ में थोड़ी-सी उदासी तिर आयी थी।

"यस सर वो तो मालूम है। लेकिन हम तो रहेंगे ही अभी आपके साथ... आपकी कमांड में।" समर साब ने उस तिर आयी उदासी को समझते हुए दिलासा जैसा कुछ देने की कोशिश की अपने सीओ साब को।

"नहीं! वही तो समझाने की कोशिश कर रहा हूँ। दिसंबर में तुम्हारे भी छः साल पूरे हो रहे हैं कमीशंड होने के। मेजर बन जाओगे तुम और मेजर बनते ही तुम्हारा डिटेलमेंट आ जाएगा वापस इजरायल के लिए। एडवांस स्पेशल ऑप्स कोर्स। तुम ऑलरेडी शॉर्टलिस्टेड हो दिसंबर में, इंडियन कंटिजेंट के साथ जाने के लिए। मोमेंट यू विल पिक अप द मेजर रैंक, दे विल सेंड द ऑफ़िशियल लेटर।" कर्नल प्रतीक ने विस्तार से समझाया।

"ओह!" समर साब के मुँह से बस इतना ही निकला।

"हाँ...मेरे दो सबसे होनहार लड़ाके निकल जाएँगे। उसके बाद मुझे एक 101 का सारा काम एकदम नयी टीम से ही चलाना पड़ेगा।"

"न्यू ब्वॉयज़ आर गुड सर। स्पेशियली कैप्टन मयंक एंड लेफ्टिनेट शशांक...दे बोथ आर टेरिफ़िक गायज़।" मुस्तफ़ा भी जैसे दिलासा दे रहा हो अपने सीओ को।

"हाँ ये लड़के तो ठीक हैं मुकेश। मुझे बस चिंता है कि तुम्हारे रिलीफ़ में मेरे पास किस नये बन्दे को सेकेंड-इन-कमांड बनाकर भेजेंगे।" कमांडिंग ऑफ़िसर की दुश्वारी अलग ही थी।

जाने क्यों थोड़े उदास से हो गए थे समर प्रताप सिंह इन बातों को सुनकर।

वक़्त था कि बेहिसाब बीता जा रहा था कमबख़्त और समर साब थे कि उचककर थाम लेना चाहते थे- इस दौड़ते-भागते वक़्त को।

कश्मीर में चुनाव अपेक्षाकृत शान्ति से ही संपन्न हो गया था और ओमर अब्दुल्ला दूसरी बार राज्य के मुख्यमंत्री की गद्दी पर विराजमान हो चुके थे।

महीने भर बाद ही तो नये-नये गठित राज्य विधान सभा में नया रिजोल्यूशन भी पास हो गया था। यह रिजोल्यूशन आर्टिकल 370 के हटाये जाने से छीने गये विशेष राज्य के दर्जे को वापस लाने की मुहिम थी। ख़ूब हंगामा मचा रहा इस मुद्दे पर पूरे राज्य में।

इधर इस बार सर्दी के इरादे बिलकुल ही नेक नहीं लग रहे थे। उत्तरी कश्मीर के पहाड़ों पर दिसंबर की शुरुआत होते ही बर्फ़बारी शुरू हो गई थी। मानसबल झील की ऊपरी परत पर बर्फ़ की पतली-सी झिल्ली फैलनी शुरू हो गई थी।

समर साब अपनी टीम के साथ मानसबल और झील के आसपास के इलाक़े की पेट्रोलिंग से लौटे ही थे वापस कैंट में, जब उन्हें ख़बर दी गई कि आर्मी हेडक्वार्टर्स से उनका डिटेलमेंट आ गया है। भागे-भागे गए थे वो बटालियन के एड्जूडेंट के ऑफ़िस में। मयंक कर रहा था उन दिनों एड्जूडेंट की ड्यूटी, कैप्टन मयंक दूबे...बटालियन का टेक्नीकल माइंड। कम्प्यूटर्स उसके इशारों पर नाचते थे।

वो समर प्रताप सिंह को अपने ऑफ़िस में घुसते देखते ही अपनी कुर्सी से उठ खड़ा हुआ-

"हार्टीयेस्ट कॉंग्रेचुलेशंस सर! आप फिर से इजरायल जा रहे हो। एडवांस स्पेशल ऑप्स कोर्स के लिए। आपके साथ बाक़ी पैरा बटालियन्स के पाँच और ऑफ़िसर्स डिटेल हैं सर।"

"थैंक्स मयंक। डेट क्या है बे जाने की, पहले वो बता!" समर साब ने उतावला होकर पूछा।

"सर सत्रह दिसम्बर को रिपोर्ट करना है आपको दिल्ली में।"

"ओह शिट...इतनी जल्दी। ये तो बस दस दिन रह गए हैं यार मयंक।"

"हाँ सर, है तो कम समय। लेकिन शायद सोलह को आपको मेजर रैंक लगना है, इसलिए सत्रह को रिपोर्टिंग रख दी होगी इन लोगों ने।" कैप्टन मयंक दूबे ने जवाब दिया।

"हाँ यही होगा। चल-सी यू लेटर!"

"सर...सर सुनिए तो। टू-आई-सी सर ने आपका मेस में डाईनिंग आउट प्लान करने को कहा है। किस दिन का प्लान करूँ?"

"फ़क ऑफ़ ब्वॉय...आस्क हिम ओनली! डोंट बॉदर मी!" समर साब तीर की तरह निकल गए एड्जूडेंट ऑफ़िस से।

कुछ और ही चल रहा था उनके दिमाग़ में। एकदम से ठान लिया था उन्होंने कि अब बहुत हुआ। इस शाज़िया और रेहाना की कहानी से शमशेर ख़ान वाले अध्याय का पटाक्षेप करने का वक़्त आ गया है। उन्होंने आख़िरी बार शाज़िया से मिलने की ठान ली।

आखिरी मुलाक़ात...यहाँ से विदा होने से पहले।

एड्जूडेंट ऑफ़िस से निकलकर वो सीधा अपने कमरे में पहुँचे। फ़टाफ़ट पेट्रोलिंग वाली वर्दी को उतारा। जींस और कुर्ता पहना। कुर्ते के नीचे जींस की बेल्ट के साथ अपना ग्लोक खोंसा। ऊपर से मोटा फ़िरन डाला और अपने बड्डी राकेश को सिविल पैटर्न वाला स्कॉर्पियो निकालने का आदेश दिया।

दस मिनट बाद ही वो स्कॉर्पियो की स्टेयरिंग पर बैठे राकेश के साथ मानसबल कैंट से बाहर निकल रहे थे। न उन्होंने कमांडिंग ऑफ़िसर को सूचित किया अपने इस निर्णय के बारे में और न ही सेकेंड-इन-कमांड को। एक अजीब-सी सख़्ती दिख रही थी उनके चेहरे पर स्कॉर्पियो को ड्राइव करते हुए। सह-चालक सीट पर बैठा हुआ पैराट्रूपर राकेश अपने कैप्टन साब के चहरे की सख़्ती और आँखों में मचल रहे सैलाब को देखकर कर चुपचाप सहमा-सा बैठा हुआ था।

जाने क्या झंझावात चल रहा था समर प्रताप सिंह के मन में...

कश्मीर वादी को दुबारा छोड़ कर जाने से पहले वो शाज़िया को सब सच-सच बता देंगे। उससे आज वो कह देंगे कि वो शमशेर ख़ान नहीं, बल्कि समर प्रताप सिंह है। उसे और रेहाना...दोनों से कह देंगे वो। रेहाना की आँखों में देखते हुए कहेंगे वो। जाने से पहले अपने पीछे उम्मीद की कोई लौ जगमगाते नहीं छोड़ना चाहते थे वो।

एक तरह से आख़िरी मुलाक़ात करने जा रहे समर साब को आज मानसबल कैंप से बटमालू तक की दूरी अचानक से बहुत छोटी लगने लगी थी।

दिसंबर की वो धुली-धुली-सी दोपहर कैसी तो घबराई हुई-सी थी।

कोई बेकसी-सी बेकसी थी वो!

बस ये सोचकर ही कि शाज़िया की क्या प्रतिक्रिया होगी उसकी असली पहचान के बारे में सुनकर, समर साब जींस-कुर्ते में उस मोटे से फ़िरन के भीतर पसीने से तरबतर हुए जा रहे थे। रस्ते में ही उन्होंने शाज़िया को मोबाइल पर बता दिया था कि उनकी पोस्टिंग आ गई है और वो कुछ दिनों में यहाँ से जाने वाले हैं तो जाने से पहले एक बार देर तक बातें करना चाहते हैं उस से। शाज़िया ने घर पे ही आने को कह दिया था कि वो दिन का खाना बना कर रखेगी- ख़ास उसके लिए...वाजवान, गुस्तावा और करम का साग।

बटमालू की पेचीदा गलियों के मुहाने तक पहुँचते-पहुँचते दोपहर के डेढ़ बज गए थे। स्टेयरिंग पर कसकर जमे हाथ दुखने लगे थे। मन में मचल रहे झंझावात को बुरी तरह से क़ाबू करने की कोशिश में ही थे अभी वो कि स्कॉर्पियो शाज़िया के घर वाली गली में प्रवेश कर गई।

एक ज़ोर की हुचक के साथ उछला था कुछ उनके सीने के भीतर-बहुत-बहुत भीतर की गहरी अँधेरी तलहटियों में। गला सूख रहा था जैसे कितने ज़माने की प्यास उतर आयी हो। एकदम से ख़ूब सारा पानी पीने की इच्छा लिए उनका गला भी जैसे अभी ही अंदर से खरोंचने पर आमदा हो गया था। एक ज़ोर-ज़ोर की धुकधुकी-सी थी जो उनके मन के अंदर हिलकोरे उठा रही थी।

अब्बू बाहर बरामदे पर ही आधी धूप और आधी छाँव में बैठे मिले "ग्रेटर कश्मीर" अख़बार पढ़ते हुए।

"सलाम वलेकुम, अब्बू! कैसे हैं? सब ख़ैरियत ना?" ख़ुद को संयत करते हुए समर साब ने पूछा।

"वालेकुम अस्सलाम! आपकी दुआ है शमशेर साब! सुना है जाने वाले हैं आप पोस्टिंग पर। अंदर तशरीफ़ ले जाइए।" अब्बू ने अख़बार से बाहर झाँकते हुए कहा।

अंदर घुसते ही ताज़ा-ताज़ा पक रहे वाजवान की ख़ुश्बू ने समर साब का स्वागत किया। गले की खरोंच के साथ-साथ उस धुकधुकी की थाप की भी तीव्रता बढ़ गई थी।

थोड़ी अस्त-व्यस्त-सी रेहाना बाहर आई बैठकख़ाने में, अंदर रसोई से निकलती हुई ...

उफ़्फ़! वो ख़ूबसूरती अपनी उस अस्त-व्यस्तता में भी "बला" को गज़ब ढ़ंग से परिभाषित कर रही थी।

"आदाब! बैठिए ना...दीदी बस आती हैं अभी।" लम्हे भर को उन आँखों ने देखा था समर साब की आँखों में और कोई डल...कोई वूलर इधर भी उमड़ आया अचानक से।

उस एक लम्हे भर में समर साब को जाने क्यों लगा कि कहीं शगुन ही रेहाना तो नहीं, जो भेष बदल-बदलकर उसके साथ छलावा कर रही हो।

कैसा अजीब-सा ख़याल था ये! सर को हिलाकर समर साब ने ख़ुद को उस ख़याल से मुक्त किया।

"तो जा रहे हैं शमशेर साब वादी छोड़ के...फिर से?" बगल के कमरे से निकलती हुई शाज़िया कहर बरपा रही थी अपने हलके गुलाबी रंग के फ़िरन में।

आज हो क्या रहा है ये मन को। कैसे-कैसे ख़याल पागल कर रहे हैं!

फिर से अपने सर को ज़ोर से हिलाया समर साब ने और सूखते गले को थूक घूँट कर नर्म करते हुए कहा-

"हुक्म के गुलाम हैं हम तो शाज़िया। हुक्म आ गया है जाने का तो... जा रहे हैं बस।"

"कब निकलना है? और ये इजराइयल वाले बार-बार क्यों बुला लेते हैं आपको? कहीं गाज़ा पर इस बार आपके साथ अटैक करने का प्लान तो नहीं है उनका...ह ह हा हा!" शाज़िया ने छेड़ते हुए कहा।

"हा हा...गुड जोक! वो ये एक तरह की स्पेशल कमांडो ट्रेनिंग है शाज़िया। हमारे साथ और भी लोग जा रहे हैं आर्मी से।" समर साब प्रत्यक्षत: तो शाज़िया की बातों का जवाब दे रहे थे, लेकिन दिमाग के पीछे अपने डायलॉग का रिहर्सल भी कर रहे थे।

डायलॉग जो अदा होते ही कोई विस्फ़ोट करने वाला था बटमालू के उस घर में।

"जाने से पहले एक ऑपरेशन करना चाहेंगे? आपके पास के ही इलाक़े की ख़बर है। हरितार गाँव की है। अभी-अभी ही मिली है ख़बर। एक्चुअली जब आपने फ़ोन किया कि आप आ रहे हैं और आप जल्द ही जाने वाले हैं दुबारा हमारी वादी को छोड़कर तो मैंने कॉल किया था उस पार। क़ादिर ने ये ख़बर दी कि कैप्टन साब को जाने से पहले ये तोहफ़ा दे दो।"

"व्हाट...सच में? पक्की ख़बर है क्या?" सूखता गला और धाड़-धाड़ बजता सीना, दोनों ही अपना सूखना और बजना भूल चुके थे।

"हमने कभी कच्ची ख़बर दी है क्या आपको? वहाँ हरितार गाँव में एक ठेकेदार है सेब के बाग़ान का...रसीद वानी...उसके घर में लश्कर के दो जेहादी हैं छुपे हुए। दो मंज़िला मकान है और दूसरे तल्ले पर छुपने का तहख़ाना बना हुआ है। एकदम पक्की ख़बर। तोहफ़ा क़ुबूल करिए जनाब!" शाज़िया एकदम से इठलाकर खिलखिलाते हुए बोल रही थी।

"अरे! ये तो जब्बर ख़बर है। अभी भी हैं क्या दोनों उधर ही?" समर साब उत्तेजना के चरम पर पहुँच गए थे। जिस काम के लिए वो बेचैन-से और परेशान-से आँधी-तूफ़ान बने हुए आए थे, मन-मस्तिष्क में अब उस काम का कोई नामो-निशान तक नहीं बचा था।

"बिल्कुल! वहीं हैं दोनों। मूसा और पाशा, आप लोगों की तो हिट-लिस्ट में है ये नाम। इलेक्शन में तबाही मचाने आए थे। कुछ हो नहीं पाया कि आईबी वालों को भनक लग गई थी। तब से उधर रसीद वानी के घर में छुपे बैठे हैं।"

अब तक समर साब के अंदर बज रहा तबला और सूखता गला सब नदारद हो गया था...यहाँ से जाते-जाते एक और बड़ा ऑपरेशन हो जाएगा, ये सोच कर ही कोई एड्रेनलिन का तूफ़ान-सा दौड़ने लगा था उनकी नसों में। एकदम से भूख-प्यास सब नदारद हो गई थी। वो तुरंत निकलना चाहते थे वापस अपने कैम्प।

"हम चलेंगे अभी शाज़िया। तुरंत एक्शन करना पड़ेगा इस ख़बर पर तो।"

"अरे ऐसे कैसे चलेंगे। रेहाना ने इतनी मुहब्बत से आपके लिए रिस्ता और गुस्तावा बनाया है। वो खाए बग़ैर कैसे चले जाएँगे कैप्टन साब। हाँ... रेहाना से आज ही निकाह कर लीजिए तो वो फिर आपको ज़िंदगी भर ये रिस्ता और गुस्तावा खिलाती रहेगी।" शाज़िया ने ठहाका लगाते हुए कहा।

"भक्क हुश्श्श!"

"वल्लाह ये आपका भक्क हुश्श ना जान लेकर रहेगा मेरी!"

न चाहते हुए भी खाना पड़ा समर प्रताप सिंह को, लेकिन अब खाकर लगा उन्हें कि न खाते तो इस लज़ीज़ स्वाद से अपरिचित ही रह जाते।

"तो फिर कब मुलाक़ात होगी कैप्टन साब? और ये कब तक कैप्टन रैंक पर ही लटकाए रखेगी आर्मी आपको? मेजर का प्रोमोशन नहीं देंगे क्या आपको?" भोजन के बाद पूछा शाज़िया ने।

"अब हम तो ख़ुदा हाफ़िज़ कहने आए थे, लेकिन आपने ऐसी ख़बर दे दी है कि फिर से आना पड़ेगा मिलने अब ऑपरेशन के बाद।" समर साब ने ख़बर सुनने के बाद मुल्तवी कर दिए गए काम के बारे में सोचते हुए कहा।

"बड़े मतलबी हैं आप...हुँह! ख़याल रखिएगा अपना और ऑपरेशन का ध्यान से प्लीज़...! और सुनो कैप्टन फिर से कह रहे हैं...निकाह कर लो हमारी रेहाना से। देखना कितनी जल्दी सरकार आपको मेजर बनाती है और फिर कर्नल और फिर जेनरल...हाहाहा।" शाज़िया ने समर प्रताप सिंह के गाल को हौले से छूते हुए कहा।

कितना कुछ तो एकदम से पिघलने-पिघलने को हो उठा समर साब के भीतर।

पूरा वजूद ही शायद।

चलते-चलते स्कॉर्पियो का रियर व्यू मिरर भी फ़ौजी जिप्सी के मिरर की तरह वही चेतावनी दुहरा रहा था।

वहाँ से वापसी के दौरान वही बटमालू से कैंप तक रास्ता अब समर साब को बड़ा लम्बा प्रतीत हो रहा था।

वो बस उड़कर अपने कमांडिंग ऑफ़िसर को यह ख़बर सुनाना चाहते थे।

रस से रिसते ही रहे सेबों के बागान
मन ही मन में रह गये गाज़ी के अरमान

मानसबल कैंटोनमेंट के प्रांगण में एक करेंट-सा दौड़ने लगा था इस नयी ख़बर पर। शाम का अँधेरा उतर आया था। आनन-फ़ानन योजना बननी शुरू हो गई थी ऑपरेशन की। कमांडिंग ऑफ़िसर कर्नल प्रतीक सिन्हा की उत्तेजना का कोई ओर-छोर नहीं दिख रहा था।

एक बार फिर से चहकने लगा 101 पैराशूट रेजीमेंट का ऑप्स रूम। हरीतार गाँव के नक़्शे को ख़ूब बारीक़ी से देखा-समझा गया। तक़रीबन पैंतीस घरों का ये छोटा-सा गाँव वूलर के दक्षिण से निकलने वाले एक नाले से घिरा हुआ था दो तरफ़ से और रसीद अहमद का घर उसके बड़े-से सेब के बगान के साथ गाँव के एक किनारे पर था।

मुस्तफ़ा ने अपने इन्फ़ॉर्मर फ़िरदौस को भेजा था टोह लेने के लिए हरितार गाँव की तरफ़। वो अगले दिन दोपहर को लौटा पूरी टोह लेकर।

शाज़िया की ख़बर एकदम पक्की थी।

फ़िरदौस की टोही रपट के मुताबिक़ रसीद अहमद वानी का मकान दो मंज़िले का था। मकान की दूसरी मंज़िल पर बने बाथरूम और बेडरूम के बीच की दीवार, ज़रूरत से ज़्यादा मोटी थी। उसी दीवार के बीच में पतला-सा तहख़ाना बना हुआ था। मूसा और पाशा के होने की ख़बर एकदम ठीक थी। दोनों ही आतंकवादी पिछले तीन-चार महीने से रसीद अहमद के घर पर मेहमान बने हुए थे। आराम से खाते-पीते-सोते थे। जब भी फ़ौज या सीआरपीएफ़ या पुलिस की कोई टुकड़ी गाँव में आती तो ये दोनों चुपचाप दीवार में बने उसी तहख़ाने में उतर जाते थे। फ़िरदौस के कहे अनुसार रसीद

अहमद वानी की तीन जवान बेटियाँ और दो बेटे थे। ये दोनों मूसा और पाशा अपने जिहाद की धौंस में रसीद अहमद की बेटियों का फ़ायदा भी उठाते थे। फ़िरदौस ने उन्हीं तीन बेटियों में से एक बेटी से यह पूरी बात पुख़्ता की थी।

दीवार के भीतर बने ख़ाने में जाने का रास्ता उसी दीवार में बनी एक छोटी-सी कपड़े टाँगने वाली आलमारी के ज़रिये था। रास्ते को छुपाये रखने के लिए उस आलमारी में रसीद अहमद के परिवार वाले मोटी-मोटी रजाईयाँ और कम्बल रखते थे।

कर्नल प्रतीक सिन्हा और लेफ़्टिनेंट कर्नल मुकेश नरवाल की बनाई हुई तरकीब के हिसाब से कैप्टन समर प्रताप सिंह अपनी टीम के ग्यारह कमांडोज़ के साथ हरितार गाँव के लिए कूच कर गए।

उनके पीछे ऊपर दिसम्बर के ठिठुरते आसमान में मानसबल कैम्प से लहराकर उठते हुए तीन ड्रोंस को भी देखा जा सकता था।

दोपहर के लगभग साढ़े तीन बज रहे थे, जब समर साब की टीम वूलर से निकलने वाले नाले के किनारे दोनों जिप्सियों से उतरकर अब पैदल आगे बढ़ने लगी थी। हरीतार पहुँचने के लिए नाले के ऊपर बनी छोटी-सी पुलिया को पार करते हुए समर साब का सीना धाड़-धाड़ बज रहा था।

गाँव में प्रवेश करते ही उनकी टीम छः-छः कमांडोज़ की दो टुकड़ियों में अलग-अलग दिशाओं में विभक्त हो गई...गाँव वालों से दुआ-सलाम करती हुई। एक अजीब-सा तनाव लगभग हर गाँव वालों के चेहरे पर व्याप्त था और जिसे बड़े आराम से पढ़ा जा सकता था।

गाँव वालों के चेहरे पर व्याप्त ये तनाव दरअसल शाज़िया की ख़बर और फ़िरदौस की टोह की पुष्टि ही कर रहे थे।

दुआ-सलाम करते हुए और रास्ते में बच्चों को टॉफ़ियाँ बाँटते हुए, दोनों टुकड़ियाँ अलग-अलग दिशा से रसीद अहमद वानी के घर की ओर अग्रसर थीं। कुछ ही देर बाद रसीद अहमद का घर चारों तरफ़ से घेरा जा चुका था।

दोनों टुकड़ियों के दो-दो ऑपरेटर्स अपनी-अपनी लाइट मशीनगन्स के साथ रसीद अहमद के घर के सामने और पीछे वाले घरों की छत पर तैनात हो गए। यहाँ से इन मशीनगन्स ने घर से बाहर की ओर भागने वाले सारे रास्तों को अपने निशाने पर रख लिया था।

जोगा और नेतराम को समर साब ने रसीद के घर के मुख्य दरवाज़े पर अपने-अपने टैवोर के साथ दाएँ-बाएँ मुस्तैद करवा दिया था। समर साब अपने बड्डी पैराटूपर राकेश और लांस नायक गोविन्द और लांस नायक ख़ुशहाल के साथ घर के सामने आ गए थे और टीम के बाक़ी कमांडोज़ ने घर के दाएँ-बाएँ और पीछे की तरफ़ उपयुक्त जगह चुन ली थी अपनी-अपनी तैनाती के लिए।

अब घर के अंदर छुपे हुए किसी भी आतंकवादी के लिए निकलकर भागने का कोई विकल्प नहीं था।

अगले कुछ पलों तक सारी दिशाओं और अपने कमांडोज़ का मुआयना करने के बाद कैप्टन समर प्रताप सिंह ने रसीद अहमद वानी को बाहर आने के लिए कहा-

"रसीद कैसे हो? सब ख़ैरियत? घर के अंदर कौन-कौन है?"

"सब ख़ैरियत है जनाब। बस घर के लोग हैं। आइये ना जनाब...नोन चाय पिलाते हैं आपको।" पतले-दुबले रसीद अहमद वानी के जवाब और चेहरे दोनों से मासूमियत यूँ टपक रही थी जैसे तार पर टंगे गीले कपड़े से पानी टपकता है।

इस टपकती मासूमियत से चिढ़कर समर साब ने घुमाकर अपने दाहिने हाथ का ऐसा करारा थप्पड़ मारा उसके बाएँ गाल पर कि रसीद अहमद वानी धड़ाम से अपनी दाहिनी ओर गिरा। अपने टीम कैप्टन का अचानक से प्रकट हुआ यह रौद्र रूप देखकर राकेश, गोविन्द और ख़ुशहाल तीनों हल्के-से मुस्कुराए बिना नहीं रह सके।

"हाँ तो मियाँ रसीद अहमद, अब उठो और घर में जितने लोग हैं सबको बाहर निकलने को कहो।"

"जी... जी जनाब!" रसीद अहमद की घिघयायी आवाज़ तले अब मासूमियत की जगह खौफ़ टपक रहा था।

थोड़ी ही देर में रसीद अहमद की पुकार पर उसकी बीवी, तीनो बेटियाँ और दोनों बेटे एक-एककर बाहर निकल आए। समर प्रताप सिंह तीनों बेटियों के चेहरे ध्यान से देख रहे थे। उन्हें फ़िरदौस की बात याद आयी और रगों में दौड़ते ख़ून का उबाल समानांतर दौड़ते एड्रेनैलिन की धार के साथ मुक़ाबला करने लगा।

"और कोई नहीं है रसीद अंदर?" समर साब की कर्कश आवाज़ गूँजी।

"नहीं जनाब, सारे लोग आ गए बाहर।"

"ठीक है। जोगा, इन सबको उधर अलग से बिठाओ।"

आसमान में नज़रें उठाकर न दिख रहे ड्रोंस की तरफ़ देखते हुए समर साब ने कान में लगे रेडियो-सेट के इयर-प्लग को छुआ।

"शमशेर फ़ॉर मुस्तफ़ा, ओवर! ऑल सेट...मूविंग इन, ओवर!"

"मुस्तफ़ा फ़ॉर शमशेर...कैरी ऑन! बी वेरी-वेरी केयरफ़ुल टाइगर! जस्ट रिमेम्बर दोज़ टू बास्टर्ड्स आर हायली ट्रेंड मर्सीनरीज़ एज पर आवर इनपुट्स। बी एक्स्ट्रा कॉशस, ओवर!"

"शमशेर फ़ॉर मुस्तफ़ा रॉजर, ओवर!"

"मुस्तफ़ा फ़ॉर शमशेर...ऑल द बेस्ट, ओवर एंड आउट!"

आसमान की तरफ़ दुबारा देखते हुए समर साब ने एक सैल्यूट उछाला और क्षण भर बाद ही पूरी सावधानी बरतते हुए घर के अंदर प्रवेश कर गए।

लांस नायक गोविन्द और उसके बड्डी लांस नायक ख़ुशहाल को उन्होंने नीचे वाली मंज़िल के कमरों को चेक करने का इशारा किया और ख़ुद अपने बड्डी राकेश के साथ ऊपर वाली मंज़िल की सीढ़ियों पर चढ़ने लगे।

सीढ़ी के हर पायदान पर सावधानी से रखे जाते हुए एक-एक क़दम। बिल्ली की सी सधी हुई चाल। दोनों घुटने मुड़े हुए और उसी झुकी हुई मुद्रा में ऊपर चढ़ते हुए एक जोड़ा जिस्म। दोनों के दाएँ कंधे से टैवोर राइफ़ल का कुंदा चिपका हुआ। दाहिनी हथेली की कसी हुई पकड़। तर्जनी राइफ़ल के ट्रिगर पर पूरा दवाब बनाए हुए। बाईं हथेली राइफ़ल के अगले हिस्से के नीचे।

समर प्रताप सिंह के ठीक दो पायदान नीचे उनका बड्डी पैराटूपर राकेश। दोनों ही सीढ़ी पर चढ़ते हुए एक-दूजे की कार्बन कॉपी प्रतीत हो रहे थे।

सीढ़ी ख़त्म होते ही दूसरी मंज़िल का लकड़ियों से बना हुआ फ़र्श आ गया था। फ़र्श के साथ ही लगा हुआ बाथरूम था और जिसके ठीक बाद एक कमरा था। उसी कमरे के दाहिने तरफ़ दूसरा कमरा और उस से आगे तीसरा कमरा। बाथरूम की दीवार बगल वाले कमरे के साथ आश्चर्यजनक रूप से ज़्यादा मोटाई के साथ जुड़ी लग रही थी।

शक की कोई गुंजाइश नहीं रह गई थी अब। इसी दीवार में वो गुप्त तहख़ाना था। समर साब ने बाएँ हाथ के इशारे से राकेश को दीवार की तरफ़ इंगित किया और सीढ़ियों के आख़िरी पायदान पर मुस्तैद होने को कहा।

तभी रेडियो-सेट की फुसफुसाहट समर साब के कान में लगे इयर-प्लग पर गूँजी-

“गोविन्द फ़ॉर शमशेर...ग्राउंड फ़्लोर क्लियर ओवर!”

“रॉजर...नाउ कम अप, ओवर!” समर साब की फुसफुसाहट इतनी मद्धिम थी कि शायद राकेश भी न सुन पाया होगा, लेकिन रेडियो-सेट का शक्तिशाली माइक संदेशा गोविन्द तक पहुँचा चुका था।

अगले ही पल गोविंद और ख़ुशहाल चढ़ती हुई सीढ़ी पर ठीक थोड़ी देर पहले की समर साब और राकेश वाली प्रक्रिया को हुबहू दोहरा रहे थे।

इसी बीच समर साब ने बाथरूम का दरवाज़ा हलके-से खोला और एक झटके में अपनी राइफ़ल के साथ अंदर झाँक कर देखा और उसी लय में दरवाज़े को वापस बंद कर दिया।

अब उनकी पीठ उसी दरवाज़े से चिपकी हुई थी। राइफ़ल की नली सामने मोटी दीवार की तरफ़ रखते हुए उन्होंने राकेश को सीढ़ी से उठ कर उस दीवार के बाईं तरफ जाकर तैनात होने का इशारा किया।

तभी सधी चाल से चलते हुए गोविंद और ख़ुशहाल की जोड़ी भी दूसरी मंज़िल पर पहुँच गई।

समर साब ने दोनों को इशारे-इशारे में बाएँ के दोनों कमरों को देखने का आदेश दिया।

अगले ही क्षण गोविंद ने एक कमरे में और ख़ुशहाल ने दूसरे कमरे में किसी स्वचालित रोबोट-सा झांकते हुए मुआयना किया और फिर दोनों ने एक साथ दोनों कमरे के दरवाज़े बाहर से बंद कर दिए।

सारी क्रियाएँ एक गति, एक लय और एक प्रवाह के साथ हो रही थीं, जैसे नर्तकों का बड़ा-सा समूह नृत्य-निर्देशक के इशारे पर एक-सी हरकत कर रहा हो।

अब चार जोड़ी चुस्त-चपल आँखें उस एक बचे हुए कमरे पर टिकी हुई थीं, जिसकी दीवार बाथरूम के साथ अपेक्षाकृत ज़ियादा मोटाई में जुड़ी हुई थी।

अगले ही पल एक रणनीति तैयार हुई- समर प्रताप सिंह के मन-मस्तिष्क में। हाथों के इशारे से उन्होंने बाक़ी तीनों कमांडोज़ को समझाया कि क्या कार्रवाई होने वाली थी।

पल के सौवें से भी कम समय में पहले तो उस कमरे का दरवाज़ा एक झटके से खोलते हुए समर साब ने कमरे के अंदर छलांग लगाई और किसी चपल नट की तरह लुढ़कते हुए कमरे के अंदर सामने वाली दीवार से जा चिपके। टैवोर कमरे के अंदर बाईं दीवार पर बनी हुई अलमारी की तरफ़ हर

पल तैनात थी। उसी पल के बचे हुए हिस्से में समर साब के ठीक पीछे-पीछे राकेश ने ठीक वैसी ही छलांग लगाई। क्षण भर बाद ही वो कमरे की दूसरी दीवार के साथ पीठ टिकाये घुटनों के बल बैठा हुआ था अपनी टैवोर की नली अलमारी की दीवार की तरफ़ ताने हुए।

उसी पल में साथ-साथ गोविन्द और ख़ुशहाल की भी जगह बदली हुई। गोविंद अब समर साब की पहली वाली जगह पर बाथरूम के दरवाज़े के साथ पीठ सटाए खड़ा था और ख़ुशहाल सीढ़ी के आख़िरी पायदान पर। दोनों के राइफ़ल की नलियाँ कमरे के दरवाज़े की तरफ तनी हुई थीं।

बस एक पल का जैसे तूफ़ान-सा आया था और फिर शान्ति छा गई।

राकेश को सतर्क रहने का इशारा करते हुए समर साब सधे पाँव से अलमारी की तरफ़ बढ़े। अपनी राइफ़ल की नली से उन्होंने अलमारी का एक दरवाज़ा खोला। सामने मोटी-मोटी रजाइयों का ढेर दिख रहा था। उन्होंने मुस्कुराते हुए पलट कर राकेश की तरफ़ देखा...जैसे कह रहे हों कि यही है तहख़ाने का रास्ता!

बस उसी पल...

कहर टूट पड़ा जैसे!!!

धड़-धड़-धड़!

वो कमरा एके 47 की गोलियों के शोर से चीत्कार कर उठा। काले और कसैले धुएँ का जैसे बादल ही उमड़ पड़ा था वहाँ।

उसी क्षण कैप्टन समर प्रताप सिंह ने अलमारी के दूसरे बंद दरवाज़े के पीछे से "अल्लाहो-अकबर" चिल्लाते हुए एक-के-बाद-एक दो जिस्म पठानी कुर्ते और बड़ी-बड़ी दाढ़ियों में बाहर की ओर उछल कर आते देखा। दोनों आतंकवादी चारों ओर अपनी राइफ़ल घुमाते हुए अंधाधुंध गोलियाँ बरसा रहे थे। सब कुछ इस तरह से जाने कैसे और क्यों हो रहा था और एकदम अचानक ही समर साब को ज़ोर का झटका अपने शरीर के मध्य

हिस्से में महसूस हुआ। कुछ तेज़...बहुत ही तेज़-सी चुभन हुई उनको अपने बाएँ हाथ में और पेट में और दाहिनी जांघ में। अगले ही पल वो लुढ़कते हुए पीछे दीवार से जा टकराए। दीवार से टकराते हुए उन्होंने बस एक झलक में देखा था दोनों आतंकवादियों को बाहर की तरफ़ ग्रेनेड उछालते हुए और बाहर से गोविंद और ख़ुशहाल की मिली-जुली चीख़ सुनाई दी उनको।

चारों ओर बस या तो धुआँ-धुआँ था या गोलियों की बौछारों की आवाजें!

कमरे की फ़र्श पर घिसटते हुए उन्होंने ख़ुद को कमरे के दरवाज़े की ओट में किया और स्थिति का जायज़ा लेने लगे।

पूरा दृश्य बस धुँधला-धुँधला था। बगल वाले कमरे से दोनों आतंकवादियों द्वारा लगातार "नारा-ए-तकबीर अल्लाह ओ अकबर" की पुकार आ रही थी। उस धुआँ-धुँआ और गोलियों के धमाके के बीच भी समर साब का दिमाग़ तीव्र गति से दौड़ रहा था। वो समझ गए थे कि ग्रेनेड बाहर फेंकते ही दोनों आतंकवादी अब बगल वाले कमरे में चले गए हैं। गोविन्द और ख़ुशहाल उस बाहर फेंके गए ग्रेनेड से या तो घायल हो गए थे या नीची वाली मंज़िल पर थे अब। उनकी दाईं तरफ़ राकेश बेजान-सा पड़ा हुआ था।

अभी उनका दिमाग़ पूरी स्थिति को समझ कर अपने अगले क़दम के लिए सोच ही रहा था कि राकेश के जिस्म में उन्हें हरकत दिखाई दी। शायद ऐसी चैन की साँस उन्होंने इससे पहले की ज़िंदगी में अब तक नहीं ली थी, जैसी उन्होंने राकेश को हरकत करते देख कर ली थी। इशारों-इशारों में पूछा उन्होंने राकेश से और राकेश ने जवाब दिया अपने बुलेट-प्रूफ़ जैकेट की तरफ़ इशारा करते हुए कि गोलियाँ बस उधर ही लगी थीं। इशारा समझकर समर साब ने दूसरी चैन की साँस ली।

तभी ध्यान गया उनका अपने हाथ की तरफ। बाएँ हाथ से टप-टप गिरती लाल ख़ून की धार कमरे की भूरी लकड़ी वाले फ़र्श को अलग ही रंगत दे रही थी। राइफ़ल पर उनके बाएँ हाथ की पकड़ ढ़ीली पड़ती जा

रही थी और साथ ही उन्हें अपने बुलेट-प्रूफ़ जैकेट के नीचे पेट में दर्द-सा महसूस हुआ और साथ ही महसूस हुआ पूरी वर्दी का एक गीला-गीला सा चिपचिपापन।

उधर बगल के कमरे से दोनों आतंकवादी रुक-रुककर इस कमरे की तरफ़ गोलियाँ बरसा रहे थे। समर साब का बायाँ हाथ सुन्न पड़ता जा रहा था। फ़िलहाल समर साब को लग रहा था कि वो एक बुरा स्वप्न देख रहे हैं और अभी आँखें खोलेंगे तो अपने बिस्तर पर सोये हुए होंगे वो।

लेकिन पल भर बाद ही कमांडो की सख़्त ट्रेनिंग ने अपना नैसर्गिक आधिपत्य जमाया उनके पूरे वजूद पर। अगले ही पल कान में लगे इयर-प्लग पर वो फुसफुसा रहे थे-

"शमशेर फ़ॉर गोविन्द...शमशेर फ़ॉर जोगा..सिचुएशन रिपोर्ट ओवर!"

"गोविन्द फ़ॉर शमशेर...ऑल ओके दिस साइड ओवर। वी आर ऑन ग्राउंड फ़्लोर, ओवर।"

"जोगा फ़ॉर शमशेर... ऑल ओके दिस साइड...आप ठीक हो ना, ओवर?

"शमशेर फ़ॉर ऑल...ऑल ओके दिस साइड, वेट फ़ॉर माय नेक्स्ट ऑर्डर, ओवर एंड आउट!"

पहली मंज़िल का वो कमरा बारूद की गंध में डूबता जा रहा था और साथ ही डूबती जा रही थी समर साब के बाएँ हाथ और दाहिने जांघ की अनुभूति। बगल वाले कमरे से दोनों आतंकवादी लगातार गालियों के साथ गोलियों की बौछार भी किए जा रहे थे। हालात ये हो गए थे कि अब समर साब बस अपने दाएँ हाथ से दीवार की ओट से अपने राइफ़ल की नली निकाल कर उनकी गोलियों का जवाब दे पा रहे थे। बाएँ हाथ से लगातार टपकता ख़ून कमरे के फ़र्श को लाल किए जा रहा था और वहीं बुलेट-प्रूफ़ जैकेट के अंदर उनकी वर्दी में भी बहते ख़ून की चिपचिपाहट बढ़ती जा रही थी।

लगभग आधा घंटा बीतने को था इस एनकाउंटर को जारी हुए। दोपहर का सूरज एकदम सर पे चढ़ आया था। समर साब को कमज़ोरी का अनुभव हो रहा था धीरे-धीरे अपने पूरे वजूद में।

एकदम से लगा उन्हें कि शायद आख़िरी वक़्त आ गया है। आतंकवादियों की लगातार आ रही गोलियों की वजह से कमरे के बाहर जाना नामुमकिन था। रेडियो-सेट पर नीचे से बाक़ी कमांडोज़ को वो ऊपर बुलाना नहीं चाह रहे थे। अपने जवानों को खरोंच भी आ जाए, इस कल्पना मात्र से वो सिहर-सिहर जा रहे थे।

उन्हें लगने लगा था कि उनकी मौत निश्चित है। कुछ सोचकर निर्णय लिया उन्होंने कि मरना तो है ही...क्यों न इन हरामज़ादों को मारकर मरें। वो अपने आप को तैयार करने लगे...गोलियों से भरी हुई नयी मैगज़ीन को अपने टैवोर पर चढ़ाते हुए।

उनकी आँखें मुँदी जा रही थीं। माँ का चेहरा एकदम से याद आया और लगा जैसे उनकी छोटी बहन मुनमुन उन्हें दूर से "माय हीरो ब्रो" कहकर आवाज़ दे रही है।

ऋतिका की हँसी याद आयी और जाने क्यों साथ-साथ शगुन की स्मृतियाँ भी सर उठाये चली आयी थीं। अगले ही पल शाज़िया और रेहाना भी जैसे मुस्कुराती हुई सामने आ खड़ी हुई थीं।

ये सब अलग-अलग ही चेहरे थे या शगुन ही थी जो नये-नये चेहरे लगाकर उनसे मिलती रही है अब तक...!!!

समर प्रताप सिंह की गुम होती अनुभूति जाने कैसे-कैसे ख़यालों से उनका वास्ता करवा रही थी।

तभी समर प्रताप सिंह को एकदम से कुछ याद आया। अपने बुलेट-प्रूफ़ जैकेट के पाउच से उन्होंने अपना मोबाइल निकाला और सेटिंग में जाकर मोबाइल के 'फैक्टरी रिसेट' को क्लिक किया। मोबाइल के स्क्रीन पर लाल रंग का एक चेतावनी सन्देश चमक उठा था-

"दिस विल इरेज़ ऑल योर डाटा"

समर साब ने 'ओके' पर क्लिक किया और मोबाइल को वापस अपने बुलेट-प्रूफ़ जैकेट के पाउच के हवाले कर दिया।

सर पे खड़ी मौत के उन क्षणों में भी समर साब की सोच जाने कहाँ-कहाँ भटक रही थी।

अब वो तैयार थे।

कोई जुनून-सा वो जुनून था जब "हर हर महादेव" की चीत्कार के साथ कैप्टन समर प्रताप सिंह सामने वाले कमरे की ओर दौड़ पड़े थे। बगल में तैनात खड़ा राकेश अपने कैप्टन साब को पागलों की तरह दौड़ लगाते हुए बस देखता ही रह गया और कुछ समझ में आते ही वो भी दौड़ पड़ा समर साब के पीछे।

अगले एक से डेढ़ मिनट दोनों तरफ़ से चलती अलग-अलग राइफ़ल्स के गोलियों की गूँज में भी "नारा-ए-तकबीर" की दो चीख़ों से ऊपर "हर हर महादेव" का बुलंद का उद्घोष स्पष्ट सुना जा सकता था।

उसके बाद सब कुछ जैसे धुँधला-धुँधला रह गया था समर साब की स्मृतियों में। निढाल से अपने लहू-लुहान जिस्म के साथ वहीं फ़र्श पर बैठ गए...दीवार से पीठ लगा कर।

उन्हें लग रहा था जैसे वो कब से न सोये हों। वो बस आँखें बंद कर अभी सो जाना चाहते थे एक लम्बी नींद- बहुत-बहुत लम्बी नींद।

"साब आप ठीक हो, उठो बहुत ख़ून बह रहा है।" राकेश ने झुककर दोनों हाथों से उन्हें उठाने की कोशिश की।

"राकेश...ओ राकेश...सुन तो! एक...एक सिगरेट पिला दे बे और... अंदर कमरे में देख तो...दोनों हरामज़ादे मर गए कि नहीं।" समर प्रताप सिंह की आवाज़ जैसे किसी गहरे कुएँ से आ रही थी।

"मर गए हैं साब...एकदम ही पागल हो आप! ये सिगरेट लो!"

पल भर बाद ही राकेश ने एक सिगरेट सुलगा कर कैप्टन समर प्रताप सिंह के होठों से लगा दी।

एक लंबा गहरा कश लिया कैप्टन समर प्रताप सिंह ने और निढाल से गिर गए फ़र्श पर।

नीचे सीढ़ियों से भारी-भरकम फ़ौजी जूतों के धम-धम की आवाज़ें क़रीब आती जा रही थीं।

सूनी-सूनी वादी की बेमतलब हर बात
बीत गये चमकीले दिन अब है काली रात

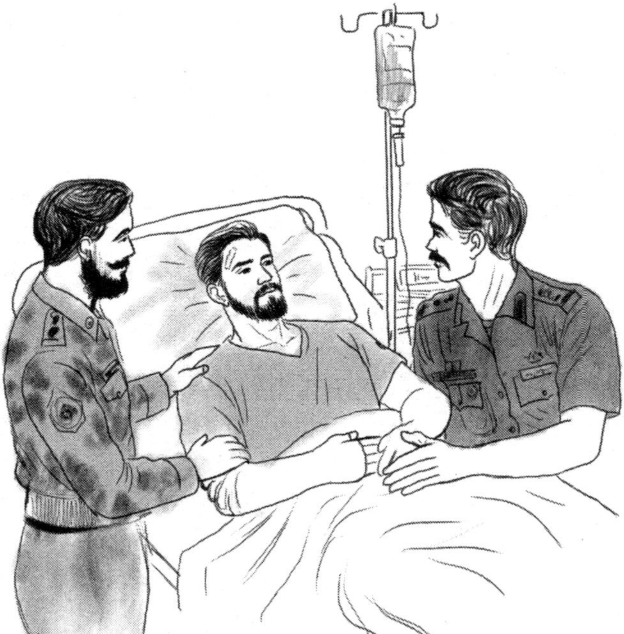

"तुम मर जाते न तो बात नहीं करता मैं तुमसे कभी?" ये मुस्तफ़ा थे- मुस्तफ़ा उर्फ़ लेफ़्टिनेंट कर्नल मुकेश नरवाल।

वो श्रीनगर के नाइन्टीटू आर्मी बेस हॉस्पिटल का आईसीयू वार्ड था, जहाँ के एक बेड पर कैप्टन समर प्रताप सिंह बाएँ हाथ और दाएँ पैर में सफ़ेद प्लास्टर से लिपटे हुए पिछले सात दिनों से पड़े हुए थे। आज ही होश आया था उनको।

"हाहाहा! सर आप ना.... आह!" मुस्तफ़ा का जुमला सुनकर उन्हें ज़ोर की हँसी आयी तो पेट में लगे टाँकों से दर्द भरी चीख़ भी निकल आयी।

"हँसो मत इत्ते ज़ोर से बे। पेट फटा हुआ है तेरा। अंतड़ियाँ बाहर लटक जाएँगी तो कोई लड़की पलट कर देखेगी भी नहीं तुझे। कमीने, सात दिन से सो रहा है तू। डरा ही दिए थे यार।"

"सर... कैसे हो आप? आप भी डरते हो? राकेश, गोविन्द और ख़ुशहाल कैसे हैं? टीम में सब ठीक हैं ना?"

"सब ठीक हैं बे। सबके हिस्से की गोलियाँ तो तुमने ख़ुद खा लीं...हा हा हा! लेकिन हो तुम सख़्त जान, मेरी जान। चार-चार गोलियाँ खाकर भी ज़िंदा बचे हुए हो बे!"

"सर... हाहाह... ओह महादेव!" और समर साब दर्द से दुबारा कराह उठे।

"तुम बोलो मत! चुप रहो, वरना नर्स भगा देगी मुझे वार्ड से। सब ठीक हैं। जब उन हरामज़ादों ने बाहर ग्रेनेड फेंका, तो उसके फटने से पहले ही गोविंद और ख़ुशहाल ने सीढ़ियों से नीचे छलांग लगा दी थी। राकेश के बुलेट-प्रूफ़ जैकेट पर दो गोलियाँ लगी थीं। तुम्हारे भी बुलेट-प्रूफ़ पर पाँच

गोलियाँ आयी थीं। तीन तो रुक गईं ऊपर ही, दो गोलियाँ रिकोशेट होकर पेट के दाएँ तरफ़ घुस गईं। लेकिन इम्पैक्ट कम हो गया था तो, अंदर डैमेज़ कम हुआ है। एक गोली तुम्हारे बाएँ हाथ में घुसी और एक दाईं जाँघ में। इतने के बाद भी तुमने दोनों हरामज़ादों को ढेर कर दिया।"

"ओह... शुक्र है!" समर साब ने हौले से कहा। टीम की ख़ैरियत सुनकर उन्हें थोड़ा आराम मिला।

"आज शुक्र नहीं, रविवार है बे...पन्द्रह दिसंबर। कल सोलह दिसंबर है। तुम्हारा छ: साल पूरा हो रहा कल कमीशंड हुए। कल मेजरी लगेगी तुमको। आय एम सो प्राउड ऑफ़ यू टाइगर!"

"ओ अच्छा सर! सीओ कहाँ हैं सर?" नाराज़ तो नहीं हैं हमसे?"

"अबे... पागल हो गए हो क्या? नाराज़ क्यों होंगे वो! तुमने तो कमाल कर दिया है छोकरे। सीओ कल आएँगे। तुम्हारे इसी ऑपरेशन को लेकर उनकी डी-ब्रीफिंग चल रही है लगातार एक हफ़्ते से...मीडिया से लेकर हेड-क्वार्टर्स तक। वो कल आएँगे तुम्हें मेजर का रैंक लगाने। मुझे आज ही जल्दी निकलना था इसलिए आ गया थोड़ा पहले, समर।"

"ओह ओके सर।"

"कमीने तुम पहले इस बात का जवाब दो! राकेश मुझे जब सिचुएशन रिपोर्ट दे रहा था ऑपरेशन की, उसने मुझे बताया कि जब उन हरामज़ादों से फ़ायर-फ़ाइट चल रहा था तुम अपना मोबाइल निकाल के कुछ कर रहे थे। व्हाट द फ़क? ये क्या था? क्या कर रहे थे तुम बे? इन द थिक ऑफ़ द इन्काउन्टर, व्हाट काइंड ऑफ़ स्टुपिड थिंग वाज़ दैट?"

"सर...वो...कुछ नहीं बस ऐसे ही।" समर साब ने झिझकते हुए जवाब दिया।

"नहीं, बताओ! मेरे लिए जानना ज़रूरी है ये।"

"सर वो मैं अपने मोबाइल से सारा डेटा डिलीट कर रहा था।"

"व्हाय...व्हाय द फ़क्क यू रास्कल?"

"सर वो...मरने के बाद सोल्जर की डेड-बॉडी के साथ पर्सनल बिलोंगिंग्स भी घर जाती है ना। हमको लग रहा था हम मर रहे हैं तो डेड-बॉडी के साथ बाक़ी सामान में मोबाइल भी जाएगा...पापा के बारे में दोस्तों को अंट-शंट लिखा था चैट में...इतनी सारी लड़कियों से चैटिंग थी व्हाट्सएप पर... शाज़िया और रेहाना के संग की कुछ चैटिंग थी...ऋतिका के कुछ फ्रेंड्स के साथ चैटिंग थी, जिसको लेकर वो हमको कई बार सुना भी चुकी है...शगुन को लेकर लिखे हुए कुछ पर्सनल नोट्स और पोएम्स थे...हमको लगा कि हम रहेंगे नहीं, काहे किसी का दिल दुखे तो आय मस्ट इरेज़ ऑल दोज़ थिंग्स। तो मोबाइल को फ़ैक्टरी री-सेट कर रहे थे। वही बताया होगा राकेश ने आपको।" समर साब ने रुक-रुक कर कह डाला।

"हरामी हो तुम बे एक नंबर के! बट आय लव यू ब्वॉय। इस दुनिया को तुम्हारे जैसे हरामियों की ज़रूरत है। अच्छा अब सुनो बे...मैं जा रहा हूँ आगरा।"

"जा रहा हूँ आगरा? क्यों जा रहे हो आप?"

"कर्नल रैंक के लिए मेरा नाम अप्रूव हो गया है और मुझे सेवेंटी-वन पैराशूट रेजीमेंट के कमांडिंग ऑफ़िसर का चार्ज़ लेने जाना है। ऊपर से आए ऑर्डर के अनुसार निकलना तो बीते परसों ही था मुझे, लेकिन मैं रुका रहा। जब तक तुमको होश नहीं आता, मैं तुमसे मिले बिना कैसे जा सकता था।"

"ओह प्लीज़ सर...ऐसे कैसे जा सकते हो आप?" समर प्रताप सिंह की जिस्मानी पीड़ा में जैसे दर्द की और परतें जुड़ गईं आकर।

"जाना तो पड़ेगा ना मेरी जान...जानते हो तुम भी। मेरी तो दिली ख़्वाहिश यही थी कि मैं वन ओ वन पैरा की ही कमांड संभालता, लेकिन कर्नल प्रतीक का तो अभी कम से कम डेढ़ साल और बचा हुआ है और आर्मी हेडक्वार्टर्स वाले मुझे इतना लंबा वेट करने नहीं देंगे। यू नो वेरी वेल...इसलिए जाना पड़ेगा प्यारे!"

"हाँ सर... आय अंडरस्टैंड दैट!" दर्द के साथ उदासी भी मिल आई थी समर प्रताप सिंह की आवाज़ में।

"सुनो... यू स्टे अलाइव और अपने ग़ुस्से को थोड़ा क़ाबू में रखो। ये कर लिया तुमने तो दुनिया फ़तेह कर सकते हो। इसके अलावा एक बहुत ही बैड न्यूज़ देना था तुम्हें।"

"आप जा रहे हो, इससे बड़ा बैड न्यूज़ क्या हो सकता है सर? तुस्सी ना जाओ ना!"

"है...एक बहुत ही बुरी ख़बर है और कमांडिंग ऑफ़िसर ने मुझे ही जिम्मा दिया है इस ख़बर को तुमको सुनाने के लिए।"

"सर आप ना सस्पेंस मत बढ़ाओ अब...क्या ख़बर है? बताओ प्लीज़!" समर साब का उतावलापन आसमान छू रहा था।

"जिस दिन तुम्हारा ऑपरेशन हुआ यानी आठ दिसंबर को...उसी रात को उधर पीओके में पहले तो क़ादिर को सरेआम गले में रस्सी डाल कर लटका दिया गया और अगली रात यानी कि नौ दिसंबर की रात कुछ अनजान लोगों ने शाज़िया के घर को फूंक दिया।"

"व्हाट!!!" समर प्रताप सिंह ख़बर सुनकर इतनी ज़ोर से चीख़े की पूरा का पूरा आईसीयू वार्ड हिल गया। ज़ोर से चीख़ने की वजह से पेट में लगे सर्जरी के टाँकों में एकदम से दर्द की टीस उठी और वो कराहने लगे।

"शाज़िया ठीक है ना मुस्तफ़ा सर? उसको तो कुछ नहीं हुआ है ना? और रेहाना? वो कैसी है? महनूर कैसी है? हमको मिलने जाना है उनसे सर! अभी के अभी!" दर्द से कराहते हुए भी समर साब दीवानों की तरह बोले जा रहे थे।

"शांत हो जाओ समर। कुछ भी ठीक नहीं है उधर। शाज़िया, उसकी बेटी और बहन का कुछ पता नहीं है। जले हुए घर के मलवे से शाज़िया के वालिद अशरफ़ लोन की गोलियों से छलनी, जली हुई लाश बरामद हुई है बस। हमारी रिपोर्ट के अनुसार चार-पाँच लोगों का एक ग्रुप आया था नौ दिसम्बर की रात को। पहले शाज़िया के वालिद को मारा, फिर घर में पेट्रोल छिड़ककर आग लगाई और उसके बाद वो ग्रुप शाज़िया और उसकी बेटी और उसकी बहन को उठाकर चले गए।" लेफ़्टिनेंट कर्नल मुकेश नरवाल का एक-एक शब्द एके 47 की नली से निकली गोलियों की तेज़ रफ़्तार से निकल रहा था और सीधे कैप्टन समर प्रताप सिंह के सीने में उतर रहा था।

इस बार कोई बुलेट-प्रूफ़ जैकेट भी नहीं था, इन गोलियों से बचाव के लिए।

अभी-अभी एक घातक मुठभेड़ में घयाल हुए समर प्रताप सिंह, हफ़्ते भर बाद ही आईसीयू के वार्ड में दुबारा ज़ख़्मी हो रहे थे।

"ये कैसे संभव है सर? हमको जाना होगा अभी के अभी सर!" कहते-कहते बेचैनी में समर साब हॉस्पिटल के बेड से उठने की कोशिश करने लगे।

"शटअप समर। जस्ट ले डाउन। कुछ नहीं किया जा सकता है। रिपोर्ट पक्की है...शाज़िया, रेहाना और उसकी बेटी अब पीओके पहुँचा दिए जा चुके हैं। आईबी की कन्फ़र्म न्यूज़ है, जो पर्सनली कमांडिंग ऑफ़िसर को डिलीवर की गई थी। दरअसल मूसा और पाशा लश्कर की हायरारकी में टॉप के लीडर थे। इन दोनों हरामज़ादों के ख़िलाफ़ की गई मुखबिरी छुपी रह नहीं सकी। तुम्हारे पिछले दो ऑपरेशंस के बाद से ही उन लोगों को शाज़िया के हसबैंड क़ादिर पर शक हो गया था। इस ऑपरेशन के बाद उनका शक पुख़्ता हो गया था। इसलिए रिवेंज में यह कार्रवाई की है। टू सेट एन एग्जाम्पल फ़ॉर अदर्स!"

"...."

समर प्रताप सिंह किसी सन्नाटे की अदृश्य दुनिया में जा चुके थे यह सब सुनकर।

हॉस्पिटल की मूक दीवारों पर पहले से लिखी दर्द की इबारतों पर एक नई परत-सी चढ़ रही थी और समर साब की ख़ामोश चीख़ें जैसे अचानक से सारी बंदिशें तोड़ कर आसमान को झकझोरना चाह रही थीं।

लेकिन सैनिकों को अपने दु:ख में चीख़ने की अनुमति नहीं देती है उनकी वर्दी।

'गट्स' और 'ग्लोरी' की परिधि एक क्रूरता की हद तक समस्त अँधेरा अपने चमकते वृत्त के अंदर ही छुपाकर रखना चाहती है...रखती है।

दर्द इतना उठने लगा एकदम से कि नर्स को आकर उन्हें पेन-किलर इंजेक्शन लगाना पड़ा।

टीस की उत्तुंग लहरों से भीगा हुआ दु:ख का फेनिल किनारा जाने कितनी पीड़ाओं का झाग लिए समर प्रताप सिंह को एक गहरी नींद में डुबोता चला गया।

अगले दिन 101 पैराशूट रेजीमेंट के कमांडिंग ऑफ़िसर, कर्नल प्रतीक सिन्हा आए थे। आईसीयू वार्ड से समर प्रताप सिंह अब सामान्य वार्ड में स्थानांतरित हो चुके थे।

एक अजीब-सी ख़ामोशी के साथ कैप्टन समर प्रताप सिंह की पदोन्नति की रस्म निबटाई गई। शायद भारतीय सेना में यह पहला अवसर रहा होगा कि हॉस्पिटल की बेड पर ही किसी कैप्टन को मेजर बनाया गया। वर्दी तो पहनी नहीं जा सकती थी तो मेजर के रैंक को समर प्रताप सिंह के दोनों कन्धों से छुआ भर दिया गया...बस। हॉस्पिटल के बेड के साथ लगे पेशेंट के रिकॉर्ड-चार्ट में कैप्टन को काटकर मेजर लिख दिया गया।

"काँग्रेचुलेशंस मेजर समर प्रताप सिंह!" कर्नल प्रतीक सिन्हा ने समर साब के कंधे को हौले से थपथपाते हुए कहा..."बाक़ी बातें बाद में करेंगे"।

दर्द-सा कोई दर्द था जिसकी थाह नहीं मिल रही थी, मेजर समर प्रताप सिंह को।

वो बस हाथ और पैर में चढ़े प्लास्टर्स को नोच-फेंकर दौड़ पड़ना चाहते थे बटमालू की तरफ़।

वो मिलना चाहते थे शाज़िया से...दीवानों की तरह।

बस एक बार...एक आख़िरी बार मिलना चाहते थे वो।

वो झाँकना चाहते थे एक आख़िरी बार...फिर से उस डल और वूलर झील वाली आँखों में।

वो दिखाना चाहते थे उस डल-वूलर झील-सी आँखों वाली शाज़िया को ये नया-नया लगा हुआ मेजर का रैंक...

और बताना चाहते थे उसे अपना असली नाम!

मेजर
समर
प्रताप
सिंह
जल्द ही
लौटेंगे
अपने
एक
सनसनीखेज़
कारनामे
के साथ
शृंखला की
अगली
किताब में

मिशन

अव्वलो-आख़िरश-दरमियाँ-दरमियाँ

सबसे पहले, पहली बात से पहले की बात-

यदि आपने पूरी कहानी नहीं पढी है और इस पन्ने पर आ गए हैं, तो मेरा निवेदन है कि पहले कहानी पढ़ लें और फिर इस हिस्से पर आएँ।

और पहली बात से पहले की दूसरी बात-

बेहतर तो यह होता कि इस उपन्यास को शुरू करने से पहले यदि आप इस शृंखला का पहला उपन्यास 'हैशटैग' भी पढ़ लेते, लेकिन उसे नहीं भी पढ़ा है तो कोई बात नहीं।

अब पहली बात-

इस कहानी में शामिल सारी घटनाएँ, सारे किरदार और सारे संवाद काल्पनिक हैं।

कहानी में शामिल वास्तविक शहरों, जगहों और सैन्य संस्थानों का ज़िक्र कहानी को बस आगे बढ़ाने के लिए किया गया है। कुछ सच्ची घटनाएँ- जैसे कि लोकसभा या बिहार विधानसभा चुनाव, देश का राजनीतिक परिदृश्य और मंत्रियों के नाम, भारतीय वायुसेना का बालाकोट हमला, विश्व कप क्रिकेट या ओलम्पिक का ज़िक्र, कोरोना काल की त्रासदी, देश का लॉकडाउन, कश्मीर से अनुच्छेद 370 का हटना- इनका वर्णन कहानी के कालखंड को स्थापित करने के लिए किया गया। इसका उद्देश्य किसी भी इंसान, धर्म, जाति, पार्टी,

या संस्थान की छवि को ठेस पहुँचाने का कतई नहीं है। इन्हें बस कहानी के प्रवाह को बनाए रखने के लिए एक ज़रूरी अवयव के रूप में ही लिया जाना चाहिए।

और फिर बाक़ी बातें...

भारतीय सेना के पैराशूट रेजीमेंट की स्थापना वर्ष 1952 में हुई थी। स्वतंत्रता प्राप्ति के बाद से पैराशूट रेजीमेंट ने अभी तक के सारे युद्धों में हिस्सा लिया है और रेजीमेंट का सैन्य इतिहास अनगिनत गौरवशाली और असंख्य शौर्य की कहानियों से भरा हुआ है। अभी तक के पाँच युद्धों के अलावा कश्मीर और उत्तर-पूर्व इलाक़े में आतंकवादियों के ख़िलाफ़ या फिर श्रीलंका में चरमपंथियों के ख़िलाफ़ प्रदर्शित इस रेजीमेंट के रण-बाँकुरों की हैरतंगेज बहादुरी की कहानियाँ रोंगटे खड़े कर देने वाली हैं। पैराशूट रेजीमेंट में अभी तक पंद्रह बटालियन हैं।

101 पैराशूट रेजीमेंट नाम से कोई बटालियन नहीं है। समर प्रताप सिंह की वास्तविक पहचान छुपाये रखने के लिए कहानी में एक काल्पनिक बटालियन के नाम का सहारा लिया गया है।

पैराशूट रेजीमेंट के शामिल होने के लिए बड़ी जद्दो-जहद से गुज़रना होता है सैनिक को। शारीरिक और मानसिक रूप से सबसे चुस्त और दुरुस्त सैनिकों को ही इस रेजीमेंट में शामिल किया जाता है। शामिल होने की चयन-प्रक्रिया, जिसे कि आमतौर पर "पैरा प्रोबेशन" के नाम से जाना जाता है, बहुत ही दुरूह और कठिन होती है। इस चयन-प्रक्रिया को सफलतापूर्वक निकाल लेने वाले सैनिकों को प्रतिष्ठित "मरून बैरेट" पहनने का सौभाग्य मिलता है।

एक पैरा कमांडो जब आसमान में हवाई जहाज़ या हेलीकॉप्टर से नीचे 'जम्प' करता है तो उस 'जम्प' के अलग-अलग क़िस्म होते हैं। दो सबसे मुख्य क़िस्म के 'जम्प' जो होते हैं, वो HAHO और HALO कहलाते हैं। HAHO यानी कि High Altitude High Opening, जिसमें कमांडो

बहुत ऊँचाई से जम्प करते ही अपने पैराशूट को तुरत खोल लेता है। HALO यानी कि High Altitude Low Opening, जिसमें कमांडो ऊँचाई से बहुत देर तक गिरने के बाद ज़मीन की सतह से बस थोड़ा ऊपर अपने पैराशूट को खोलता है।

सेना में आपसी बातचीत का एक अलग तौर-तरीक़ा और सलीक़ा होता है। इस सलीक़े में सेना की कुछ अपनी शब्दावली भी शामिल है। 'रॉजर' और 'विल्को' इस शब्दावली के सबसे अधिक इस्तेमाल में आने वाले शब्द हैं। 'रॉजर' यानी कि किसी बात को समझ लिए जाने की सहमति और 'विल्को' यानी कि बात समझ लिए जाने की सहमति के साथ ही दिए गए काम को पूरा किये जाने का आश्वासन।

कुछ और बातें-

भारतीय सेना की इन्फ़ैंट्री और पैराशूट बटालियन की संरचना बड़ी नपी-तुली होती है। एक इन्फ़ैंट्री बटालियन में अमूमन बारह से पंद्रह ऑफ़िसर्स(तयशुदा नियम के अनुसार बाईस होने चाहिए, लेकिन भारतीय सेना ऑफ़िसर्स की कमी से लम्बे समय से जूझ रही है) और 800 से 900 जवान होते हैं। एक बटालियन का सर्वेसर्वा उस बटालियन का कमांडिंग ऑफ़िसर होता है, जिसे आम तौर पर सीओ साब कहकर बुलाया जाता है। बटालियन की दैनन्दिन कार्य-कलाप में सीओ की मदद के लिए उनका एक सेकेंड-इन-कमांड, जिसे टू-आई-सी साब कह कर बुलाया जाता है, और एक मेजर रैंक का ऑफ़िसर होता है, जो एड्जूडेंट की ड्यूटी करता है। इसके अलावा कंपनी-कमांडर्स और अन्य बहुत सारे अपॉइंटमेंट्स होते हैं।

एक कमांडिंग ऑफ़िसर और उसकी बटालियन किसी भी युद्ध में "लास्ट लाइन ऑफ़ डिफ़ेंस" का मानक होता है।

मेजर समर प्रताप सिंह अभी एक कंपनी कमांडर हैं। यह देखना दिलचस्प होगा कि आने वाले भविष्य में वो अपनी बटालियन के सीओ बनते हैं कि नहीं।

बातें कुछ और...

इस्लाम में नमाज़ को धर्म के पाँच मुख्य स्तंभों में रखा गया है- कलिमा तय्यबा, नमाज़, रोज़ा, हज और ज़कात। कलिमा तय्यबा यानी कि "ला इलाहा इल्लल्लाह मुहम्मदुर्रसूलुल्लाह" अर्थात अल्लाह के अतिरिक्त कोई इबादत के क़ाबिल नहीं है और हज़रत मुहम्मद उसके रसूल यानी संदेशवाहक हैं।

नमाज़ को अल्लाह के बेशुमार अहसानों और उपकारों के बदले में शुक्रिया अदा करना माना गया है। नमाज़ दिन में अलग-अलग समय पर पाँच बार पढ़ना अनिवार्य माना गया है। फ़ज्र की नमाज़ तड़के सुबह सूर्योदय होने से पहले पढ़ी जाती है। ज़ुहर की नमाज़ दोपहर के बाद जब सूरज ढलना शुरू होता है, उस वक़्त पढी जाती है। अस्र की नमाज़ ज़ुहर के बाद जब धूप धुंधली होकर पीली हो जाती है, तब पढ़ी जाती है। मग़रिब की नमाज़ सूरज डूब जाने के बाद अदा होती है। इशा की नमाज़ सूरज के बिलकुल डूब जाने के बाद से मध्य रात्रि तक पढ़ी जा सकती है।

आख़िर की बातें...

कोई भी कहानी यूँ ही नहीं बुन कर सामने जाती है। लेखक का नाम बेशक बड़े-बड़े अक्षरों में चमकता हो मुख्य-पृष्ठ पर, लेकिन पार्श्व में कई लोगों की मेहनत होती है। यह कहानी भी आपके हाथों में नहीं होती, कुछ बड़े ही मोतबर और खूबसूरत लोग नहीं होते अगर साथ में।

संपादक-द्वय आशीष मिश्र और महेश वर्मा के **सम्पादन** में किताब पूरी तरह निखर कर आपलोगों के सामने है।

निशा रावत की शानदार कवर-डिजाइनिंग और रेखा-चित्रों के बिना तो किताब मुकम्मल ही नहीं हो पाती।

फिर अलिंद तो हैं ही, अपनी बेशुमार मुहब्बतों के साथ।

आप सब हैं तो समर प्रताप सिंह की कहानी सुनी जा रही है और ख़ूब-ख़ूब सुनी और गुनी जा रही है। आप सब के लिए वो ख़ासम-ख़ास वाला...

"नवाज़िश करम शुक्रिया मेहरबानी!!!"

...और सबसे आख़िर वाला शुक्रान समर प्रताप सिंह के लिए। किरदार ना हुआ मेरे जी का जंजाल बन गया है कमबख़्त। इस कहानी के आख़िरी दृश्य के बाद से और इन पंक्तियों के लिखे जाने तक समर साब गोलियों के ज़ख़्म से उबर चुके हैं और अपने कमांडिंग ऑफ़िसर पर हुए एक जानलेवा हमले में संलिप्त एक खुंखार आतंकवादी की तलाश में कश्मीर के जंगलों और पहाड़ों पर भटक रहे हैं। कहानी का वो हिस्सा जल्द ही आप लोगों के सामने होगा। तब तक समर साब से जुड़िए। वो व्हाट्सएप पर तो हैं ही (नंबर शायद इसी किताब में कहीं पर है)...फ़ेसबुक और इन्स्टा पर भी मिल जाएँगे। बशीर बद्र का वही शेर समर साब के लिए-

तज़किरा कोई हो, ज़िक्र तेरा रहा
अव्वलो-आख़िरश-दरमियाँ-दरमियाँ

शीघ्र मुलाक़ात होगी आप सब से मेजर समर प्रताप सिंह के नए कारनामे के साथ...!

- कर्नल गौतम राजऋषि, सेना मेडल

दिसंबर, 2025

समर प्रताप सिंह की कहानी शुरू होती है यहाँ से- **समर सिरीज़ # 1**